破壁与神游

陈先发 著

广西师范大学出版社
GUANGXI NORMAL UNIVERSITY PRESS
·桂林·

破壁与神游
POBI YU SHENYOU

图书在版编目（CIP）数据

破壁与神游 / 陈先发著. -- 桂林 ： 广西师范大学
出版社，2025. 2. -- ISBN 978-7-5598-7669-0

Ⅰ . I217.2

中国国家版本馆 CIP 数据核字第 202457E3L4 号

广西师范大学出版社出版发行

广西桂林市五里店路 9 号　　邮政编码：541004
网址：http://www.bbtpress.com
出版人：黄轩庄
全国新华书店经销
广西民族印刷包装集团有限公司印刷
南宁市高新区高新三路 1 号　　邮政编码：530007
开本：880 mm × 1 230 mm　　1/32
印张：19.375　　　字数：240 千
2025 年 2 月第 1 版　　　2025 年 2 月第 1 次印刷
印数：0 001~5 000 册　　定价：82.00 元

如发现印装质量问题，影响阅读，请与出版社发行部门联系调换。

目　录

3

7

卷一

树枝不会折断

树枝不会折断，它从一切物质里
带出芳香
熏陶了我的前额

树枝不会折断，也不会
把七月里溺水的灵魂送回家乡
它甚至不会把海底的铜
捞上来
擦洗得又湿又亮
树枝进入我的瞳仁之前不会折断
它缠绕废墟上裂开的
石像如同农人缠绕正烂掉的麦粒
被埋过又长出地面的人看得更远

潮透的叶子积存岁月的宁静
树枝断了，那么我是谁呢
我为谁避开这直灌顶心的雨点
我为谁在这冷僻林中踩出
小道一条？树枝长在我的桌上

谁去这小道

再走了一遍谁就最懂得死亡

握着我的树枝到诗歌里去

为它一哭，我前后彷徨

1987 年 10 月写

1993 年 12 月改

与清风书

1

我想活在一个儒侠并举的中国。

从此窗望出

含烟的村镇，细雨中的寺顶

河边抓虾的小孩

枝头长叹的鸟儿

一切，有着各安天命的和谐。

我会演出一个女子破茧化蝶的旧戏，

也会摆出松下怪诞的棋局。

我的老师采药去了，

桌上，

他画下的枯荷浓墨未干。

我要把小院中的

这一炉茶

煮得像剑客的血一样沸腾。

夜晚

当长长的星座像

一阵春风吹过

夹着几声凄凉鸟鸣的大地在波动。

我绿色深沉的心也在波动。

我会起身

去看流水

我会离琴声更近一点

也会在分开善恶的小径上

走得更远一点

2

蛙鸣里的稻茬

青藤中的枯荣

草间虫吟的乐队奏着轮回。

这一切,

哦,这一切……

我仿佛耗完了我向阳的一面

正迎头撞上自己坚硬又幽暗的内心。

我闻到地底烈士遗骨的香气

它也正是我这颗心的香气

在湖面,歌泣且展开着的

这颗心

正接受着湖水缓慢、苍凉的渗透

3

三月朝我的庭中呕着它青春的胆汁。

这清风，

正是放弃了它自己，

才可以刮得这么远。

这清风直接刮穿了我的肉体：

一种欲腾又止的人生

一种怀着戒律的人生

一颗刻着诗句的心

一阵藏着狮子吼的寂静。

这清风

要一直刮到那毫无意义的远中之远

像一颗因绝望才显现了蔚蓝的泪滴

4

故国的日落

有我熟知的凛冽。

景物像旧卷轴一般展开了：

八大的枯枝

苦禅的山水，伯年的爱鹅图

凝敛着清冷的旋律

确切地忍受——

我的父母沉睡在这样的黑夜

当流星搬运着鸟儿的尸骸

当种子在地底转动它凄冷的记忆力

看看这，桥头的霜，蛇状长堤

三两个辛酸的小村子

如此空寂

恰能承担往事和幽灵

也恰好捡起满地宿命论的钥匙

1986 年 2 月写

2000 年 4 月改

破壁与神游

雨：喑哑之物

"这场雨落在迦太基庭院里"

微小的积水被花枝掀翻

整个夏季

炎热使孩子从梦中脱身——

仿佛一个哑谜，把无知的时光隔断

仿佛我痴情的远眺

只不过抵达了风景的一半

而在另一侧

去年盛夏，当雨水滑下碧绿的葡萄架

发亮的铁轨在桥上交叉

河水慢慢聚集

发亮哦无知的时光

仿佛镜中之河，就要找到大海

爱情之夜就要筵席散尽

回忆里的面容，停在变幻中

仿佛墙上的两块砖：

焦躁的我和这场雨，偶然被砌在一起

一宿的自言自语就能使它倒塌

每年的夏季

雨漫天落着，从迦太基到西藏

从石廊、修罗花到牛头和草场

稠密的雨点一串银白

仿佛把十三省孤独的小水电站连成一片

在我和远方之间

又仿佛鸿沟不曾有过

发亮哦无知的时光

当这场雨落下，雨中之物

草木的喑哑

就要飞起，就要唱出烈火的歌吟

我的灵魂将随她无声远走

1991 年 5 月

除夕

这一夜栖落冥世枝丫
命硬的孩子一路尖叫
发髻在炮竹中开花
风俗满街锻打红布的无瑕幼躯

而在静静山巅，幽灵呆望故乡
额际堆积禁忌的盐粒。坐吧，请——
用宿命，也用苦痛
多少事物悄然纵身复活之渠

长绸紧束的镜中，影子正敲钟
那昏暗中闪现了
泥炭、树木、曙光和云团……
于生命我有太多头颅，太多形象

今夜请一齐涌来吧！如深陷我身的
长风吹过。那杳杳的
招魂的一阵旧时代焦渴拂过
袖中镂空的烛火猛显突兀

吹吧！明日田园将是自杀的田园

吹吧！请——

刻下这寒冷的最后一夜

黄土猎猎，凡经死亡之物终将青碧<u>丛丛</u>

1993 年 1 月

脸

新月像一张脸被榛树丛吸住。
布满阴影的脸苍白、坚定
这是谁？谁的脸
敛尽了我早衰的童年气息

沃尔科特，还是奥梅内斯
斜靠在加勒比老家的蘸银柜旁。
当松林中，虫声密织
众星汲取了海峡的凉气，在闪亮

同是这涛声喂养——
夜半的闷罐车"突突"冒烟：
烂醉的游子回乡
曾是他们？盲目浸透的肉体在晕眩

长笛呜咽曾是那孤驱之心趋于对应。
废矿区的矮灌林片片贴地
像绵绵呜咽，沿着旧铁轨涌向海岸
这张脸无言中一秒一秒正下沉，变苦

"怀揣隐疾生活二十余年而

光和影一缕未漏——

这秘密才是那事物的根……"

她照临皆因生活愈加枝繁叶茂

她微笑只因我根基已死她全然不晓

看啊！

这落在黎明草尖上，清新雨滴中

怎样的轮回正愈来愈急

直至遍地，都是她宁静的席卷和涌出

1993 年 10 月

白云浮动

白云浮动，有最深沉的技艺
梅花亿万次来到人间

田野上，我曾见诸鸟远去
却从未见她们归来
她们鹅黄、淡紫或蘸漆的羽毛
她们悲欣交集的眉尖

诸鸟中，有霸王
也有虞姬

白云和诸鸟啊
我是你们的儿子和父亲
我是你们拆不散的骨和肉
你们再也认不得我，再也记不起我了

1993 年 3 月

散歌

历尽刀锋的山冈矮了
失血过多的河流永不迷途

独善其身的审判者来了
与双颊悲凉的刽子手一斟一饮

劫运度过的鸽子飞走了
云霄中，她剔骨的幻觉正分崩离析

泪溅廊亭的仆人死了
用于拯救的戏剧被反复篡改

春日犀利的男人溃烂了
他陷于残冬的雕刻必将更美

入殓师的袋口收紧了
山泉水洗净的灵魂勤于交换

哽在喉咙的老虎再也吐不出了
被我消磨的猎手已无影无踪

1994 年 6 月

风景

对因果的谈论，增加了夏日浓荫

它所提供的庇护，要到下午五六点钟才会散去。

新挖的沟渠里，游来小鱼

它被不可言喻的河水，哺育着

我趴在窗口看松。

落在颈间的影子

慢慢锯着我的头

一阵恍惚，满含放弃

有时，远山突然地涌进窗内，跟我长在一起。

期待那暮年诗篇

像长夜把星相

印在池塘水面

1997 年 7 月

大雁塔

木梯转出嗜啖蛋黄的农民

他说：我跨过五个省来看你

一路上玩着、饿着指尖的大雁塔

多年前

他是唐僧——

为塔迎来了垂直的那个人，那种悲悯

耳中炎热的桑椹，

仿佛流出了倾听的蜜汁。

我长久沉默着，又像在奋力锯开

内心纠缠的塔影

再也回不去了

我们在同一轮明月下，刚刚出生时的皎洁

我们在同一盖松冠下，天狼星发凉的盔甲

1997 年 7 月

登天柱山

山林有极权般寂静

巨石上蚁队黑亮

白云间晃动着先行者的人头

像无人摘取的浆果，正冰冷地烂掉

草丛间飞出了蝴蝶

无非是姓梁，无非是姓祝。

她们斑斓的皮

像一声苦笑

依我看，这镌刻于山崖上

松枝上、寺门上的诗句

不过是一些光阴虚掷的痕迹

涧泉所吟，松涛所唱，无非是那消逝二字

连这暮色的寡淡四拢

也合着心灵无限缓慢的节奏

仿佛不曾攀援，是凭空降临这峰顶

一次次被掀翻的，莫须有的峰顶

1997 年 10 月

纪念 1991 年以前的皂太村

我能追溯的源头，到此为止。

溪水来自苔痕久积的密林和石缝

夜里的虫吟、鸟鸣和星子，一齐往下滴

你仰着脸就能寂静飞起

而我只习惯于埋头，满山抄写碑文。

有些碑石，新抹了泥，像是地底冤魂

自己涂上的，做了令人惊心的修改。

康熙以来，皂太村以宰畜为生

山脚下世代起伏蓄满肥猪的原野

刀下嚎叫把月亮冲刷得煞白，畜生们

奔突而出，在雨水中获得新生

但我编撰的碑文暂时不能概括它们。

此峰雄踞歙县，海拔 1850 米多一点。我站上去，

海拔霎时抬高到 1852 米。它立誓：

决不与更高山峰碰面，也不逐流而下

把自己融解于稀薄的海水之中

2003 年 6 月

丹青见

桤木，白松，榆树和水杉，高于接骨木，紫荆
铁皮桂和香樟。湖水被秋天挽着向上，针叶林高于
阔叶林，野杜仲高于乱蓬蓬的剑麻。如果
湖水暗涨，柞木将高于紫檀。鸟鸣，一声接一声地
溶化着。蛇的舌头如受电击，她从锁眼中窥见的桦树
高于从旋转着的玻璃中，窥见的桦树。
死人眼中的桦树，高于生者眼中的桦树。
制成棺木的桦树，高于制成提琴的桦树。

2004 年

前世

要逃，就干脆逃到蝴蝶的体内去

不必再咬着牙，打翻父母的阴谋和药汁

不必等到血都吐尽了。

要为敌，就干脆与整个人类为敌。

他哗的一下脱掉了蘸墨的青袍

脱掉了一层皮

脱掉了内心朝飞暮倦的长亭短亭。

脱掉了云和水

这情节确实令人震悚：他如此轻易地

又脱掉了自己的骨头。

我无限眷恋的最后一幕是：他们纵身一跃

在枝头等了亿年的蝴蝶浑身一颤

暗叫道：来了！

这一夜明月低于屋檐

碧溪潮生两岸

只有一句尚未忘记

她忍住百感交集的泪水

把左翅朝下压了压，往前一伸

说：梁兄，请了

请了——

2004 年

前世

从达摩到慧能的逻辑学研究

面壁者坐在一把尺子
和一堵墙
之间
他向哪边移动一点，哪边的木头
就会裂开

（假设这尺子是相对的
又掉下来，很难开口）

为了破壁他生得丑
为了破壁他种下了
两畦青菜

2005 年

隐身术之歌

窗外，三三两两的鸟鸣

找不到源头

一天的繁星找不到源头。

街头嘈杂，樟树呜呜地哭着

拖拉机呜呜地哭着

妓女和医生呜呜地哭着。

春水碧绿，备受折磨。

他茫然地站立

像从一场失败的隐身术中醒来

2005 年

最后一课

那时的春天稠密，难以搅动，野油菜花

翻山越岭。蜜蜂嗡嗡的甜，挂在明亮的视觉里

一十三省孤独的小水电站，都在发电。而她

依然没来。你抱着村部黑色的摇把电话

嘴唇发紫，簌簌直抖。你现在的样子

比五十年代要瘦削得多了。仍旧是蓝卡其布中山装

梳分头，浓眉上落着粉笔灰

要在日落前为病中的女孩补上最后一课。

你夹着纸伞，穿过春末寂静的田埂，作为

一个逝去多年的人，你身子很轻，泥泞不会溅上裤脚

2004 年

青蝙蝠

那些年我们在胸口刺青龙，青蝙蝠，没日没夜地
喝酒。到屠宰厂后门的江堤，看醉醺醺的落日。
江水生了锈地浑浊，浩大，震动心灵
夕光一抹，像上了《锁麟囊》铿锵的油彩。
去死吧，流水；去死吧，世界整肃的秩序。
我们喝着，闹着，等下一个落日平静地降临。它
平静地降临，在运矿石的铁驳船的后面，年复一年
眼睁睁看着我们垮了。我们开始谈到了结局：
谁？第一个随它葬到江底；谁坚守到最后，孤零零的
一个，在江堤上。屠宰厂的后门改做了前门
而我们赞颂流逝的词，再也不敢说出了。
只默默地斟饮，看薄暮的蝙蝠翻飞
等着它把我们彻底抹去。一个也不剩

2004 年

秋日会

她低挽发髻，绿裙妖娆，有时从湖水中
直接穿行而过，抵达对岸，榛树丛里的小石凳。
我造景的手段，取自魏晋：浓密要上升为疏朗
竹子取代黄杨，但相逢的场面必须是日常的。
小石凳早就坐了两人，一个是红旗砂轮厂的退休职工
姓陶，左颊留着刀疤。另一个的脸看不清
垂着，一动不动，落叶踢着他的红色塑料鞋。
你就挤在他们中间吧。我必须走过漫长的湖畔小径
才能到达。你先读我刻在阴阳界上的留言吧：
你不叫虞姬，你是砂轮厂的多病女工。你真的不是
虞姬，寝前要牢记服药，一次三粒。逛街时
画淡妆。一切，要跟生前一模一样

2004 年

鱼篓令

那儿只小鱼儿，死了么？去年夏天在色曲
雪山融解的溪水中，红色的身子一动不动。
我俯身向下，轻唤道："小翠，悟空！"他们墨绿的心脏
几近透明地猛跳了两下。哦，这宇宙核心的寂静。
如果顺流，经炉霍县，道孚县，在瓦多乡境内
遇上雅砻江，再经德巫，木里，盐源，拐个大弯
在攀枝花附近汇入长江。他们的红色将消失。
如果逆流，经色达，泥朵，从达日县直接跃进黄河
中间阻隔的巴颜喀拉群峰，需要飞越
夏日的浓荫将掩护这场秘密的飞行。如果向下
穿过淤泥中的清朝，明朝，抵达沙砾下的唐宋
再向下，只能举着骨头加速，过魏晋，汉和秦
回到赤裸裸哭泣着的半坡之顶。向下吧，鱼儿
悲悯的方向总是垂直向下。我坐在十七楼的阳台上
闷头饮酒，不时起身，揪心着千里之外的
这场死活，对住在隔壁的刽子手却浑然不知

鱼篓令

2004 年

街边的训诫

不可登高

一个人看得远了，无非是自取其辱

不可践踏寺院的门槛

看见满街的人都

活着，而万物依旧葱茏

不可惊讶

2001 年

秩序的顶点

在狱中我愉快地练习倒立。

我倒立，群山随之倒立

铁栅间狱卒的脸晃动

远处的猛虎

也不得不倒立。整整一个秋季

我看着它深深的喉咙

2005 年

中秋，忆无常

黄昏，低垂的草木传来咒语，相对于
残存的廊柱，草木从不被人铭记。
这些年，我能听懂的咒语越来越少
我把它归结为回忆的衰竭。相对于
死掉的人，我更需要抬起头来，看
杀无赦的月亮，照在高高的槟榔树顶

2005 年

黄河史

源头哭着，一路奔下来，在鲁国境内死于大海。

一个三十七岁的汉人，为什么要抱着她一起哭？

在大街，在田野，在机械废弃的旧工厂

他常常无端端地崩溃掉。他挣破了身体

举着一根白花花的骨头在哭。他烧尽了课本，坐在灰里哭。

他连后果都没有想过，他连脸上的血和泥都没擦干净。

秋日河岸，白云流动，景物颓伤，像一场大病。

2004 年

甲壳虫

他们是褐色的甲虫，在棘丛里，有的手持松针

当作干戈，抬高了膝盖，噔噔噔地走来走去。

有的抱着凌晨的露珠发愣，俨然落魄的哲学家

是的，哲学家，在我枯荣易变的庭院中

他们通晓教条又低头认命，是我最敌视的一种。

或许还缺些炼金术士，瓢虫的一族，他们家境良好

在枝头和干粪上消磨终日，大张着嘴，仿佛在

清唱，而我们却一无所闻，这已经形成定律了：

对于缓缓倾注的天籁，我们的心始终是关闭的

我们的耳朵始终是关闭的。这又能怪谁呢？

甲虫们有用之不尽的海水，而我却不能共享。

他们短促而冰凉，一生约等于我的一日，但这般的

厄运反可轻松跨越。在我抵达断头台的这些年

他们说来就来了，挥舞着发光的身子，仿佛要

赠我一杯醇浆，仿佛要教会我死而复生的能力

2005 年

伤别赋

我多么渴望不规则的轮回
早点到来，我那些栖居在鹳鸟体内
蟾蜍体内、鱼的体内、松柏体内的兄弟姐妹
重聚在一起
大家不言不语，都很疲倦
清瘦颧骨上，披挂着不息的雨水

2005 年

逍遥津公园纪事

下午三点，公园塞满了想变成鸟的孩子。
铁笼子锈住，滴滴答答，夹竹桃茂盛得像个
偏执狂。我能说出的鸟有黑鸦、斑鸠、乌鸦、
白头翁和黄衫儿。儿子说："我要变成一只
又聋又哑的鸟，谁都猜不出它住哪儿，
但我要吃完了香蕉、撒完了尿，再变。"
下午四点，湖水蓝得像在说谎。一个吃冰激凌的
小女孩告诉我："鸟在夜里穿过镜子，
镜子却不会碎掉。如果卧室里有剃须刀
这个咒就不灵了"。她命令我解开辫子上的红头绳儿，
但我发现她系的是绿头绳儿。
下午五点，全家登上鹅形船，儿子发癫，
一会儿想变蜘蛛，一会儿想变蟾蜍。
成群扎着绿头绳儿的小女孩在空中
飞来飞去。一只肥硕、秃顶的老人打太极
我绕过报亭去买烟，看见他悄悄走进竹林死掉。
下午六点，邪恶的铀矿石依然睡在湖底
桉叶上风声沙沙，许多人从穹形后门出去
踏入轮回。我依然渴望像松柏一样常青。
铃声响了，我们在公共汽车上慢慢地变回自己

2005 年

北风起

雪越大，谷仓就越黑。田畴消失
穷人终于得到一丁点安宁，他举着煤油灯
攀上梯子，数着囤中的谷粒。
此刻他不会走下梯子：泥泞尚未形成
鞭子垂在锈中，头颅割下，也只能闲着
不能到地下长出果实。一切只待春风吹起
谷物运向远方，养活一些人
谷物中的战栗，养活另一些人

2004 年 11 月

树下的野佛

我曾见邂逅的野佛，在岳西县
庙前镇一带的丛林里
他剃光头，收拢爪子
蹿到树上吃榧子，松脂，板栗
吃又干又硬的鸟粪。
树下，虫豸奔突。
他跟它们交谈，喷唾沫
形骸之间的自在、喜悦，
像蓝色溪水在山谷卷曲。
一整天，我们围着他呜呜跳着，
直至暝色四合，孤月出来。
虫豸们一齐亮出
凶猛又荒凉的子宫——
我吹箫，他听箫，抱成一团的
影子摇曳，抵住欲倾的悬崖

2004 年

偏头疼

他们在我耳中装置了一场谋杀

埋伏着间歇性抽搐，昏厥，偏头疼。

他们在我耳中豢养了一群猛虎。

多少个夜里，劈开自己颅骨却发现总是空的，

符号杂乱地堆砌，正是

一个汉人凋零之后的旧宅邸。

我不再是那个骑着牛

从周天子脚下，慢慢走向函谷关的人。

我不再是雪山本身。

我疼得穿墙而过，朝他们吼着：

"你们是些什么人，什么事物

为何要来分享这具行将废去的躯体？"

老虎们各干各的，朝我的太阳穴砸着钉子

他们额头光洁，像刚刚刨过

又假装看不见我，仿佛有更深的使命在身

2005 年 9 月

木糖醇

我知道漫山遍野的根茎里面

有无人榨取的木糖醇

舌头一样蜷曲的低岗，随寂静雨水起伏

蚂蟥游动，把吸进的人血，又吐回水面

如果我举起斧子，又稠又腥的浆汁将喷射我一脸

我知道无声远走的人群中

总有人，像我一样，酷爱这白色颗粒的致幻剂

总有人会醒来

把头颅安放在难为人知，又疲倦不堪的木糖醇里

2004 年

我是六棱形的

我是六棱形的，每一面
生着不同的病
我的心脏长得像松、竹、梅。
对我这样的人来说，遁世
是庸俗的
谈兴衰之道也是庸俗的
我有时竟忘记了枯荣。
我在六棱形的耳中、鼻中、眼中
塞满了盐和黄土
坐在镜子背后，你们再也看不到我了

2005 年 1 月

两条蛇

白衫女子有栗色的胛骨
一路上，她总是拿镜了照我
用玻璃吸走我的脸。
青衣姑娘笑得鳞片哗哗地响
她按住我的肩，道："许仙，许仙"——
这样的时刻，我总是默不作声
我韬光养晦已有二十余年

午后的宫殿在湖面上快速地
移动，我抓住她腰间的淤泥
看长堤上绿树生烟
姑获鸟在枝头，昏睡不醒

2005 年 9 月

母亲本纪

秋天的景物，只有炊烟直达天堂

橘红暮光流过她的额角，注入身下的阴影

她怀孕了，身子一天天塌陷于乳汁

她一下子看懂了群山：这麻雀、野兔直至松和竹

都是永不疲倦的母亲。她幸福得想哭

爱情和死亡，都曾是令人粉身碎骨的课堂

现在都不是了。一切皆生锈和消失，只有母亲不会。

她像炊烟一样散淡地微笑着

坐在天堂的门槛上喃喃自语

2004 年 5 月

悼亡辞

山冈，庭院，通向虚空的台阶，甚至在地下

复制着自身的种子。月亮把什么都抓在手里，河流却舍得放弃。

要理解一个死者的形体是困难的，他坐在

堂前紫檀椅上，手搭在你荫凉的脊骨

他把世间月色剥去一层，再剥去一层

剩下了一地的霜，很薄，紧贴在深秋黑黑的谷仓。

死者不过是死掉了他困于物质的那一点点。

要理解他返回时的辛酸，是多么地困难

他一路下坡，河堤矮了，屋顶换了几次，祠堂塌了大半

2005 年 8 月

嗜药者的马桶深处

嗜药者的马桶深处
有三尺长的苦闷
她抱住椅子，咳成一团
是啊，她真的老了
乳房干瘪，像掏空了宝石的旧皮袋
一边咳着一边溶化
而窗外，楝树依然生得茂盛
潮湿的河岸高于去年

旧地址那么远，隔了几世。
我贴着她的耳根说："姑姑，你看
你看，这人世的楝树生得茂盛
你死了，你需要的药我继续在买。"
是啊，又熬到了
一个初春
又熬过了哮喘病发作的季节
她在旧药方中睡着了
她有一颗百炼成钢的寡欲清心

2005 年

残简（选节）

1

疯人院的窗台上种菊花。

有鸟雀剜去双目，啁啾着，向前飞出一段。

我知道她的短裤中，有令人生畏的子宫，

生硬的肝胆一年长高一寸。无论你是不是

新来的院长，无论你乘坐闷罐车还是敞篷的卡车

请你推开窗户看她

看旧公路上滚动喜悦的头颅

顺手揪下一颗，嘴上叼着钥匙，向前飞出一段

2

抓向虚空，那儿有礁石。

抓向那一排旧形体，持续地享用着它。

沥青中鼓动着飞散的燕子。

不过是一些垮掉的角色，鼻翼翕动却

什么也不说，他们攥紧了铁器

路灯下噼啪的雨点让他们闪光。

醒来时，抓向越陷越深的"病根"一词

3

秋天的斩首行动开始了：
一群无头的人提灯过江，穿过乱石堆砌的堤岸。
无头的岂止农民？官吏也一样
他们掀翻了案牍，干血般印玺滚出袖口。
工人在输电铁架上登高，越来越高，到云中就不见了。
初冬时他们会回来，带着新长出的头颅，和
大把无法确认的碎骨头。围拢在嗞嗞蒸腾的铁炉旁
搓着双手，说的全是顺从和屈服的话语

4

山中，松树以结瘤对抗虚无。
一群人在谷底喊叫，他们要等到
回声传来，才会死去——

9

秋天的琥珀滴向根部。
石缝里，有碎木屑，和蚂蚁虚幻的笑脸。
鸟雀在枝头，吐着又稠又亮的柏油。
有时，蛰伏在景物中的度量衡会丢失，

再过两天，就三十八岁了。

经历饥馑的耳力

听见婴儿的啼哭，与物种死去的声音

含混地搅在了一起。

旧电线中传来问候，含着苍老，和山峦的苦味。

10

甲以一只脚立于乙的表面。

秋风中的孩子追逐，他们知道

甲是鹭鸶，乙是快要结冰的河水。

穿烟而过的麒麟

给田野披上适度衰亡

你是一片、两片落叶压住的小路

我是小路旁不能自抑的墓碑。

12

下午，遥远的电话来自群岛，某个有鲨鱼

和鹈鹕环绕的国度。显然，她的亢奋没保持好节奏

夹着印第安土语的调子，时断时续。

在发抖的微电流中我建议她，去死吧，

死在你哺乳期的母语里，死在你一撇一捺的
卷舌音上。"哦这个"！这个丧失了戒心的下午，
隔着太平洋和无比迟缓的江淮丘陵，
她说她订婚了。跟一个一百八十磅的土著，
"哦订婚了"，无非是订婚了，我猜她的亢奋
有着伪装的色彩。而伪装对女人，到底是资源
还是舍不掉的特权？就像小时候，在深夜的田野
她总要把全村唯一的手电筒，攥在自己的手里。
她也问起合肥，而我已倦于作答。我在时光中
练成的遁世术，已远非她所能理解——
哦此刻，稀有的一刻，我小学的女同学订婚了。
我该说些什么呢？下午三点钟，我猜她的腰
有些酸了，玻璃窗外的鲨鱼正游回深海
而搅动咖啡的手指，隔着海，正陷于麻木

17

刚在小寺中烧过香的
男人，打开盒子
把带血的绳子拽直了，又放进盒子里。
摩托车远在云端，正突破绝望的音障。
是紫蓬山的秋末了

鸟鸣东一声，西一声

两年后将吞金自杀的女店主

此刻蹲在寺外，正用肥皂洗脸

被切割成整整齐齐的

盒中，度劫的老虎和消防队员

嗑着瓜子，漫不经心

在他们看来，杨柳是庸俗的，也是忧患的

木刻的悲喜剧不舍昼夜——

倘若堤岸失火，盒子里换成了虚无的

皇帝，芍药花开，局面就大不相同

上半夜，明月扑窗，嗓子哑了

听课的人在坟墓中抬头

须弥山吧嗒吧嗒地，正

穿过凹陷的针孔。

钟表上绷直的脚步

有着从未挪动的纯洁。

下半夜，双腿锯去，我缩回窗内的身子所剩无几

21

请在冥王星为我摆放

一张椅子。我要对忙于脱毒的

宇航员说，晚安孩子们。

我将教会你们雕龙，

一种在云层穿梭却

从未被正确理解的怪物。

我将教会你们烤红薯，

获得永不会被替代的

香气。作为年近四十的殉道者，请允许我是

晦涩和脱离了事物真相的

22

长安剧院前的乌鸦，有时也飞到

公主坟和玉渊潭。更远处，橘黄的

工人们立在梯子上，

把冻僵的老榆树反复地修剪。

积雪中移动的街角，裹起去留之间的

旅客，在车站广场上集体跺着脚，

等待一场浩大黑暗的降临。

一如那些难以消失的事物，你的喋喋不休

和我持久的不言不语

都仿佛另有深意。当灰道的灯火亮起

所有的人将发现，京畿衙门枝头

总是站着乌鸦，而穷人的院子

住着发抖的喜鹊。如果剪刀停了

它们难免一起转过身来

迎风露出心脏，和心脏内耀眼的红色补丁

23

秋千挂进人间，湿漉漉的

她满足于它的摇动。

晚风中，她有七岁，和一脸的雀斑。

她有危险，和彼此欢呼的树顶。

而我们这批镣铐中的父亲，在落日楼头酗酒

从栏杆上，

看七八里外的纸上种着柳树。

运煤的驳船，

插着旗子和泪水。

是谁说过，这些景象全部得自遗传

河山翠绿，像个废品。

喝着，喝着，

就有人哭了，有人被砍了头。

而她从高高树冠荡下时，也已经很老了

24

大啖红油和羊肝，牙齿

在假话中闪现微光

有点白，类似野狐禅

而剜去肝儿的羊，趴在山坡上

默默地饮冰雪

她刚哭过，于病榻上捉笔

想起牡丹又画下牡丹

25

狗全身充满灯盏，在杂货铺里

在郊外

牛屎也是灯盏，声色混于一体的灯盏。

那么多人在跑动，那么深的怀念

他说"在"，是病态的求证。

有人绊倒

衰老泄了一地

 28

在湖畔我喊着松柏

松柏说"在"，

我喊着鼬鼠，鼬鼠说"在"。

到底是什么，在躯壳内外呼应着？

像拱宸街头两个瞎子，弃去竹杖

默默地搂在了一起。

那些重现的，未必获重生

那些虚置的，却必将连遭虚掷

2005 年 10 月

陈绘水浒（选四）

5

松林寡淡，大相国寺寡淡
路上走过带枷的人，脸是赭红的
日头还是很毒
云朵像吃了官司，孤单地飘着
诵经者被蝉声吸引，早就站到了枝头
替天行道的人也一样内心空虚。
书上说，你突然地发了疯
圆睁双目，拔掉了寺内巨大的柳树
鸟儿四散，非常惊讶
念经的神仙像松果滚了一地

8

须杀人以谢大雪的孤独。
须杀更多的人，从京城操场
到沧州山神庙
鲜血一路点染的梅花，绵延不断

但我们将忘掉他的杀人，只记取

他雪中的独舞

记取他的戏中箫声低咽，锣鼓冰凉

这个落草为寇的诗人

面目有点儿虚实难辨：

上半截名唤林冲，冠缨美得像一段海水

寺中长醉，妻子受辱，误闯白虎堂

虽经赦宥，却难复旧职

声音低沉得像积尽沉冤的淤泥。

下半截浑称豹子头

掩迹于梁山草莽之中，黑至

漆黑，从不透出一丝丝光亮

9

天堂的一百零八双眼睛

有些凉了，有些苦了

带着病闪耀的悲观主义者

锈在空中，又没抽掉返回人间的梯子

没有谁能补上一座伪天堂的

缺口，宋江也不能。

我久久在这刀笔小吏的

顶上盘旋，他有时是豹子心脏

有时只是肮脏皮毛

有时他一身三变有时

又是玉石俱焚的超度

12

山坳中积雪融化，露出砂壤和

石头，像斑驳的反骨。

很快地，河水便有了七分

两岸树木去年曾经翁绿

明日又将翁绿，谁也讲不清隔着一重死的

事物有什么个问

故国天边，挂满美丽晚霞

驿站加速传递纳降的圣旨

没有化掉的残雪闪耀

李师师于舱内吐血，她撑起

发烫的身子写道：

"春来春去，此恨何穷。

是谁遍植红花，空照这一纸白头？"

2005 年

村居课

他剥罢羊皮，天更蓝了。老祖母在斜坡上
种葵花。哦，她乳房干瘪，种葵花，又流鼻血。
稻米饭又浓又白，煮完饭的村姑正变回田螺。
小孩子揭开河水的皮，三三两两地朝里面
扮鬼脸。村戏的幕布扯紧了，但蓝天仍
抖动了几下。红花绿树，堪比去年。
一具含冤的男尸浮出池塘，他将在明年花开时
长成一条龙。鸟儿衔着种子，向南飞出五里
蘸鼻血的种子，可能是葵花，可能是麦粒

2004 年

端午

一地硫黄，正是端午天气

我的炉鼎倾空了

堂前，椅上

干干净净

两阵风相遇，有死生的契约

雨水赤裸裸，从剥漆的朱栏滑下

从拱桥之下离去

那时的他们，此时的我们

两不相见，各死各的。

山水和棺椁

所蒙受的衰老经

不可名状

锣鼓仍在，无声而远

2005 年 6 月

卡车之侧

卡车之侧，搬运工分成两排

嘟嘟囔囔的两排。蓝色的两排。剪不断的两排。

他们从车厢卸下搅拌机，沙子

塞在搅拌机里的沙子，和成吨的某物。

（我的秃头叔叔和村长的侄子

也在其间）

不得不站成他们认为是"无用"的两排，

在村长的牙齿脱落之前。

我漩涡一样的视线里，远处梨花点点，白如报应

但搬运工无权懂得什么叫报应。

整个下午，卡车默默地一路向东

气温被控制在三十七度二

能作为象征物的东西所剩无几

2007 年

新割草机

他动了杀身成仁的念头
就站在那里出汗，一连几日。折扇，闹钟，枝子乱成一团

我告诉过你，烂在我嘴里的
割草机是仁的，
烂在你嘴里的不算。
树是仁的，
没有剥皮的树不算。看着舰船发呆的少女，
卖过淫，但此刻她是仁的。
刮进我体内的，这些长的，短的，带点血的
没头没脑的，都是这么湿淋淋和迫不及待
仿佛有所丧失，又总是不能确定。
"你为何拦不住他呢？"
侧过脸来，笑笑，一起看着窗外

窗外是司空见惯的，但也有新的空间。
看看细雨中的柳树
总是那样，为了我们，它大于或小于她自己

2007 年

中年读王维

"我扶墙而立，体虚得像一座花园"

而花园，充斥着鸟笼子

涂抹他的不合时宜

始于对王维的反动

我特地剃了光头并保持

贪睡的习惯

以纪念变声期所受的山水与教育——

街上人来人往像每只鸟取悦自我的笼子。

反复地对抗，甚至不惜寄之色情

获得原本的那一两点

仍在自我这张床上醒来

我起誓像你们一样留在笼子里

笃信泛灵论，爱华尔街乃至成癖

以一座花园的连续破产来加固另一座的围墙

2008 年

湖边

垂柳摁住我的肩膀，在湖边矮凳上

坐了整个下午。今年冬天，我像只被剥了皮的狗

没有同类，也没有异类

没有喷嚏，也没有语言

湖水裹着重症室里老父亲

昏聩的脑袋伏在我的膝上，我看见不是我的手

是来自对岸的一双手撑住他。

僵直的柳条

垂下和解的宫殿

医生和算命先生的话

听上去多么像是忠告

夜间两点多，母亲捧着剥掉的黄皮走来

要替代我到淤泥的走廊上，歇息一会儿

2008 年 12 月

翠鸟

池塘里

荷叶正在烂掉

但上面的鸟儿还没有烂掉——

它长出了更加璀璨的脸

时而平白无故地

怪笑一下

时而递给我一个杯子

又来抢这只杯子，剥去我手心的玻璃。

我们差不多同时

看见了彼此，却从未同时忘掉。

如今有更多容器供我回忆，

复制老一辈人的戒心

还有许多个自我

有许多种平衡

这里有多么璀璨，多么忠实的脸

让母亲在晚饭中煮熟更远的亭子

而我们相互的折磨将坚持到第二天早晨

2008 年 9 月

银锭桥

在咖啡馆，拿硬币砸桉树。
我多年占据那个靠窗的位子。
而他患有膀胱癌，他使用左手，
他的将死让他每次都能击中

撩开窗帘，能看到湖心的野鸭子。
用掉仅剩的一个落日。
我们长久地交谈，交谈。
我们的语言，他轻度的裸体

湖水仿佛有更大的决心
让岸边的石凳子永恒。一些人
坐上小船，在水中漂荡
又像被湖水捆绑着，划向末日

后来我们从拱门出来，
我移走了咖啡馆。这一切，浸入时日的未知。
他独自玩着那游戏
桉树平安地长大，递给他新的硬币

2007 年

听儿子在隔壁初弹肖邦

他尚不懂声音附于何物。琴谱半开
像林间晦明不辨。祖父曾说，这里
鹅卵石由刽子手转化而来
对此我深信不疑

小溪汹涌。未知的花儿皆白
我愿意放弃自律。
我隔着一堵墙
听他的十指倾诉我之不能

他将承担自己的礼崩乐坏
他将止步
为了一个被分裂的肖邦
在众人瞩目的花园里

刽子手也有祖国，他们
像绝望的鹅卵石被反复冲刷
世界是他们的
我率"众无名"远远地避在斜坡上

2009 年

怀人

每日。在树下捡到钥匙
以此定义忘却
又以枯枝猛击湖水
似布满长堤的不知不觉

踏入更多空宅
四顾而生冠冕
还记得些什么?
蓦然到来的新树梢茫然又可数

二十年。去沪郊找一个人
青丘寂静地扑了一脸
而我,斑驳的好奇心总惯于
长久地无人来答——

曾几何时,在你的鞍前马后。
年青的体用轻旋。
一笑,像描绘必须就简,
或几乎不用

空宅子仍将开花

往复已无以定义

你还在那边的小石凳上

仍用当年旧报纸遮着脸

2009 年

孤峰

孤峰独自旋转，在我们每日鞭打的
陀螺之上。
有一张桌子始终不动
铺着它目睹又一直拒之于外的一切

其历练，平行于我们的膝盖。
其颜色掩之于晚霞。
称之曰孤峰
实则不能跨出这一步

向墙外唤来邂逅的早餐，
为了早已丧失的这一课。
呼之为孤峰
实则已无春色可看

大陆架在我的酒杯中退去。
荡漾掩蔽着惶恐。
桌面说峰在其孤
其实是一个人，连转身都不可能

像语言附着于一张白纸。

其实头颅过大

又无法尽废其白

今夜我在京城。一个人远行无以表达隐身之难

2009 年

两次短跑

几年前，当我读到乔治·巴塔耶，

我随即坐立不安。

一下午牢牢地抓着椅背。

"下肢的鱼腥味""痉挛"：瞧瞧巴大爷爱用的这些词。

瞧瞧我这人间的多余之物……

脱胎换骨是不必了

也不必玩新的色情

这些年我被不相干的事物养活着

——我的偶然加上她的偶然，

这相见叫人痛苦

就像十五岁第一次读到李商隐。在小喷水池边，

我全身的器官微微发烫。

有人在喊我。我几乎答不出声来。

我一口气跑到那堵

不可解释的断墙下

2008 年

可以缩小的棍棒

傍晚的小区。孩子们舞着
金箍棒。红色的，五毛或六毛钱一根。
在这个年纪
他们自有降魔之趣

而老人们身心不定
需要红灯笼引路
把拆掉的街道逡巡一遍，祝福更多孩子
来到这个世界上

他们仍在否定。告诉孩子
棍棒可以如此之小，藏进耳朵里。
也可以很大，搅得伪天堂不安。
互称父子又相互为敌

形而上的湖水围着
几株老柳树，也映着几处灯火。
有多少建立在玩具之上的知觉
需要在此时醒来？

傍晚的细雨覆盖了两代人。

迟钝的步子成灰

曾记起新枝轻拂

那遥远的欢呼声仍在湖底

2009 年

难咽的粽子

早餐是粽子。我吃粽子的时候
突然被一件古老的东西
我称之为千岁忧的东西
牢牢地抓住了。
我和儿子隔桌而坐　看着彼此
一下子瓦解在不断涌入的晨雾里

我告诉儿子，必须懂得在晨雾
鸟鸣
粽子，厨房，屋舍，道路，峡谷和
无人的小水电站里
在熙熙攘攘的街头和
街角炸麻雀的油锅里
在尺度，愿望，成败和反复到来的细雨里
在闹钟的表面
在结着黄澄澄芒果的林间
在我们写秃掉的毛笔里
处处深埋着这件东西
像一口活着的气长叹至今

但白发盖顶的

心口相传，在我们这一代结束

将不再有人

借鸟鸣而看到叶子背面的

永恒沉没的另一个世界

另一片永不可犯的黑色领域。

除了那些依然醒目的——

譬如，横亘在枝丫间的月亮

即便在叛逆眼里

在约翰·列侬和嬉皮士眼里

也依然是一句古训

让我们认识到，从厄运中领悟的与

在街头俯首可拾的，

依然是毫无二致。如果我们那么多的安慰

仅仅来自它已经被毁掉的，脆弱的外壳

为什么仍须有另外的哲学，

另外的折磨？在这盘难以咽下的粽子和

它不可捉摸的味道之上——

在这个安静的早晨。为什么？

2009 年

不测

傍晚安谧如蛋黄立于蛋壳里
破壳之钟，滑过不育的丝绸
我盘膝坐在阳台上
像日渐寡欢的蜘蛛

隔壁的百货店。售货员扛着断腿走出，
塑胶模特儿完成了白日的欢愉，此刻被肢解。
我也有一劫。误读——分开了彼此，
副教授揪去我的脑垂体，隐身于小树林

有人轻拍我的肩膀
唤我进屋去。
大家坐在那里，举着筷子：
决裂的晚餐已经做成

何处钟声能匹配我的，丝绸。
像此时，多需的手正搅动
多重的手。火苗
从她的指甲上窜起，闪烁着不测

2008 年

暴雨频来

暴雨无休止冲刷耳根
所幸我们的舌头
是干燥的
晚报上死者的名字是干燥的
灯笼是干燥的。
宿命论者正跨过教室外边的长廊
他坚信在某处
有一顶旧皇冠
始终为他空着
而他绝不至再一次戴上它

绝不与偶尔搭车的酷吏为伴，不与狱卒为伴
不与僧人为伴
有几年我宁可弃塔远游
也不与深怀戒律者并行
于两场暴雨的间歇里

我得感谢上苍，让我尽得寡言之欢。
我久久看着雨中的

教堂和精神病院

看着台阶上

两个戴眼镜的男子

抬着一根巨大圆木在雨中飞奔。

鞭击来历不明的人，

是这场暴雨的责任。

当这眼球上

一两片儿灰暗的云翳聚集

我知道无论一场雨下得多大

"丧失"——这根蜡烛

会准时点亮在我们心底

所幸它照出的脸

是干燥的

这张脸正摆脱此刻的假寐

将邀你一起

为晚报上唯恶的社会公器而哭

将等着你，你们

抬着巨大圆木扑入我的书房

取了我向无所惧的灯笼远去

2009 年

十字架上的鸡冠

在乡下

我们是一群雷劈过的孩子

遗忘是醒目的天性。

从未有人记得，是谁来到我们的喉咙中

让我们鸣叫

任此叫声……浮起大清早无边的草垛。

而所有文学必将以公鸡作乡村的化身：

当词语在手上变硬

乡村列车也借此穿过我的乱发而来。

公鸡的叫声，在那颅骨里

在灯笼中

在旧的柏油马路上

鸣叫之上的隐喻，

点缀鸣叫之中的孤单。

倘我的喉咙，是所有喉咙中未曾磨损的一个。

从未有人记得，是谁在逼迫我

永记此鸣叫，

在我恒久沉默的桌面之上——

像记得那滋润良知的

是病床之侧的泪水

而非冥想，或别的任何事物

永记那年，十字架上鸡冠像我父亲的脑溢血一样红

正月十五与朋友同游合肥明教寺

散步。

看那人，抱着一口古井走来

吹去泡沫

获得满口袋闪烁的石英的剖面——

我们猜想这个时代，在它之下

井水是均衡的

阻止我们向内张望

也拒绝摄影师随意放大其中的两张脸

而头脑立起四壁

在青苔呈现独特的青色之前。

我们一无所思

只是散步。散步。散步，供每一日的井水形成。

有多年没见了吧

嗯

春风在两个拮据的耳朵间传送当年的问候。

散步

绕着亭子

看寺院翻倒在我们的喉咙里

夜里。

井底稻田爬上我们的脸哭泣

成为又一年的开始

2009 年 2 月

硬壳

诗人们结伴在街头喝茶

整整一日

他们是

大汗淋漓的集体

一言不发的集体

他们是混凝土和木质的集体

看窗外慢慢

驶过的卡车

也如灰尘中藐视的轻睡

而弄堂口

孩子们踢球

哦

他们还没恋爱和乱伦

也未懂得抵制和虚无

孩子们

你们愿意踢多久，就踢多久吧

瞧你们中有

多么出色多么冷漠的旁观者

某日形同孩子

肢体散了又聚

对立无以言说

晚风深可没膝

只有两条腿摆动依然那么有力

猜猜看，他们将把球踢往哪里？

2010 年

本体论

每一个早晨。每一个黄昏。镜子告诉我，
"这是你，先生。这张脸"——
与昨夜相比，
这张脸失而复得。
我知道世上的失而复得之物终将铸成玫瑰
在自我的炉膛边等待再次熔去

从这张脸上分开的
郊外小路像草下的巨蟒四散。
每一个夜晚。我在这些荒僻小路上跑步
一路上，街角，玫瑰，橱窗内的
狼藉杯盘，贫民窟，月亮，如此清晰。
它们为什么
能够如此清晰？
小路有时会爬到我的膝上来哭，
为了这清晰。
为了瞬间即至的路的尽头

还有铁窗外，芭蕉的冲淡。

埋在芭蕉下的父亲用我们烧掉的笔，

给我们写信。

与匍伏着的潜意识巨蟒相比，

它们为什么

能够如此清晰？

假如本体论真能赋予我们以安慰，它将告诉我们，

现象其实一无所附而

诀别仍将源源不绝

每一个早晨。每一个黄昏。像空了的枝头

之于未来的果实，

像短促的自我之于

自我的再造。

"告诉我，先生"——

是什么，在那永恒又荒僻的小路上跑动

2009 年

良马

半夜起床，看见玻璃中犹如

被剥光的良马。

在桌上，这一切——

筷子，劳作，病历，典籍，空白。

不忍卒读的

康德和僧璨

都像我徒具蓬勃之躯

有偶尔到来的幻觉又任其消灭在过度使用中。

"……哦，你在讲什么呢"，她问。

几分钟前，还在

别的世界

还有你

被我赤裸的，慢慢挺起生殖器官的样子吓着。

而此刻。空气中布满沉默的长跑者

是树影在那边移动。

树影中离去的鸟儿，还记得脚底下微弱的弹性。

树叶轻轻一动

让人想起

担当——已是

多么久远的事情了。

现象的良马

现象的鸟儿

是这首诗对语言的浪费给足了我自知。

我无人

可以对话，也无身子可以出汗。

我趴在墙上

像是用尽毕生力气才跑到了这一刻

2009 年

晚安，菊花

晚安，地底下仍醒着的人们。

当我看到电视上涌来

那么多祭祀的菊花

我立刻切断了电源——

去年此日，八万多人一下子埋进我的体内

如今我需要更多、更漫长的

一日三餐去消化你们

我深知这些火车站

铁塔

小桥

把妻子遗体绑在摩托车上的

丈夫们

乱石中只逃出了一只手的

小学生们

在湖心烧掉的白鹭，与这些白鹭构成奇特对应的

降落伞上的老兵们

形状不一的公墓

未完成的建筑们

终将溶化在我每天的小米粥里

我被迫在这小米粥中踱步
看着窗外
时刻都在抬高的湖面
我说晚安，湖面
另一个我在那边闪着臆想的白光
从体制中夺回失神的脸

我说晚安，
远未到时节的菊花。
像一根被切断电源的电线通向更隐秘的所在
在那里
我从未祈祷，也绝不相信超度
只对采集在手的事物
说声谢谢
我深知是我亲手埋掉的你们
我深知随之而来的明日之稀

2009 年 5 月 12 日汶川地震一周年

伐桦

砍掉第一根树枝。映在
临终前他突然瞪大的
眼球上。那些树枝
那些树叶的万千图案
我深知其未知
因为我是一个丧父的人
我的油灯因恪守誓言而长明

连同稀粥中的鬼脸。
餐桌上，倒向　边的蜡烛
老掉牙的收音机里
依然塞着一块砖
我是一个在
细节上丧父的人
我深知在万物之中
什么是我
我砍掉了第二根树枝和
树下的一个省

昨天在哪里

我有些焦躁

我的死又在哪里

为什么我

厌恶屋顶的避雷针

我厌恶斧头如同

深知唯有斧头可以清算

我在人世的愚行，一切

合乎诗意的愚行

2009 年 10 月 7 日父亲去世两个月记

芹菜之光

好吧，芹菜之味我可以转述而

芹菜的意义

我闭口不谈

如果仅限于饕餮，又碰巧在星期天早晨

芹菜的自由意志令人窒息

它如此翠绿而我只喜欢

小贩子们在暗处

闪耀的脸

满含了对立的脸

过多久你还能记得？

譬如：一个从不吃芹菜的男人

执意买光所有芹菜，整个市场为之沸腾

听起来有点儿解恨？

接下来的莫名惆怅

又来自哪里

谁也不知明天早餐将缺些什么——又

譬如：芹菜与玄思

好吧。让芹菜从街头涌出来

让芹菜从拖鞋中涌出来

让芹菜从屋顶盘旋的铁管子中涌出来

让芹菜从老人的白内障中涌出来

让芹菜从布满蛛影的小学生脸上涌出来

我们一起为尚未形成的土壤而长默

2009 年

两种谬误

停电了。我在黑暗中摸索晚餐剩下的

半个橘子

我需要她的酸味

唤醒埋在体内的另一口深井

这笨拙的情形，类似

我曾亲手绘制的一幅画：

一个盲人在草丛扑蝶

盲人们坚信蝴蝶的存在

而诗人宁可相信它是虚无的

我无法在这样的分歧中

完成一幅画。

停电正如上帝的天赋已从我的身上撤走

枯干的橘子

在不知名的某处，正裂成两半

在黑暗的房间我们继续相爱，喘息，老去。

另一个我们在草丛扑蝶。

盲人一会儿抓到

枯叶

一会儿抓到姑娘涣散的裙子。

这并非蝶舞翩翩的问题

而是酸味尽失的答案

难道这也是全部的答案？

假设我们真的占有一口深井像

　　　　一幅画中的谬误

在那里高高挂着

我知道在此刻，即便电灯亮起，房间美如白昼

那失踪的半个橘子也永不再回来

2011 年

两僧传 ①

村东头有个七十多岁的哑巴老头

四处偷盗，然后去城里声色犬马

一天清晨

有个僧人跪在他的门口。头上全是露水

他说：你为什么拆掉我的庙呢？

我乞讨了四十一年，才建起它。

我从饿虎，变成愉树，再变成人，

才建起了它。

为了节省一口饭的钱，

我的胃里塞了几条河的沙子。

现在，

你杀掉我吧。

---

① 此诗献给我的曾祖母。她乞讨数十年在桐城孔镇建起迎水庵，于二十世纪六十年代被毁。

哑巴老头看也没看他一眼，
又去城里寻欢作乐了

他再也不愿回到村里。今天他老病交加
奄奄一息睡在街头

僧人仍跪在空房子前。几个月了。
乡亲们东一口、西一口地救活了他

"他们两个都快死了"
一个老亲戚在我的书房痛哭流涕

是啊。
可我早已失去救人、埋人的力气

我活着却早已不会加固自己。
我稀里糊涂的脸上在剥漆

漫长的夏季。我度日如年
我是我自己日渐衰老的玩偶

2011 年

石头记

小时候我们埋伏在

榛树丛里

用石块袭击骑车的老人

那时的摩天轮归他们所有。湖水归他们所有。

而他们在十字架上，装聋作哑

如今我骑在车上。轮到你们了

胸口刺青的坏小子们

短裙下露出剪刀的姑娘们

轮到你们了

请用 hysteria[①] 的石块击翻我。

请大把大把地，挥霍我剩下的恶名

不要被幽灵般的进化论

吓着了也不要在幽暗树丛

埋藏太深——

让我看见你们旗杆一样竖着的尾巴

---

① hysteria，常译作"歇斯底里"。

来吧，请用石头瓦解这个

想脱胎换骨的人。

他快老了

拇指经常发抖

勒住这辆失控的自行车已有些吃力。

黑白相间的乱发像一座旧花园。

来吧，攻击这座逻辑的

旧花园

成长的野史蛊惑着每个人。

布满世界的

石头和它泛着苦味的轨迹。

我听见我细雨中的扶棺之手这样

哀求着沸腾的石块

来吧

来吧，击碎我。

2011 年

驳詹姆斯·赖特 [1] 有关轮回的偏见

我们刚洗了澡

坐在防波堤的长椅上

一会儿谈谈哲学

一会儿无聊地朝海里扔着葡萄。

我们学习哲学又栽下满山的葡萄树

显然

是为末日做了惊心动魄的准备

说实话我经常失眠

这些年，也有过摆脱欲望的种种努力

现在却讲不清我是

这辆七十吨的载重卡车，还是

吊着它的那根棉线

雨后

被弃去的葡萄千变万化

---

[1] 詹姆斯·赖特（James Wright，1927—1980），美国诗人，曾深受盛唐诗人王维的影响。

你在人群中麻木地催促我们

向前跨出一步。"你跨出体外，

就能开出一朵花"①。

你总不至认为轮回即是找替身吧

东方的障眼法，向来拒绝第二次观看

我们刚在甜蜜的葡萄中洗了澡

在这根棉线断掉之前。

世界仍在大口地喘着气

脚下，蚯蚓仍是青色的

心存孤胆的

海浪仍在一小步一小步涌着来舔礁石。

我写给诸位的信正塞进新的信封

2011 年

---

① 引自詹姆斯·赖特的《幸福》一诗。

与顾宇罗亮在菲比酒吧夜撰

摇滚乐中夹杂江南的丝竹。上帝不偏不倚

他掷骰子

而彩色的平民赌博

吧台小姐说：塑料筹码可抵万金

强悍舞步中晃动过时的建筑。

当鼓点停止

飞出去的四肢又回到身体上。

顾宇双腿修长，

令罗亮不悦。

啊，怎么办？

大家一起来尝"闲暇"这块压抑的菠萝吧。

啤酒桌上拼接着

应约而来的几张老脸。

吵什么呀，谁

没有过雪白的童年

谁又不曾芒鞋踏破

整个晚上我穿过恍惚的灯光搜寻你们

你好吗，小巷的总统先生

你好吗，破袄中的刘皇叔

幸亏遗忘不曾挪动过。幸亏我
懂得如何在一瞬之中
彻底消耗我平凡享乐的四十年

2010 年

拉芳舍 ①

鹅卵石在傍晚的雨点中滚动。

多疑的天气让狗眼发红

它把鼻子抵上来

近乎哀求地看着嵌在玻璃中的我们

狗会担心我们在玻璃中溶化掉?

我们慢慢搅动勺子,向水中注入一种名叫

　　"伴侣"的白色粉末,

以减轻杯子的苦味。

桌子上摆着幻觉的假花——

狗走进来,

一会儿嗅嗅这儿,一会儿嗅嗅那儿。

有诗人在电话另一头低低吼着。

女诗人躺在云端的机舱,跟医生热烈讨论着

　　她的银质牙箍。

我们的孤立让彼此吃惊。惯于插科打诨或

神经质的大笑,

---

① 合肥市芜湖路一家咖啡馆,现已倒闭。

只为了证明

我们片刻未曾离开过这个世界。

我们从死过的地方又站了起来

这如同狗从一根绳子上

加入我们的生活，又被绳子固定在

一个假想敌的角色中。

遛狗的老头扭头呵斥了几声。

几排高大的冷杉静静环绕着我们

不用怀疑，我们哪儿也去不了。

我们什么也做不成。

绳子终会烂在我们手中，而冷杉

将从淤泥中走出来

替代我们坐在那里，成为面目全非的另一代人

2011 年

菠菜帖

母亲从乡下捎来菠菜一捆

根上带着泥土

这泥土，被我视作礼物的一部分。

也是将要剔除的一部分：

——在乡村，泥土有

更多的用途

可用于自杀，也可用来堵住滚烫的喉咙

甚至可以用来猜谜。

南方丘陵常见的红壤，雨水

从中间剥离出沙砾

母亲仍喜欢在那上面劳作。

它将长出什么？

我猜得中的终将消失。

我猜不到的，将统治这个乱糟糟的世界

是谁说过"事物之外，别无思想"？

一首诗的荒谬正在于

它变幻不定的容器

藏不住这一捆不能言说的菠菜。

它的青色几乎是

一种抵制——

母亲知道我对世界有着太久的怒气

我转身打电话对母亲说：

"太好吃了。"

"有一种刚出狱的涩味。"

我能看见她在晚餐中的

独饮

菠菜在小酒杯中又将成熟

而这个傍晚将依赖更深的泥土燃尽。

我对匮乏的渴求甚于被填饱的渴求

2012 年

养鹤问题

在山中，我见过柱状的鹤
液态的或气体的鹤
在肃穆的杜鹃花根部蜷成一团春泥的鹤
都缓缓地敛起翅膀。
我见过这唯一为虚构而生的飞禽
因她的白色饱含了拒绝，而在
这末世，长出了更合理的形体

养鹤是垂死者才能玩下去的游戏。
同为少数人的宗教，写诗
却是另一码事：
这结句中的鹤完全可以被替代
永不要问，代它到这世上一哭的是些什么事物
当它哭着东，也哭着西
哭着密室政治，也哭着街头政治

就像今夜，在浴室排风机的轰鸣里
我久久地坐着
仿佛永不会离开这里一步

我是个不曾养鹤也不曾杀鹤的俗人

我知道时代赋予我的痛苦已结束了

我披着纯白浴衣

从一个批判者正大踏步赶至旁观者的位置上

2012 年

苹果

今夜，大地的万有引力欢聚在

这一只孤单的苹果上

它渺茫的味道

曾过度让位于我的修辞，我的牙齿。

它浑圆的体格曾让我心安

此刻，它再次屈服于这个要将它剖开的人：

当盘子卷起桌面压上我的舌尖

四壁也静静地持刀只等我说出

一个词。

是啊，"苹果"，

把它还给世界的那棵树已远行至天边

而苹果中自有惩罚。

它又酸又甜包含着对我们的敌意。

我对况味的贪婪

慢慢改变了我的写作

牛顿之后，它将砸中谁？

多年来

我对词语的忠诚正消耗殆尽

而苹果仍将从明年的枝头涌出

为什么每晚吃掉一只还非一堆？
生活中的孤证形成百善。
我父亲临死前唯一想尝一尝的东西
甚至他只想舔一舔
这皮上的红晕
我知道这有多难
鲜艳的事物一直在阻止我们玄思的卷入。
我的胃口是如此不同：
我爱吃那些完全干枯的食物。
当一个词干枯它背后神圣的通道会立刻显现：
那里，白花正炽
泥沙夹着哭声的建筑扑上我的脸

2012 年

麻雀金黄

我嘴中含着一个即将爆破的国度。

谁的轻风？在吹着
这城市的偏街小巷
早晨的人们，冲掉马桶就来围着这一炉大火
又是谁的神秘配方
扒开胸膛后将一群群麻雀投入油锅

油锅果然是一首最古老的诗
没有什么能在它的酸液中复活
除了麻雀。它在沸腾的锅中将目睹一个新世界
在那里
官吏是金黄的，制度是金黄的，赤脚是金黄的。
老雀们被撒上盐仍忘不了说声谢谢

柳堤是金黄的
旷野是金黄的
小时候，我纵身跃上穿堂而过的电线
跟麻雀们呆呆地蹲在一起
暴雨来了也不知躲闪

我们默默数着油锅中噼噼啪啪的未来的词句

那些看不起病的麻雀

煤气灯下通宵扎着鞋底的麻雀

为了女儿上学，夜里去镇上卖血的麻雀

被打断了腿在公园兜售气球的麻雀

烤山芋的麻雀

青筋凸起的养老金的麻雀

每晚给不懂事的弟弟写信的妓女的麻雀

霓虹灯下旋转的麻雀

现在是一个早晨的国度了

在油锅中仍紧紧捂着这封信的麻雀。

谁的轻风？吹着这一切。谁的静脉？[①]

邮差是金黄的。忘不了的一声谢谢是金黄的。早餐是金黄的

2012 年

---

① 斯洛文尼亚诗人阿莱西·希德戈的句子。

夜间的一切

我时常觉得自己枯竭了。正如此刻
一家人围着桌子分食菠萝——

菠萝转眼就消失了
而我们的嘴唇仍在半空中，吮吸着

母亲就坐在桌子那边。父亲死后她几近失明
在夜里，点燃灰白的头撞着墙壁

我们从不同的世界伸出舌头。但我永不知道
菠萝在她牙齿上裂出什么样的味道

就像幼时的游戏中我们永不知她藏身何处。
在柜子里找她
在钟摆上找她
在淅淅沥沥滴着雨的葵叶的背面找她
事实上，她藏在一支旧钢笔中等着我们前去拧开。没人知道，
连她自己也不知道

但夜间的一切尽可删除

包括白炽灯下这场对饮

我们像菠萝一样被切开，离去

像杯子一样深深地碰上

嗅着对方，又被走廊尽头什么东西撞着墙壁的

"咚、咚、咚"的声音永恒地隔开

2012 年

失去的四两

"这世上，到底有没有火中莲、山头浪？"
褒禅山寺的老殿快塌了，而小和尚唇上毫毛尚浅

"今天我买的青菜重一斤二。
洗了洗，只剩下八两"

我们谈时局的危机、佛门的不幸和俗世的婚姻。
总觉得有令人窒息的东西在头顶悬着

"其实，那失去的四两，也可以炒着吃"
我们无辜的、绝望的语言耽于游戏——

"卖菜人两手空空下山去"。
似乎双方都有余力再造一个世界

当然，炒菜的铲子也可重建大殿。我们浑身
都是缺口。浑身都是伏虎的伤痕

2013 年 5 月

颂九章（选六）

老藤颂

候车室外。老藤垂下白花像

未剪的长发

正好覆盖了

轮椅上的老妇人

覆盖她瘪下去的嘴巴

奶子

眼眶

她干净、老练的绣花鞋

和这场无人打扰的假寐

而我正沦为除我之外，所有人的牺牲品

玻璃那一侧

旅行者拖着笨重的行李行走

有人焦躁地在看钟表

我想，他们绝不会认为玻璃这一侧奇异的安宁

这一侧我肢解语言的某种动力

我对看上去毫不相干的两个词

　　（譬如雪花和扇子）

　　　之间神秘关系不断追索的癖好

来源于他们

来源于我与他们之间的隔离

他们把这老妇人像一张轮椅

那样

制造出来

他们把她虚构出来

在这里。弥漫着纯白的安宁

在所有白花中她是

局部的白花耀眼

一如当年我

在徐渭画下的老藤上

为两颗硕大的葡萄取名为"善有善报"和

"恶有恶报"时，觉得

一切终是那么分明

该干的事都干掉了

而这些该死的语言经验一无所用

她罕见的苍白，罕见的安宁

像几缕微风

吹拂着

葡萄中含糖的神性。

如果此刻她醒来，我会告诉她

我来源于你

我来源于你们

筌箎颂

在旋转的光束上，在他们的舞步里

从我脑中一闪而去的是些什么

是我们久居的语言的宫殿？还是

别的什么，我记得一些断断续续的句子

我记得旧时的筌箎。年轻时

也曾以邀舞之名获得一两次仓促的性爱

而我至今不会跳舞，不会唱歌

我知道她们多么需要这样的瞬间

她们的美貌需要恒定的读者，她们的舞步

需要与之契合的缄默——

而此刻。除了记忆
除了勃拉姆斯像扎入眼球的粗大沙粒

还有一些别的什么？
不，不。什么都没有了

在这个唱和听已经割裂的时代
只有听，还依然需要一颗仁心

我多么喜欢这听的缄默
香樟树下，我远古的舌头只用来告别

稀粥颂

多年来每日一顿稀粥。在它的清淡与
嶙峋之间，在若有若无的餐中低语之间

我埋头坐在桌边。听雨点击打玻璃和桉叶
这只是一个习惯。是的，一个漫无目的的习惯

小时候在稀粥中我们滚铁环

看飞转的陀螺发呆，躲避旷野的闷雷

我们冒雨在荒冈筑起
父亲的坟头，我们继承他的习惯又

重回这餐桌边。像溪水提在桶中
已无当年之怒——有时，我们为这种清淡发抖

这里面再无秘密可言了？我听到雨点
击打到桉叶之前，一些东西正起身离去

它映着我碗中的宽袍大袖，和
渐已灰白的双鬓。我的脸。我们的脸

在裂帛般晚霞下弥漫的
偏街和小巷。我坐在这里。这清淡远在拒绝之先

卷柏颂

当一群古柏蜷曲，摹写我们的终老
懂得它的人驻扎在它昨天的垂直里，呼吸仍急促

短裙黑履的蝴蝶在叶上打盹
仿佛我们曾年轻的歌喉正由云入泥

仅仅一小会儿。在这荫翳旁结中我们站立
在这清流灌耳中我们站立——

而一边的寺顶倒映在我们脚底水洼里
我们蹚过它：这永难填平的匮乏本身

仅仅占据它一小会儿。从它的蜷曲中擦干
我们嘈杂生活里不可思议的泪水

没人知道真正的不幸来自哪里。仍恍在昨日
当我们指着不远处说：瞧！

那在坝上一字排开，油锅鼎腾的小吃摊多美妙
嘴里塞着橙子，两脚泥巴的孩子们，多么美妙

滑轮颂

我有个从未谋面的姑姑
不到八岁就死掉了

她毕生站在别人的门槛外唱歌，乞讨
这毕生不足八岁，是啊，她那么小

那么爱笑
她毕生没穿过一双鞋子

我见过那个时代的遗照：钢青色远空下，货架空空如也
人们在地下嘴叼着手电筒，挖掘出狱的通道

而她在地面上
那么小，又那么爱笑

死的时候吃饱了松树下潮湿的黏土
一双小手捂着脸

我也有双深藏多年的手
我也有一副长眠的喉咙

在那个时代从未完工的通道里
在低低的，有金刚怒目的门槛上

在我体内她能否从这人世的松树下
再次找到她自己？哦。她那么小

我想送她一双新鞋子。送她一副咯咯
笑着从我中秋的胸膛蛮横穿过的滑轮

垮掉颂

为了记录我们的垮掉
地面上新竹，年年破土而出

为了把我们唤醒
小鱼儿不停从河中跃起

为了让我们获得安宁
广场上懵懂的鸽群变成了灰色

为了把我层层剥开
我的父亲死去了

在那些彩绘的梦中，他对着我干燥的耳朵
低语：不在乎再死一次

而我依然这么厌倦啊厌倦
甚至对厌倦本身着迷

我依然这么抽象
我依然这么复杂

一场接一场细雨就这么被浪费掉了
许多种生活不复存在

为了让我懂得，在今夜，在郊外
这么多深深的、别离的小径铺向四面八方——

2010 年

秋兴九章（选四）

4

钟摆来来回回消磨着我们
每一阵秋风消磨我们

晚报的每一条讣闻消磨着我们
产房中哇哇啼哭消磨我们

牛粪消磨着我们
弘一也消磨我们

四壁的霉斑消磨着我们
四壁的空白更深地消磨我们

年轻时我们谤佛讥僧，如今
加了点野狐禅

孔子、乌托邦、马戏团轮番来过了
这世界磐石般依然故我

这丧失消磨着我们：当智者以醒悟而
弱者以泪水

当去者以嘲讽而
来者以幻景

只有一个珍贵愿望牢牢吸附着我：
每天有一个陌生人喊出我的名字

　　5

每时每刻。镜中那个我完好
无损。只是退得远远的——

人终须勘破假我之境
譬如夜半窗前听雨

总觉得万千雨滴中，有那一滴
在分开众水，独自游向湖心亭

汹涌而去的人流中，有
那么一张脸在逆风回头

人终须埋掉这些
生动的假我。走得远远的

当灰烬重新成为玫瑰
还有几双眼睛认得？

秋风中，那么深刻的
隐身衣和隐形人……

6

父亲临终前梦见几只麻雀从
祖父喉咙中，扑嗖嗖飞出来

据他另一次描述：在大饥荒年份
祖父饿得瘫痪在坝上
他用最后一点力气抓住
几只饿得飞不动的
幼雀，连皮带骨生吞了下去

从此我对这个物种
和这个词备觉紧张

我从网络下载了麻雀的无数视频
精研那绞索般细细而锐利的眼神

我看到它们脸上的忧愁
远别其他鸟类。今天之前
我很难想象会写下这首诗
我只是恐惧某日，在旷野
或黄昏的陌巷中，有一只
老雀突然认出了我……

9

远天浮云涌动，无心又自在
秋日里瓶装墨水湛蓝
每一种冲动呈锯齿状
每一个少年都是情色的天才
为了人的自由，上帝自囚于强设的模型中

每一片叶子吐着致幻剂
每一棵树闪着盲目磷光
少年忍不住冲到路上
却依然无处可去。前程像一场大病无边无际

但山楂树，仍可一唱

小河水仍可一饮

诗人仍可疯掉来解放自己

自性蛮荒的巨蟒，仍可隐身于最精致的吊灯

仍可想一想死后

这淳朴的蜘蛛还在，灰颈鹤还在

水中无穷溶解的盐粒还在

载动我们下一次生命的身体，依然无始无终

仍可想一想那狱内文字

并未断绝；许多人赖以为食的世界之荒诞

远未被掏空

仍可以世象之变，以暗下去的血迹，来匹配这明净秋天

这干灰中仍有种子

可让孤独的人一饮而尽。这镣链之

空和六和塔之空，仍在交替着到来

这旋转的镍币正反两面也

仍可深藏那神秘的、旁若无人的眼睛——

2014 年

杂咏九章（选六）

群树婆娑

最美的旋律是雨点击打

正在枯萎的事物

一切浓淡恰到好处

时间流速得以观测

秋天风大

幻听让我筋疲力尽

而树影，仍在湖面涂抹

胜过所有丹青妙手

还有暮云低垂

令淤泥和寺顶融为一体

万事万物体内戒律如此沁凉

不容我们滚烫的泪水涌出

世间伟大的艺术早已完成

写作的耻辱为何仍循环不息……

死者的仪器

一些朋友在实验室里
用精密仪器，钻研死后的世界

比如一个人消逝后
会变成什么

我常去看我的父亲
在虬松郁郁的孤坟

坟上野花比盆栽的花更红一点
我相信是死者嗅过

坟边栎树，比附近的树更加粗壮
我相信是死者在根部用力

但我投掷于虚空的
相信
在任何一台仪器上都得不到证明

人世被迫造出了
更精密的仪器，造出了蝴蝶

我依然不知父亲死后
变成了什么
但我知道，我们都在急剧地减少
那些

灰色的
消极的
不需要被铭记的

正如久坐于这里的我
被坐在别处的我
深深地怀疑过

渐老如匕

旧电线孤而直
它统领下面的化工厂，烟囱林立
铁塔在傍晚显出疲倦

众鸟归巢

闪光的线条经久不散

白鹤来时

我正年幼激越如蓬松之羽

那时我趴在一个人的肩头

向外张望

旧电线摇晃

雨水浇灌桉树与银杏的树顶

如今我孤而直地立于

同一扇窗口

看着高压电线从岭头茫然入云

衰老如匕扎入桌面

容貌在木纹中扩散

而窗外景物仿佛几经催眠

我孤而直。在宽大房间来回走动

房间始终被哀鹤般

两个人的呼吸塞满

葵叶的别离

露珠快速滑下葵叶

坠入地面的污秽中

我知道

她们在地层深处

将完成一次分离

明天凌晨将一身剔透再次登上葵叶

在对第二次的向往中

我们老去

但我们不知道第二只脚印能否

精确嵌入昨天的

永不知疲倦的鲁迅

在哪里

恺撒呢

摇篮前晃动的花

下一秒用于葬礼

那些空空的名字

比陨石更具耐心

我听见歌声涌出

天空中蓬乱的鸟羽、机舱的残骸
混乱的
相互穿插的风和
我们永难捉摸的去向

——为什么？

葵叶在脚下滚动
我们活在物溢出它自身的
那部分中。词活在奔向对应物的途中

古老的信封

星光在干灰中呈锯齿状
而台灯被拧得接近消失
我对深夜写在废纸上又
旋即烧去的
那几句话入迷

有些声音终是难以入耳

夜间石榴悄悄爆裂

从未被树下屏息相拥的

两个人听见

堤坝上熬过了一个夏季的

芦苇枯去之声如白光衰减

接近干竭的河水磨着卵石

而我喜欢沿滩涂走得更远

在较为陡峭之处听听

最后一缕河水跌下时

那微微撕裂的声音

我深夜写下几句总源于

不知寄给谁的古老冲动

在余烬的唇上翕动的词语

正是让我陷于永默的帮凶

梨子的侧面

一阵风把我的眼球吹裂成

眼前这些紫色的葡萄

白的花，黑的鸟，蓝色的河流

画架上

布满沙砾的火焰

我球状的视觉均分在诸物的静穆里

窗外黛青的远山

也被久立的画家一笔取走

我看着她

——保持饥饿感真好

我保持着欲望、饮食、语言上的三重饥饿

体内仿佛空出一大块地方

这种空很大

可以塞进四十四个师的

轻骑兵

我在我体内晃动着

我站在每一个涌入我体内的物体上出汗

在她的每一笔中

只有爱与被爱依然是一个困境

一阵风吹过殡仪馆的

下午

我搂过她的腰、肩膀、脚踝

她的颤抖

她的神经质

正在烧成一把灰

我安静地垂着头。而她生命中全部的灰

正在赶往那一天

我们刚刚认识

我伸出手说

"你好"……

风吹着素描中一只梨子的侧面

2015 年

寒江帖九章（选三）

寒江帖

笔头烂去
谈什么万古愁

也不必谈什么峭壁的逻辑
都不如迎头一棒

我们渺小
但仍会战栗
这战栗穿过雪中城镇、松林、田埂一路绵延而来
这战栗让我们得以与江水并立

在大水上绘下往昔的雪山和狮子。在大水上
绘下今日的我们：
一群弃婴和
浪花一样无声卷起的舌头

在大水上胡乱写几个斗大字

随它散去
浩浩荡荡

秋江帖

去年八月，江边废弃的小学
荒凉的味道那么好闻
野蒿壮如幼蟒
垃圾像兽类的残骸堆积
随手一拍，旧桌子便随着
浮尘掩面而起

窗外正是江水的一处大拐弯
落日充血的巨型圆盘
恰好嵌在了凹处
几根枯枝和
挖掘机长长黑臂探入盘内
——仿佛生来如此
我想，在世界任何一处
此景不复再现

阒寂如泥

涂了满面

但世界的冲动依然难以遏止：

灰鸥在江上俯冲

黑孩子用石块攻击我的窗户

孩子们为何总是不能击中？

他们那么接近我的原型

他们有更凶悍的部队和无限的石块

潜伏于江水深处

我知道数十年后

他们之中，定有一人将侵占

我此刻的位置

他将继承这个破损的窗口，继承窗外

又聋又哑的好世界

这独一无二的好世界

江右村二帖

草木也会侵入人的肢体

他将三根断指留在了

异乡的工厂

入殓前，亲人们用桦枝削成新的手指——

据说几年前

人们用杉木做成脑袋为

另一个人送葬

语言并不能为这些草木器官

提供更深的疲倦

田垄上，更多幼枝被沉甸甸的

无人采摘的瓜果压垮

我们总为不灭的炉膛所累

草木在火中

噼啪作响

那些断指的、无头的人

正在赶回

母亲的米饭已在天边煮熟

2015 年

裂隙九章（选四）

不可多得的容器

我书房中的容器

都是空的

几个小钵，以前种过水仙花

有过璀璨片刻

但它们统统被清空了

我在书房不舍昼夜的写作

跟这种空

有什么样关系？

精研眼前事物和那

不可见的恒河水

总是貌似刁钻、晦涩——

难以作答

我的写作和这窗缝中逼过来的

碧云天，有什么样关系？

多数时刻

我一无所系地抵案而眠

岁聿其逝

防波堤上一棵柳树

陷在数不清的柳树之中

绕湖跑步的女孩

正一棵棵穿过

她跑得太快了

一次次冲破自己的躯壳

而湖上

白鹭很慢

在女孩与白鹭的裂隙里

下夜班的护士正走下

红色出租车

一年将尽

白鹭取走它在世间的一切

紧贴着水面正安静地离去

云端片刻

总找不到自体的裂隙

以便容纳

欲望中来历不明的颤动

直到一天夜里

裸身从卧室出来

经过门口穿衣镜

一束探照灯的强光从窗外

突然斜插在我和

镜子之间

我瞬间被一劈为二

对着光柱那边的自己恍惚了几秒

这恍惚也被

一劈为二

回到燥热的床上，我想

镜中那个我仍将寄居在

那里

折磨、自足

无限缓慢地趋淡——

那就请他，在虚无中

再坚持一会儿

黄鹂

用漫天大火焚烧

冬末的旷野

让那些毁不掉的东西出现

这是农民再造世界的经验
也是凡·高的空空妙手
他坐在余烬中画下晨星
懂得极度饥饿之时，星空才会旋转

而僵硬的死讯之侧
草木的弹性正恢复
另有一物懂得，极度饥饿之时
钻石才会出现裂隙
她才能脱身而出

她鹅黄地、无限稚嫩地扑出来了
她站不稳
哦，欢迎黄鹂来到这个
尖锐又愚蠢至极的世界

2016 年

不可说九章（选四）

街头即绘

那令槐花开放的
也必令梨花开放

让一个盲丐止步的
却绝不会让一个制服止步

道一声精准多么难
虽然盲丐
在街头
会遭遇太多的蔑称
而制服在这个时代却拥有
深渊般的权力

他们寂静而
醒目
在灰蒙蒙的街道之间

正午

花香涌向何处不可知

悬崖将崩于谁手不可知

渺茫的本体

每一缄默物体等着我

剥离出它体内的呼救声

湖水说不

遂有涟漪

这远非一个假设：当我

跑步至小湖边

湖水刚刚形成

当我攀至山顶，在磨得

皮开肉绽的鞋底

六和塔刚刚建成

在塔顶闲坐了几分钟

直射的光线让人恍惚

这恍惚不可说

这一眼望去的水浊舟孤不可说

这一身迟来的大汗不可说

这芭蕉叶上的

漫长空白不可说

我的出现

像宁静江面突然伸出一只手

摇几下就

永远地消失了

这只手不可说

这由即兴物象压缩而成的

诗的身体不可说

一切语言尽可废去，在

语言的无限弹性把我的

无数具身体从这一瞬间打捞出来的

生死两茫茫不可说

对立与言说

死者在书架上

分享着我们的记忆、对立和言说

那些花

飘落于眼前

死者中有

不甘心的死者，落花有逆时序的飘零

我常想，生于大海之侧的沃尔科特为何与

宽不盈丈的泥砾河畔的我，遭遇一样精神危机

而遥距千年的李商隐又为何

跟我陷入同结构的南柯一梦

我的句子在书架上

越来越不顺从那些摧残性的阅读

不可知的落花

不可说的眼前

林间小饮

今日无疾

无腿

无耳

无身体

无汗

无惊坐起

初春闷热三尺

案牍消于无形

未按计划绕湖三匝

今日无湖水

无柳

母亲仍住乡下

未致电相互问候

请允许此生仅今日无母亲

杜鹃快开了吧

但今日

无山

无忆

举目无亡灵

去林中

无酒

我向不擅饮

想着天灵盖

却无断喝

何谓断喝？

风起

风不可说

2016 年

茅山格物九章（选四）

良愿

不动声色的良愿像尘埃
傍晚的湖泊呈现靛青色

鸟在低空，不生变
枯草伏岸，不生疑
只一会儿，榆树浓得只剩下轮廓

迎面而来的老者
脸上有石质的清冷

这一切其实并不值得写下
淤泥乌黑柔软
让我想起胎盘

我是被自然界的荒凉一口
一口

喂大的。远处
夸张的楼群和霓虹灯加深着它

轻霜般完美
轻霜般不能永续

冷眼十四行

夜雀滑向池中橘红的圆月
静穆的阴影投射在平面上
负责阐释一切阴影的
年轻禅师觉得疲倦——
他为不能平息在词句中
变幻不可控的语调难堪
也为活在一个看不到起点和
终点的喑哑世界难堪
他知道沉默不可完成
而自我又永难中断
他为一棵樱桃树难堪
为樱桃的不可中止难堪
他看见死者仍在弧线上运动而
每一块湿润的石头都如梦初醒

深嗅

油菜花伏地而黄
一场小雨结束，油菜花落
杏花落，李花落
凋零的花瓣有如赤子

不用做任何努力，第二年
她们都将重返枝头

我也将目击更多不幸
我体内废墟会堆得更高

他人的。我自己的。和臆想的

但乡村的寂静和
统一是体制性的
它甚至会埋藏起自己的
失败
先起身来迎接我的……

等这场小雨结束

"无为"二字将在积水中闪光

葛洪医生

请修补我

　鸟鸣山涧图

那些鸟鸣，那些羽毛

仿佛从枯肠里

缓缓地

向外抚慰着我们

随着鸟鸣的移动，野兰花

满山乱跑

几株峭壁上站得稳的

在斧皴法中得以遗传

庭院依壁而起，老香榧树

八百余年闭门不出

此刻仰面静吮着

从天而降的花粉

而白头鹎闭目敛翅，从岩顶

快速滑向谷底

像是睡着了

快撞上巨石才张翅而避

我们在起伏不定的

语调中

也像是睡着了

又本能地避开快速靠近的陷阱

2016 年

遂宁九章（选六）

在永失中

我沿锃亮的铁路线由皖入川

一路上闭着眼，听粗大雨点

砸着窗玻璃的重力。时光

在钢铁中缓缓扩散出涟漪

此时此器无以言传

仿佛仍在我超稳定结构的书房里

听着夜间鸟鸣从四壁

一丝丝渗透进来

这一声和那一声

之间，恍惚隔着无数个世纪

想想李白当年，由川入皖穿透的

是峭壁猿鸣和江面的漩涡

而此刻，状如枪膛的高铁在

隧洞里随我扑入一个接

一个明灭多变的时空

时速六百里足以让蝴蝶的孤独

退回一只茧的孤独

这一路我丢失墙壁无限

我丢失的鸟鸣从皖南幻影般小山隼

到蜀道艰深的白头翁

这些年我最痛苦的一次丧失是

在五道口一条陋巷里

我看见那个我从椅子上站起来了

慢慢走过来了

两个人脸挨脸坐着

在两个容器里。窗玻璃这边我

打着盹。那边的我在明暗

不定风驰电掣的丢失中

观音山

乌桕树叶。青桐叶。苦楝树叶

黄栌叶

土合欢树叶。榉树叶

小雨笨钟树叶

蚂蚱的视力近于零树叶

老寺的红柱剥漆了树叶

一因多果或一果多因树叶

登阶五百级我体内

分泌的多巴胺抵抗了虚无树叶

栎树叶。槲树叶。猫尾木叶

榛树叶

黄脉刺桐叶。槐树叶

心死了肢体仍

在广场跳舞树叶

跪在本时代的污水中树叶

受辱不失为一件奇特的礼物树叶

寻求一致性丝毫也不能减少绝望树叶

我树叶——

玫瑰的愿望

当孤独有着最完美的范例

它一定是费解的

傍晚。静谧的街心花园

我听到一个声音从花柄传来

来吧

品尝我的空洞

填满我的空洞

人炽烈的身体和隔绝的
内心在玫瑰上
连接起来——
在那里难以冷却

但玫瑰的大脑空空
我们手持剪刀只是
通过一束花在修剪自己

当这空洞有了颜色，不断绽放
我再没有什么
去试探它们
填满它们

语言呢
语言并不可靠

玫瑰体内坐落着
语言抹不去的
四面八方之苦

堂口观燕

自古的燕子仿佛是
同一只。在自身划下的
线条中她们转瞬即逝

那些线条消失
却并不涣散
正如我们所失去的
在杳不可知的某处
也依然滚烫而完整

檐下她搬来的春泥
闪着失传金属光泽
当燕子在

凌乱的线条中诉说
我们也在诉说，但彼此都
无力将这诉说
送入对方心里

我想起深夜书架上那无尽的

名字。一个个

正因孤立无援

才又如此密集

在那些书中，燕子哭过吗

多年前我也曾

这样问过你

而哭声，曾塑造了我们

从白鹭开始

一群白鹭仿佛完全失去了

重量地浮在半空——

河滩上，有的树木生长极为缓慢

据说世上最迟钝之物是大西洋底的

海蛤，百年之躯不及微尘

但它们并未到达全然的静止

我想，这个世界至少需要

一种绝对静止的东西

让我看清在刚刚结束的一个

稀薄的梦中，在家乡雨水和

松坡下埋了七年的老父亲那

幅度无穷之小、却从未断绝的运动……

无名的幼体

一岁女婴在此

诸神也须远避

只有她敢抹去神鬼的界线并给

恶魔一个灿烂的笑脸

整个下午我在百货店门口看她

孤赏犹嫌不足

我无数个化身也在看她——

银杏树冠的我

白漆栏杆的我

檐上小青瓦的我，橱窗中

塑胶假肢的我

在小摊上哽咽着吃面条的

外省民工的我

在不远处拱桥洞中

寄居的流浪汉的我

在渺不可见的

空宅中，在旋转的

钥匙下被抵到了疼处的我

吧嗒一声被打开的我

从这一切之上拂过

风的线条的我

若有若无的我

都在目不转睛地看着她

我需要一个掘墓人了

我的衰老像一面日渐陡峭的斜坡

还有半小时我将

远离此城

我静静看着她。我等她在

我慢慢转身之际

迎风长成一个瀑布般闪亮的少女

2016 年

敬亭假托兼怀谢朓九章（选四）

崖边口占

闲看惊雀何如？
凌厉古调难弹。
斧斫老松何如？
断口正欲为我加冕。

悬崖何时来到我的体内又
何时离去？
山水有尚未被猎取的憨直。
余晖久积而为琥珀。
从绝壁攀缘而下的女游客，
一身好闻的
青木瓜之味。

苍鹭斜飞

山道上我和迎面扑来的一只

苍鹭瞬间四目相对

我看见我伏在
它灰暗又凸出的眼球上

我在那里多久了？看着它隐入
余光涂抹的栎树林里

平日在喧嚣街头也常有几片
肮脏羽毛无端飘至跟前

这羽毛信上写些什么？栎树林安静地
向四面敞开，风轻难以描述

被她的泪水彻底溶化之前，我
从那里看见什么——

又忘掉些什么？我知道我永不会
从那单纯的球体滑落下来

在那里我有一种
灰暗而永恒的生活

枯树赋

上山时见一株巨大枯树

横卧路侧

被雷击过又似被完整地剥了皮

乌黑暗哑地泛着光

我猜偷伐者定然寝食不安

但二十人合围也不能尽揽入怀的

树干令他们畏而止步

在满目青翠中这种

不顾一切的死，确实太醒目了

像一个人大睁着眼睛坐在

无边无际的盲者中间

他该说些什么？

倘以此独死为独活呢？

万木皆因忍受而葱茏

我们也可以一身苍翠地死去

我们也可用时代的满目疮痍加上

这棵枯树再构出谢朓的心跳

而忘了有一种拒绝，从

他空空的名字上秘密地遗传至今

柔软的下午

下午我在厢房喝茶

透过浮尘看着坡上

缓慢移动的

一棵梨树

厢房像墓穴一样安静

那些死去的诗人埋在我身上

一只猫过来

卧在我脚边

它呈现旧棉絮的柔软，淤泥的柔软

和整座寺庙的僧侣从未

说出过的柔软

2016 年

大别山瓜瓞之名九章（选三）

泡沫简史

炽烈人世炙我如炭

也赠我小片荫翳清凉如斯

我未曾像薇依和僧璨那样以

苦行来医治人生的断裂

我没有蒸沙作饭的胃口

也尚未产生割肉饲虎的胆气

我生于万木清新的河岸

是一排排泡沫

来敲我的门

我知道前仆后继的死

必须让位于这争分夺秒的破裂

暮晚的河面，流漩相接

我看着无边的泡沫破裂

在它们破裂并恢复为流水之前

有一种神秘力量尚未命名

仿佛思想的怪物正

无依无靠隐身其中

我知道把一个个语言与意志的

破裂连接起来舞动

乃是我终生的工作

必须惜己如蝼蚁

我的大厦正建筑在空空如也的泡沫上

三角梅

想在院中空地

种棵三角梅

但五年了

那块地仍在空着

这并不妨碍我常站那出神

跟土壤低声讨论

哪片叶子蔫了而

溢出旁枝又该如何修理

有一天我竟然梦到这株

三角梅哭了

当我告诉你,我种了棵

会哭的三角梅

你们信吗

你们信不信并不妨碍它的
香气夜间爬进
我的窗户
当她安静，这香味气若游丝
当她哭
这香味如盲马夜行

终归平面之诗

晨雾中耸伏的群峰终将被
瓦解为一首平面之诗
枝头翻滚的鸟儿终将飞入
白纸上已画成的鸟之体内
永息于沉静的墨水

六和塔终将被磨平
涌出的血将被止住
不断破土的巨树终将被
一片片落叶终结于地面
荡妇将躺上手术台

街头乱窜的摩托车和刺透

耳膜的消防车将散入流沙

平面终为忧患

我们将再听不到时间扑哧

扑哧埋葬我们的声音

誓言已经讲完

无声将成永恒

只有哀伤的平面一望无际

像我这样破釜沉舟想把语言

立起来的人将比任何人

更快消失在一张纸上

只有语言能在它与我们的微妙

缝隙中，撕掉我们脸上的绷带

平面大为忧患

但平面仍会持续

2016 年

入洞庭九章（选三）

南洞庭湿地

所有地貌中我独爱湿地

它们把我变成一个

两个，或分身为许多个

寡淡的迷途者

在木制栈道上，踩着鹭鸶模糊的

喉咙走向湖泊深处

又看见自己仍在远处枯苇丛

同一个原点上

此生多少迷茫时刻

总以为再度不过了

附身于叛道离经的恶习

被淡淡树影蔽着，永不为外人所知

只在月明星稀的蛮荒之中

才放胆为自己一辩

徒有哀鹭之鸣

以为呼朋引类

徒觉头颅过重

最终仍需轻轻放平

听见第二个我在焦灼呼唤

我站在原地不动

等着汹涌而旋的水光把我抛到

南洞庭茫茫湿地的外边

垂钓之时

鱼儿吊在灌木的树杈上

更多的垂钓者不愿公示战果

身后的红色塑料桶

拧得紧紧的

他们耐心寻找下一片水域

知道哪里有难挨的饥饿

正在发生

湖水涌动状如昏厥

瞳孔变红的鱼儿在桶中猜测

到底发生了什么——

诱饵终归算不上美味

不排除有鱼

不惜一死以离原籍

不惜以一死达成远行

不惜一死穿越我们的油锅和宣纸

八大山人不是画过

无水的鱼儿吗?

我在盘中观察过它们

将被煮熟的白色眼球

并无濒死的战栗,而我

也不会以有限之身盲目去

比较,谁才真正看得更远

枯叶蝶素描

几只枯叶蝶隐入树丛

我听见她们舌尖蠕动的

一句话是上帝从不

承认蝴蝶有过舌头

只有诗人记得蝴蝶所说的
他们也知道在地底下
枯叶蝶如何费力地在全身
涂满想象力的苦液

整个下午，一群人呆坐湖畔
不出声是因为我们将
写下的，其实不值一提
菊花单一的苦
在玻璃杯中煮沸又
冷却下来的湖水上振荡
枯叶蝶装聋作哑
数数看吧，数数看
这个时候只剩下这三件东西
仍活在语言的秘道里

2016 年

入洞庭九章（选三）

横琴岛九章（选五）

孤岛的蔚蓝

卡尔维诺说，重负之下人们
会奋不顾身扑向某种轻

成为碎片。在把自己撕成更小
碎片的快慰中认识自我

我们的力量只够在一块
碎片上固定自己

折枝。写作。频繁做梦——
围绕不幸构成短暂的暖流

感觉自己在孤岛上
岛的四周是

很深的拒绝或很深的厌倦

才能形成的那种蔚蓝

以病为师

经常地，我觉得自己的语言病了
有些是来历不明的病
凝视但不必急于治愈
因为语言的善，最终有赖它的驱动

那么，什么是语言的善呢
它是刚剖开、香未尽的柠檬
也可能并不存在这只柠檬
但我必须追踪她的不存在

过伶仃洋

浑浊的海水动荡难眠
其中必有一缕
是我家乡不安的小溪
万里跋涉而至
无论何处人群，必有人
来担负这伶仃之名

也必有人俯身

仰面等着众人踩过

看见那黑暗——

我来到这里

我的书桌动荡难眠

不管写下什么，都不过是在

形式的困境中反复确认

此生深陷于盲者之所视

聋者之所闻

我触摸到的水，想象中的

水

呜咽着相互问候

在这两者微妙的缝隙里

跨海大桥正接近完工

当海风顺着巨大的

悬索盘旋而上

白浪一排排涌来，仿佛只有

大海猜中了我们真正偏爱的

正是以这伶仃之名捕获

与世界永恒决裂的湛蓝技艺

深夜驾车自番禺去珠海

车灯创造了旷野的黑暗

我被埋伏在

那里的一切眼睛所看见

我

孤立

被看见

黑暗只是掩体。但黑暗令人着迷

我在另一种语言中长大

在一个个冰冷的词连接

而成的隧洞中

寂静何其悠长

我保持着两个身体的均衡

和四个黑色轮毂的匀速

飞蠓不断扑灭在车玻璃上

他们是一个个而非

一群。只有孤立的事物才值得记下

但多少黑暗中的起舞

哭泣

并未被我们记下

车载音乐被拧到最低

接近消失——

我因衰老而丢掉的身体在

旷野

在那些我描述过的年轻桦树上

在小河水中

正站起身来

看着另一个我坐在

亮如白昼的驾驶舱里

渐行渐远

成为雨水尽头更深黑暗的一部分

夜登横琴岛

大海所藏并不比一根针尖的

所藏更多。是怎样一只手

在其中挖掘——

他还要挖掘多久? 从太空

俯瞰,大海仍呈思想的大饥荒色

横琴岛却被压缩为欲望的针尖

诗人们持续走失于
针尖的迷宫之内
去年巨树繁花相似，今日霓虹
四分五裂。一切变化
总是恰在好处——
岛上的人居复杂
街衢五门十姓
散着血缘的混杂之力。虽是
方言难懂，舌尖下却自有
那绵延的古音未绝

路边的罗汉松、小叶榕
得到了美妙的修剪
门牌琳琅，声色的荷尔蒙神秘均分
于闲步的老人，妇女和儿童之间
岛曰横琴，澳门隔岸
当大海对一座岛疯狂的磨损再也
继续不下去了
这针尖中自有一双手伸出来
把这张琴弹得连夜色也忘不了

一个仅仅从它皮肤上无声滑过的人

2016 年

叶落满坡九章（选四）

远天无鹤

我总被街头那些清凉的脸吸附

每天的市井像

火球途经蚁穴

有时会来一场雷雨

众人逃散——

总有那么几张清凉的

脸，从人群浮现出来

这些脸，不是晴空无鹤的状态

不是苏轼讲的死灰吹不起

也远非寡言

这么简单

有时在网络的黑暗空间

就那么一两句话

让我捕捉到它们

仿佛从千百年中萃取的清凉

流转到了这些脸上

我想——这如同饥荒之年

即便是饿殍遍地的

饥荒之年，也总有

那么几粒种子在

远行人至死不渝的口袋里

窗口的盐

多年前我从教室和劳教所

的窗口观察过落日

还有一次，我躺在病房

看见赭石色落日正架在

窗前两根枯枝上。萧瑟

固定着大自然诚实的语调

它永远只对少数眼睛敞开

有时它甚至不在视网膜上

我知道在盲者眼中

落日经常是成群的

今天傍晚从妻子正

炒菜的窗口我又看见它

架在嗞嗞响着的

煤气灶上，一副

已经熟透的样子

没有一点儿距离

妻子右臂抬起像是

给它的下沉加了一勺盐

芦花

我有一个朋友

他也有沉重肉身

却终生四海游荡，背弃众人

趴在泥泞中

只拍摄芦花

这么轻的东西

鸦巢欲坠

在老家那些旧房子里

我总是找到

最暗的那间

坐在窗前看盛夏的

光线怒穿苦楝树冠

带着响声，射进屋内来

而光阴偏转，每间房子
轮流成为那最暗的一间
冬日里，小河冻住了
夜间听到她底层仍在流动
像若有若无的哭声

再去听又找不到了
父亲死后，他的竹箫
像细细墓碑挂在墙上
母亲开始担心房子会塌掉
我最喜欢的仍是十一月底
光线整体寡淡。从每个
房间都能看到堤上
叶子剥光的大树
那一排排，黑色的鸦巢欲坠

2017 年

黄钟入室九章（选四）

自然的伦理

晚饭后坐在阳台上

坐在风的线条中

风的浮力，正是它的思想

鸟鸣，被我们的耳朵

塑造出来

蝴蝶的斑斓来自它的自我折磨

一只短尾雀，在

晾衣绳上踱来踱去

它教会我如何将

每一次的观看，都

变成第一次观看——

我每个瞬间的形象

被晚风固定下来，并

永恒保存在某处

世上没有什么铁律或不能

废去的奥义

世上只有我们无法摆脱的

自然的伦理

欲望销尽之时

我不知什么是幻象

也从未目睹过

任何可疑的幻象

我面前这碗

小米粥上

飘荡着密集的、困苦的小舟

我就活在这

历代的凝视中

我的肖像

在全然的黑暗中从

颅骨深处浮出的脸

才是我们最真实的肖像

我更愿我的脸，是

薇依的脸

裹在病房的脏床单上

附着于她的光线

要越少越好

黑暗将赋予我们通灵的视力

"知我者"是个幻觉

"我还活着"是二次幻觉

我等着一双手

从我的脸中

剥离出一副衰老的狮子的脸

肖像填补着世代的淡漠

这双手，或许来过或许

早已放弃了我

我写作，是这一悲剧的延续

黄钟入室

钟声抚摸了室内每一

物体后才会缓缓离开

我低埋如墙角之蚁蝼

翅膀的震颤咬合着黄铜的震颤

偶尔到达同一的节律

有时我看着八大画下的

那些枯枝，那些鸟

我愿意被这些鸟抓住的愈少愈好

我愿意钟声的治疗愈少愈好

钟声不知从何处来也不知

往何处去

它的单一和震颤，让我忘不掉

我对这个世界阴鸷的爱为何

总是难以趋于平静——

2017 年

脏水中的玫瑰九章（选二）

脏水中的玫瑰

写作首要的是顺应自然之力

夜雨落在青瓦上，假山上

枯草上

自省随时随地发生

年轻时代统治着我的

情欲再次充满我全身

夜雨，将洗净街头垃圾

这是本能的伟力

身体：我睡在这暂时的容器中

是什么使这容器透明？我也将

在它之中醒来

但夜雨仍逼迫我看见别的

我看见脏水中的玫瑰

我愿意是那脏水

山花璀璨

萤火虫在废墟上
一闪一灭
松针在寺前不停落下
为了维持我们这颗心一直醒着

湖水映出我们的脸
小路将脚印
引入深山
到达早已种下的墓碑前
都是维持我们这颗心一直醒着、敞开着

被火烧成佛像的泥土
被斧头劈成寺门的枯木
它们从自己身上
看见了什么？

山花璀璨
巨婴静静等着那
裹着他的腹部裂开

我们在醒着之中盲目昏睡的时间太长了，妈妈

2017 年

白头鹎鸟九章（选四）

直觉诗

诗须植根于人的错觉

才能把上帝掩藏的东西取回

不错，诗正是伟大的错觉

如果需要

可以添加进一些字、词

然而诗并非添加

诗是忘却。像老僧用脏水洗脸

世上多少清风入隙、俯仰皆得的轻松

但诗终是一个迟到。须遭遇更多荒谬

耐心找到

它的裂缝

然后醒在这个裂缝里

这份悖谬多么蓬勃、苍郁

我们被复杂的本能鞭打着走

这份展开多么美。如脏水之
不曾有、老僧之不曾见

夜雨诗

夜间下了场大雨
卧室里更加闷热
忍不住开窗，去触碰雨滴
此刻雨点仿佛来自史前
有种谦卑又难以描述的沁凉
这双手放在雨中
连同它做过的一切，就这么
静静地被理解、被接受、被稀释
池中荷叶一下子长大了
像深碧的环状入口卧在
水面，仿佛我们必须
从那儿远去……

绷带诗

七月多雨

两场雷雨的间隙最是珍贵。水上风来

窗台有蜻蜓的断肢和透明的羽翼

诗中最艰难的东西，就在

你把一杯水轻轻

放在我面前这个动作里

诗有曲折多窍的身体

"让一首诗定形的，有时并非

词的精密运动而是

偶然砸到你鼻梁的鸟粪或

意外闯入的一束光线"——

世世代代为我们解开绷带的，是

同一双手；让我们在一无所有中新生膏腴的

在语言之外为我们达成神秘平衡的

是这，同一种东西……

铁索横江，而鸟儿自轻

白头鹎鸟诗

夜间岛屿有点凉。白头鹎鸟清淡的
叫声，呼应着我缓缓降温的身体
海上有灯塔，我已无心远望
星空满是密码，我再不会去
费力地剖开。白头鹎鸟舌底若有
若无的邈远——带来了几个词
在我心底久久冲撞着。我垂手而立
等着这些词消失后的静谧，构成
一首诗。在不知名的巨大树冠下
此时，风吹来哪怕一颗芥粒，也会
成为巨大的母体。哪怕涌出一种自欺
也会演化为体内漫长疾病的治愈

2017 年

居巢九章（选三）

一枝黄花

鸟鸣四起如乱石泉涌。

有的鸟鸣像丢失了什么。

听觉的、嗅觉的、触觉的、

味觉的鸟鸣在

我不同器官上

触碰着未知物。

花香透窗而入，以颗粒连接着颗粒的形式。

我看不见那些鸟，

但我触碰到那丢失。

射入窗帘的光线在

鸟鸣和

花香上搭建出钻石般多棱的通灵结构——

我闭着眼，觉得此生仍有望从

安静中抵达

绝对的安静，

并在那里完成世上最伟大的征服：

以词语，去说出

窗台上这

一枝黄花

止息

值得一记的是，

我高烧三日的灼热双眼

看见这一湖霜冻的芦苇：

一种更艰难的

单纯……

忍受，或貌似忍受。

疾病给我们超验的生活。

而自然，只有模糊而缄默的

本性。枯苇在翠鸟双腿后蹬

的重力中震动不已

这枯中的震颤

螺旋中的自噬

星星点点，永不能止息……

再均衡

在众多思想中我偏爱荒郊之色。

在所有技法中，我需要一把

镂虚空的小刀——

被深冬剥光的树木，

行走在亡者之间。

草叶、轻霜上有鞭痕。

世界充溢着纯粹的"他者"的寂静。

我越来越有耐心面对

年轻时感到恐惧的事情。

凝视湖水：一个冷而硬的概念。

在不知何来的重力、不知何往的

浮力之间，我静卧如断线后再获均衡的氢气球。

2018 年

我们曾蒙受的羞辱九章（选一）

土壤

我们的手，将我们作为弱者的形象
固定在一张又一张白纸上

——写作。
在他人的哭声中站定

内心逼迫我们看见、听见的
我们全都看见了，听见了

抑郁，在几乎每一点上恶化着——雾顺着
粗粝树干和
呆滞的高压铁塔向四周弥散

雾中的鸟鸣凌厉，此起彼伏，正从我们体内
取走一些东西。
我们的枯竭像脏口袋一样敞开着

仿佛从中，仍可掏出更多。

我们身上埋着更多的弱者

诗需要，偏僻而坚定的土壤。

我们没有找到这块土壤

2018 年

知不死记九章（选三）

入藏记

初冬，种子贮藏了植物神经
的战栗后又被踩入泥土
鼠尾草分泌的微毒气息引人入胜
山中贼和心中贼，交替涌伏

我有人间晚霞似火
能否佐你一杯老酒
山路发白，仿佛已被烧成灰烬
皲裂树干在充分裸露中欲迎初雪

枯枝像一只手在斜坡耗尽了力气
保持着脚印在种子内部不被吹散
哦，时光，羞愧……绳索越拧越紧
脱掉铠甲的矢车菊眼神愈发清凉

观银杏记

落下来，让我们觉得
人生原本有所依靠
落下来，而且堆积
我们在她的衰容前睁开眼睛

这些鳞片在下坠中
自体的旋转挟带着嗡嗡声
在夏日，我们脑壳被直射
的光线晒得开裂
此刻我们完好的身体悄然前来

来，测试一下这身体有多深
寺院安静像软木塞堵住瓶口
头皮乌青的年轻僧侣
为越冬的牡丹穿上稻草衣 ①
荨麻扫帚正将枯叶赶往一处
我们体内的大河改道、掘墓人
变为守墓人仿佛都已完成

---

① 引自北京翠微山法海寺壁画内容。

在午后小雨中我们唱歌

这歌声只在闪亮的

叶子下面滚动

不会站到叶子上面去

我们因为爱这些叶子而获得解放

夜行记

你们说要有源头

如果这首诗，偏以无名无姓为食呢

你们爱着旋舞的水晶鞋

如果这首诗，偏以盲者

之眼窝、跛者之

病腿为食

以我们的一意孤行和

不可思议的麻木为食呢

如果这首诗无以为食

像杂货铺前饿狗

搜遍了垃圾箱却

什么也没找到……

路两侧小店呆滞的灯光连绵
夜行者持续的梦境压着泪水
倾干的酒杯正从我手中离去

我根本不知词的独木舟
将驶向何处
如果这首诗，以我们永不知鞋底之下
我们的父亲埋得有多深为食呢

2018 年

知不死记九章（选三）

云泥九章（选五）

1

铁轨切入的荒芜
有未知之物在熟透
两侧黑洞洞的窗口空着
又像是还未空掉，只是
一种空，在那里凝神远眺

在"空"之前冠之以一种
还是一次？这想法折磨着我

在我们的语言中
"一次"中有壁立
而"一种"中有绵长

没人知道窗口为什么空掉
远行者暗自立誓百年不归
火车从裂开的山体中穿过
车顶之上是漂移的桉树林

雨中的桉树青青。忧愁壁立

忧患绵长

　　2

翁郁之林中那些枯树呢

人群里一心退却

已近隐形的那些人呢

窗外快速撤走的森林让人出神

雨中的，黑色的

巨型森林单纯专注如孤树

而人群，像一块铁幕堵住我的嘴

我听不到自己的声音

看上去又像我从不

急于回答自己

几个小时的旅途。我反复

沉浸在这两个突发的

令人着魔的问题之中

以枯为美的，那些树呢

弃我而行又永不止息的那些人呢

3

塔身巍峨，塔尖难解
黑鸟飞去像塔基忽然溢出了一部分

黑鸟在减速的
钢化玻璃中也在
湖面之灰上艰难地移动自己
湖水由这个小黑点率领着向天际铺展
直到我们再也看不见它
冷战之门，在那里关上
黑鸟取走的，在门背后会丧失吗

当高铁和古塔相遇在
刹那的视觉建筑中
数十代登塔人何在
醉生梦死的樱花树何在
映入寺门的积雪何在
我只剩这黑鸟在手，寥寥几笔建成此塔又在
条缕状喷射的夕光中奇异地让它坍塌了大半

4

高铁因故障暂停于郊外。一种

现实的气味，一个突如其来的断面

石榴树枝在幻觉中轻柔摆动

风的线条赤裸着，环绕我们

小黑狗恹恹欲睡

旧诊所前空无一人

暮光为几处垃圾堆镀上了金边

没有医生，没有病人，没有矛盾

渗着血迹的白衬衫在绳子上已经干透

我拥有石榴趋向浑圆时的寂静

我的血迹，在别人的白衬衫上，已经干透

5

旷野有赤子吗

赤子从不来我们中间

瞧瞧晨光中绿蜻蜓

灰椋鸟

溪头忘饮的老牯牛

嵌入石灰岩化石的尾羽龙

瞧瞧一路上，乱石满途而乱石自在

紫云英葳蕤而紫云英全不自知

轻曳的苦楝，仿佛有千手千眼

它们眼底的洁净、懵懂

出入废物箱的啮齿类动物

它们眼底的灰暗、怯懦

全都是我们的，不是它们自己的

语言拥有羞辱，所以我们收获不多

文学本能地构造出赤子的颓败

我们不能像小草、轻风和

朝露一样抵达土中漫长的冥想

车厢外，这些超越了形式

的身体炙热、衰老、湮灭

这一双双眼睛周而复始

这些云中
和泥中的眼睛

2019 年

月朗星稀九章

1

世事喧嚣
暴雨频来
但总有月朗星稀之时

在堆积杂物和空酒坛的
阳台上目击猎户座与人马座
之间古老又规律的空白颤动
算不算一件很幸福的事？
以前从不凝视空白
现在到了霜降时节
我终于有
能力逼迫这颤动同时发生在一个词
的内部，虽然我决意不再去寻找这个词

我不是孤松
不是丧家之人
我的内心尚未成为废墟

还不配与这月朗星稀深深依偎在一起

2

深夜在书房读书

我从浩瀚星空得到的温暖并

不比街角的煎饼摊更多

我一针一线再塑

的自我，并不比偶然闯到

地板上的这只小灰鼠更为明晰

文字喂育的一切如今愈加饥饿

拿什么去痛哭古人、留赠来者？

小灰鼠怯步而行

我屏住呼吸让她觉得我是

一具木偶

我终将离去而她会发现我是

她亲手雕刻的一具旧木偶

我攻城拔寨获得的温暖并

不比茫然偶得的更多

四壁一动不动仿佛有什么在

其中屏住了呼吸

来自他者的温暖

越有限，越令人着迷

我写作是必须坐到这具必朽之身的对面

　3

像枯枝充溢着语言之光

在那些，必然的形象里

细小的枯枝可扎成一束

被人抱着坐上出租车

回到夜间的公寓

拧亮孤儿般台灯

把它插在瓶子深处的清水中

有时在郊外

几朵梅花紧紧依附在大片大片

的枯枝上

灵异暗香由此而来

哪怕只是貌似在枯去

它的意义更加不可捉摸

昏暗走廊中有什么绊住了我
你的声音，还在那些枯枝里吗

4

如何把一首诗写得更温暖些
这真是个令人头疼的问题
旧照片中你的头发呈现
深秋榛树叶子的颜色
风中小湖动荡不息
疲倦作为一种礼物
我曾反复送给了你
三十余年徒留下力竭而鸣的痕迹
当代生活正在急剧冷却
你的美总是那么不合时宜

5

终有一日我们
知道空白是滚烫的

像我埋掉父亲的遗体后他
住过的那间大屋子空荡荡

八大山人结构中的空白够
大吗？是的，足以让整个世界裸泳
而他在其中只
画一条枯鱼

这空白对我的教诲由来已久
奇怪的是我的欲望依然茂盛

在一条枯鱼体内
如何随它游动呢

物哀，可能是所有诗人的母亲
终有一日我连这一点点物哀也
要彻底磨去
像夜里我关掉书房的灯
那极为衰减的天光
来到我对面的墙上

6

老理发师眼力昏花，剪着
剪着几乎趴在了我肩上
他不停踩着旧转椅下的弹簧
这样的店本城只此一家
年轻一代一律学习韩国
敷粉之面过于色情

我不能看到什么就
写下什么
午后瓦脊上的鸟鸣也是种障碍

木窗外小水洼安静
枯荷是一种危险的语言
老理发师靠在椅子上睡着了
水洼上的空白是他的梦境

秋日短促，秋风拂面
我必须等着他醒来
等他把雪白的大围巾从
我脖子上取下来

我无处可去。我总不能得到什么
就献出什么

7

我常去翠微路一家名为
地狱面馆的小店吃点面条
酸菜牛肉风味最佳

这风味可能来自奈良？
这对小夫妻并未到过日本
可能来自失传的北宋？
我看见整整一代人即生即死

门口的麻雀，被扔进油锅的还
来不及褪去它在
轻雾中翻滚的笑脸
尚未被捕捉到的，在
灌木丛中叽叽喳喳叫着

我们吃光了大地上的黑麦、野芹
和鸢尾

222

破壁与神游破壁与神游

我们只需半小时就煮烂一只羊头

但秋天并未因此空掉
新的生命产卵、破壳
新的写作者幻想着在语言中破壁

但破壁，又几乎是不可能的
合理的生活取自冷酷的生活
哪有什么可说的，连这碗汤也喝干吧

8

词，会成为人的长眠之地吗
一个词在句子中停顿
但下一个词中
的舌根有可能是冰凉的

发不出声音也好
缄默乃我辈天赋
把一个销声匿迹的人从
他写下的诗中挖掘出来也好——
人类所能出入的门如此之窄

据说正常视力在 380 至

780 纳米的电磁波之间

正常听觉在 20 至

20000 赫兹的频率之间

写作是这空白茫茫中针尖闪耀

我们只是在探索不成为盲者或

哑者的可能……

只有唯一性在薪火相传

如果某日我的一首诗被

另一人以我期盼的语调读出

我只能认为这是人类

有史以来最狭小也最炙烈的传奇

9

那些曾击穿我的

石头，成为我身体的一部分

石头埋掉裸体的死者比一个人

在土砾中烂掉然后一点点顺着

葡萄藤重新回到枝头更

贴近一个写作者的渴望

旧我不再醒来

但体内的石头需要一次清理

这些石头如此耀眼

它们洞穿我时会换一个名字

在同一个位置上，那些曾

凌辱我的，或者

试图碎我如齑粉的……

一个词内在的灼热

像奇异音乐环绕我

枯叶的声音暖融融

新我何时到来？不知道。

因恐惧而长出翅膀是必然的

我脚底的轻霜在歌唱这致命的磨损

2019 年

博物馆之暮

博物馆剔透的琥珀中
昆虫半睁着眼睛
某个早晨。她刚刚醒来
永恒的凝固忽然发生了

这大致是弱者揳入历史的唯一甬道……

连同醒来时，脸上还未散尽的空虚。
弱者的历史总是耐受而寂静的。
早上的露珠，羽毛
马桶
海风中起舞的脏衣服
在印度婆罗门教和波斯教熏陶下
的街巷，与宋朝其他州县迥然不同
晨钟暮鼓，刺桐花红……
这一切被錾入青石其义何在？
入暮的展厅内残碑断石如乱句
像一首诗把一闪念和
微弱的叹息凝固起来

博物馆和诗的本义是嘴唇触碰
嘴唇。说出来，才可以活下去——

琥珀中昆虫继续醒来，只是更为缓慢
而我依然可以透过玻璃
看着石雕的明月从
石雕的海面上升起来

2019 年 12 月

博物馆之暮

瘦西湖

礁石镂空

湖心亭陡峭

透着古匠人的胆识

他们深知，这一切有湖水

的柔弱来平衡

对称的美学在一碟

小笼包的褶皱上得到释放

筷子，追逐盘中寂静的鱼群

午后的湖水在任何时代

都像一场大梦

白鹭假寐，垂在半空

它翅下的压力，让荷叶慢慢张开

但语言真正的玄奥在于

一旦醒来，白鹭的俯冲有多快

荷花的虚无就有多快

2019 年

扬州：物哀曲

老来要听些单旋律的歌

单旋律，且无限循环

枯草中甲虫之声，贴近死者的呼吸

小桥头二胡之声，夹着听不懂的方音

无须翻山越岭，最好原地不动

无须醒悟

醒悟乃丢失

无须完整的形象

最好只有一根线条在游动

除了这根线条，再无所知

在叶落之时

坐在扬州听。

世上再无第二处可以替代

2019 年

为弘一法师纪念馆前的枯树而作

弘一堂前，此身枯去
为拯救而搭建的脚手架正在拆除
这枯萎，和我同一步赶到这里
这枯萎朗然在目
仿佛在告诫：生者纵是葳蕤绵延也需要
来自死者的一次提醒

枯萎发生在谁的
体内更抚慰人心？
弘一和李叔同，依然需要争辩
用手摸上去，秃枝的静谧比新叶的
温软更令人心动
仿佛活着永是小心翼翼地试探而
濒死才是一种宣言

来者簇拥去者荒疏
你远行时，还是个
骨节粗大的少年
和身边须垂如柱的榕树群相比

顶多只算个死婴

这枯萎是来，还是去？

时间逼迫弘一在密室写下悲欣交集四个错字

2019 年

为弘一法师纪念馆前的枯树而作

巨石为冠九章（选四）

某种解体

在诗中我很少写到"我们"
对我来说，这个词乃忧患之始
八十年代终结之后
这个我，不再溶于我们

从无一物你视之为怀璧而我
视之为齑粉
这种危险的区分因何而设？
也从无一种寂静能让我和那么几个
死者，和滩涂上脏兮兮的野鸭
构成一种全新的"我们"——
我无力置身那清淡的放弃之中

松开的手中沙子流走
我从未觉得我的一部分可以
随他们踏入死之透明

"我们"这块荒野其实无法长成

既已终结，当为终结而歌。
从无一种暗夜让我投身其中又充满谛听

双樱

在那棵野樱树占据的位置上
瞬间的樱花，恒久的丢失
你看见的是哪一个？

先是不知名的某物从我的
躯壳中向外张望
接着才是我自己在张望。细雨落下

几乎不能确认风的存在
当一株怒开，另一株的凋零寸步不让

巨石为冠

相对而言，我更喜欢丧乱时代的诗人
他们以巨石为冠

写黄四娘蹊头戏蝶的杜甫

只是杜甫的一种例外

这里面释放着必要的均衡之妙

当一个人以巨石的嶙峋为冠

也必以樱花的稍纵即逝为冠

以泡沫为冠者，也必以长针为冠

但刺破的地方不一定有真相

以湖水的茫然为冠者

期望着语言的遁世之舟

以歧路和荆棘为冠者期待着

久击之下，必有一醒

但真相是我迟迟难以醒来

骂骂咧咧的年轻一代以

尖锐之物袭击老去的诗人

远大于窗口的巨石和碎片，密布于我的桌面

无我的残缺

身体的残缺在深埋后会由泥土补上

我们腰悬这一块无所惧的泥土在春日喷射花蕊花粉

为什么生命总是污泥满面啊又不绝如大雾中远去的万重山

2020 年

巨石为冠九章（选四）

小孤山

雨中与几位亲人告别

愿墓碑之下，另一世界

规则简单易懂一点

供他们干活的梯子矮一点

碗中不再有虫子

愿那边的松树更好看

更忍耐，长得也更快

在山下我坐了很久

河面偶尔划出白鳞

那些看上去，牢不可破的东西

其实可以轻柔漫过脚背

我们很难在其中醒来

小孤山，从前在河的

南面如今在北面

只是一阵无人觉察

的轻风移走了它

2020 年

风筝

孩子们在堤上摔倒、消失

风筝越飞越高

少年仰起脸才

配得上风筝的激越

如今我手握着断线

只有这双手，懂得两种以上的生活

闲云、荫翳

新人、遗产

风筝无名无姓

少年时我被反复告诫：不要在原地终老

2020 年

避雨之所

下雨了。许多人把衣服顶在头上
在广场盲目地跑动
当然，这盲目是假相
他们有确定的避雨之所

广场建起之前这儿是片棚户区
劣质沥青炼成的
油毛毡屋顶之下
贫穷、刺激、叛逆的味道伴随着
酒馆的月亮。无数个夜晚我们推杯换盏

但我们又相互丢失
三十年从不相互寻找
这不免让人惊讶。或许只是
对同一顶帽子下的避雨感到厌倦

雨中有巨鲸在游动
雨把旧东西擦亮又
再次弄脏一些人

我对自己固化的身体难以置信

积水中有大爆炸静静发生过了
有时我掀开窗帘，看见自己突然
又坐在那块大石头上
冷杉从嘴中长出来
我一开口就触碰到它无语的矗立

2020 年

顺河而下

险滩之后河面陡然开阔了
地势渐有顺从之美
碧水深涡，野鸭泅渡
长空点缀几朵白色的垃圾

我们沿途的恶俗玩笑
你们在别处，也能听到
我们听过的哭声不算稀有
在桥头，我想起人这一辈子只够
从深渊打捞起一件东西

一件，够不够多？
光线正射入冷杉林
孤独时想纵声高歌一曲
未开口就觉得疲倦

2020 年

一本旧书

雨点打在灰色的桥面
那些连续的、拱形的古桥洞迷人

敲击桥洞的雨点失重
风的旋涡卷着它们形成一种弱偏离
一些人，一些事到来

从前有一本书描写雨点打在
两张入眠的脸上
寥寥几滴，来自夜空
但两张脸挨着，不再醒来
桥洞另一侧黑白的榛树丛茂密

潜水者头顶的哗哗声，与
站在桥上决心一死的少女
隔着桥洞，形成一种对应
穿越古桥洞时，我站在船头
低一低头就能过去
因为那本书，我选择了仰面。

接下来两秒的昏暗中

压在我脸上，是洞内壁干燥的枯藤

一种锁在箱底的

旧东西：雨点……

舢板下那两秒的流水让人老去

2020 年

芥末须弥：寄胡亮

五十多了，更渴望在自己划定的禁地写作。

于芥子硬壳之中，看须弥山的不可穷尽

让每天的生活越来越具体、琐碎、清晰

鸟儿在枯草丛中，也像在我随心所欲

写下的字、词、句、篇的丛林中散步……

我活在它脚印之中，不在这脚印之外。

寒来暑往，鸟儿掉下羽毛又长出羽毛，

窗外光线崩散，弥漫着静谧、莫名的旋律。

我住在这缄默之中，不再看向这缄默之外。

想说的话越来越少了，有时只剩下几个字。

朝霞晚霞，一字之别

虚空碧空，裸眼可见

随身边物起舞吧，哪里有什么顿悟渐悟

一切敞开着，无一物能将自我藏匿起来

赤膊赤脚，水阔风凉

枫叶蕉叶，触目即逝

读读看，这几个字的区别在哪里

芥末须弥，这既离且合的玄妙裂隙在哪里

我被激荡着，充满着，又分明一直是空心的

2020 年

旧宇新寰

啄破一粒草籽即窥见一个新的宇宙，
我白头蓄积的过往，也填不满它。
幸运的是，我还能听清把我吹落的风声
破壳的万千草籽赤裸着，在风中交谈
以这么自然的方式退出一个旧的世界……

2023 年

羸弱之时

立窗前凝望夜空的烟花绽放

人在羸弱之时

更易为光与色的裂变而出神

有人注意到，绽放之后的虚无感加重

烟花将所有深埋的

眼睛吸引到了半空

没有人出声而孩子们走失

没有人默祷而老人们结伴死去

稀疏的冬雨，脸上的泥迹，文字的

蝼蚁，

被猛地一下子照亮了

镀上全不属于它们的奇异色彩

冬雨、墙角……我们

拥有觉醒的知识，但远非觉醒的主体。

如此绽放，恰在我羸弱之时

怎样去理解生命中不变的东西？

2023 年

理想国

有一只或一群小鸟，日复一日、年复一年地，

在我书房的窗玻璃上扑腾，激烈地啄食。

它们遗下的唾液变干、发白、堆积，

我用高压水枪冲刷也难以洗净。

而钢化玻璃如此乏味、坚硬，

又有什么神秘之味回馈给它们？

我曾百思不得其解，小鸟

为何徒耗生命又永不言歇……

今天走到书房之外，站在小鸟角度，只一眼，

迷雾霎时烟消云散。原来玻璃中印着树之虚影，

远比它身后的真实绿树更为婆娑动人。

下午三点多，光线斜射，楼台层叠。

这虚影亦为理想国，

人尚迷失，况弱鸟乎？

我不需要什么顿悟。我只举步来到了另一侧。

2023 年

内在旋律

旷野发出呼唤恰在它灰蒙蒙的时刻
它灰蒙蒙的，没有一点内在的旋律
只有泥和水的内外如一

不规则的沟渠被坚冰冻住了
枯草在上面形成奇特的花纹
或许这并非是对人的召唤
无人知晓，物化、庸碌的人生之梦究竟有多长

人的世界欲两两相知
就得相互磨损
在皮开肉绽之中融入爱与被爱的经验

此刻想赤脚深深扎入泥泞
而坚冰，将我们拒绝于外

旷野灰蒙蒙的。只有磨损
没有接纳
只有岑寂的敞开，没有一点点内在的旋律

2023 年

空驳船

河面你看到多少泡沫
就有等量的
泡沫，在上一秒已破灭掉
无法猜测欲望与人性经过
持久的淬炼，将生出什么样的根和芽

河上有空驳船，吃水很浅，一片片的。
风往哪边吹着
船舷就往哪边不停地浮动
没人能从那上面卸下什么

我无端端想高喊一嗓子
又深觉没有什么需要宣泄
想起本雅明在谈论布莱希特时
说道："深处，根本不会让你抵达
任何地方。深处是一个脱离的维度，
它懂得它自己体内，
并无一物是可见的。"

2023 年

孤月图鉴

松上月，沟渠中月，井底月……
在城里我已多年没见了。
月亮的亿万分身，没有一个让人焦灼
最沉闷的物种，只有我们

小时候，我推门，月亮进门。
小院月，小镇月，黑松林
之月，闷罐车之月……
万籁俱寂，骑自行车二十分钟。
万般挣扎，又浑然不觉。
它如痴如醉荡漾着的样子
我已经多年没见了

今日之我怎么可能从
昨日之我中，生长出来
我只是在那儿不寐过，动荡过，失踪过。
它又怎么可能，只是一个板结的
发光体，一座光的废墟？

从什么时候起，它的浓度

被稀释了，歇斯底里的消磨开始了

牺牲者的面容显现了……今夜它

仿佛只是由这些具体的

轻度的、我能数得出口的创伤构成。

它在碑顶，在井底，在舌尖，

但没人再相信它

可以无畏地照临

薇依临终时曾指月喃喃：

"瞧，不可蚀的核心，还在。"

而今夜，我笃定、佯狂，

同时驱动，炙烈与清凉这两具旧引擎

2023 年

王维与李白为何老死不相往来

世界将以哪一种方式结束？
已从灰烬中捕获清凉的人
怎么会喜欢
依然骑在光线上的人——
敬亭山、郁轮袍，都只是精致的面具

如何咽下，这夜色中的星星点点……
两个低烧的诗人为何
非得去敲对方的门？
对话，时而连乌有乡的墙壁都听不见。
更何况，隔绝带来的美妙
二十一世纪的中国，已没几个人能懂

肩并肩，紧挨着站在我的书架上。
但也像两个盲人。
一碰就碎的
泛黄的书页
令人心碎的诗的壮烈远景……
安静飞往体内的苦寒之地
我们共同的面相，只能是孤立无援

2023 年

若缺书房 ①

一本书教我，脱尽习气，记不得是哪一本了。

一个人教我熟中求生，我清楚记得，在哪一页。

夜间，看着高大昏暗的书架，忽然心生悲凉：

多少人，脸上蒙着灰，在这书架上耗尽。而我，

也会在别人的书架上一身疲倦地慢慢耗尽。

有的书，常去摸一摸封面，再不打开。有的虽然

翻开了，不再推入每一扇门，去见尘埃中那个人。

听到轻微鼾声，谁和我紧挨着？我们在各自的

身体中陷落更深，不再想去填平彼此的深壑。

冬天来了，院子里积雪反光，将书架照亮了一点。

更多的背面，蛛网暗织。在这儿幽邃纠缠的

因果关系，只能靠猜测才可解开，而我从不猜测。

昨天，在天柱山的缆车索道上，猛一下就明白了：

正是这放眼可见却永不登临的茫茫万重山，我知道

"它在"却永不浸入的无穷湖泊，构成世界的此刻。

哪怕不再踏入，不能穿透，"看见"在产生力量。

有时，我们要穷尽的，只是这"看见"的深度。

2024 年

---

① 若缺，作者书房之名。

优钵罗花 [1]

在一个墙角

我看见头盖骨的积水中

长出一朵明黄色优钵罗花

头盖骨本来洁白，日炙风吹，变成了干硬的灰白。

积水本来污浊，慢慢沉淀了，连底层渣滓都这么干净。

几只蠓虫绕着花枝飞舞，留下几具遗体，浸在积水中。

头盖骨中优钵罗，是这一刹那宇宙间最炽烈又

　　　　　　　　最柔弱的一朵小花。

5月19日，十一位诗人在崔岗村 [2] 的

灰青瓦小院中饮酒打牌，激烈争辩……

初夏的玄思，将积水化作火焰。

我们藐视？是的，然后我们失去。

互相嗅一嗅气味，才坐在这里。

依然存在不计其数的平淡日子

---

① 即睡莲。

② 崔岗村位于合肥北郊，诗人罗亮、红土主理的雅歌诗院位于村内，为本地诗
　人的聚会之所。

其平淡，正修复我们所损毁的；
也依然存在，单一信念下的漫长行走
其单一，将治愈我们所罹患的。
但这一切，不来自任何一个静穆的别处
只发生在头盖骨中这一朵柔弱的优钵罗花的里面

2024 年

月满时

有那么几年

你们总说我病容满面

其实是内心塞满了乌托邦崩塌的声音

崩塌之后的废墟

堆积在心里

堵得太满了，有时我说不出一句话来。

废墟又长出仿佛吞噬一切的荒草

跟江水

旧船坞

落日在一起

越来越接近我们的本心了

当我们成为彻底的弱者

原本晦涩的废墟之歌，许多人一下子就听懂了

我越来越倾心于废墟就这么充分赤裸着

一轮满月，从它身上升起来

2024 年

登燕子矶临江而作

下午四点多钟，登高俯瞰大江。

今天是个细雨天

水和天

呈现统一又广漠的铅灰色

流逝一动不动

荒芜，是我唯一可以完整传承的东西

脚下山花欲燃，江上白鹭独翔

这荒芜，突然地有了刻度

它以一朵花的燃烧来深化自己……

江水的流逝一动不动

坐在山间石凳的，似是另一个我

诗人暮年，会成为全然忘我的动物。

他将以更激烈的方式理解历史

从荒芜中造出虚无的蝴蝶，并捕捉它

2024 年

云团恍惚

距离地球六十七亿公里的虚空之中，
旅行者一号探测器曾接受人类的
最后一条指令：回望地球一眼，并
拍下一张照片。这一瞬后，它没入茫茫星际

我记得古老的一问一答：
"若一去不回？"
"便一去不回。"
也见过这张照片：状如一粟，行于沧海。云团恍惚。
只有造物主能布下这么艰深的静谧……

世上有人如此珍爱这份静谧：
傅雷和朱梅馥上吊自尽时，担心踢翻
凳子，惊扰了楼下人的睡眠
就在地板铺上了厚厚一层旧棉被——
遗体火化，老保姆用一只旧塑料袋，装走了骨灰

我时常想，是谁在密室向旅行者一号
下达了指令？将恒河沙，由无限减为一粒。

又为了什么，有人竟炽烈到，以一床旧棉被

来捂热这颗孤寂的星球——

潮汐过后，一切在继续冷却

夜间，我常到附近的公园散步。

每闻笙箫隐约，就站在那儿听，

一直听着……直到露水把额头打湿了

宋人有诗云："不知君此曲，曾断几人肠"

也许这世间本无笙箫，更无回望。

埋掉我的，只是长风的一去不还。

而湛然星空，又在谁的楼下？艰涩的

云团恍惚。生前，他为书房命名"疾风迅雨楼"①。

2024 年

---

① 傅雷书房名号，位于其上海市江苏路 284 弄 5 号旧居内。

卷二

姚鼐 [1]

1774 年冬。泰山北麓的小马尾松结成扇形。

松鼠抱着松果，

回到岩下窝里。

山脚下。祖父母们在烂了的稻茬丛中起伏。

哦，他们至死的禾苗

他们指间的宝塔。

（这样的开阖，是否有更深的意思？）

傍晚。当蝙蝠在小哨所和杂货店的门框上排列出发光的图案。

他们吐下的雨水

枝条之下的雨水

滴滴答答地稀释着

瓶子里的蜂蜜。

——麻雀，飞快地将一枚板栗击穿，

激起一小团叫作"时间"的褐色烟雾。

我历来对这类风物的遗传

充满了警惕。

像子宫的收缩。在那些仿佛可以随意剪辑的句式中。

261

---

① 姚鼐（1732—1815），"桐城派"之集大成者。1774 年曾写出《登泰山记》。在仕途的巅峰期辞官回乡，开馆授学教化民众。

在蜷曲于一台电视机中度过的无聊下午。

我的遥控器里

有四个无名轿夫和知府朱孝纯漫长的哈欠。

一个怪脾气文人的膝盖下，

侧卧着为俚语所困的山顶。

当他用桐城腔念出"苍山负雪"之时，

我忍不住笑了——

我认得那个蹩脚的男主角：

他扮演他难以理喻的姚鼐。

当清风剥开他的前额，

麻雀连续击穿板栗、松果、和我换来换去的频道之际。

他用手指拢了拢，几根花白的头发。

只有这一刹那的灰暗，

是恰如其分的。

这么多年，我厌倦登山。

用腿丈量的旧障，我早已度过。

在呼啸的缆车里。

偶尔看一眼山外。

我知道那祭祀的香火中摆着我的桌子。

桌上。呜咽的小瓶子里，

靛青的蜂蜜以凝固供我自省。

——大片的，《清史稿》里的棠棣树，在那里。

邋遢主妇的小河水。

宽大履带的卡车在山腹压出的齿痕。

忽然一动的小石桥。和主妇们

捕捉麻雀的蓝色旧围裙，

在那里。

围着山巅在转动的坛子和田埂，

捶打着山脚下一无所获的沮丧。

挑粪农夫嘴角上，笔直的炊烟。和

数不清的，当我们老去便无人可属的小河水

——在那里。

赤脚医生张春兰的小诊所，

也在那里。

树荫下。锥子的缝缝补补和

三两声止疼片般滚动的狗吠，

点缀着河岸——

假如姚鼐不曾登临，

这一切已终难描绘。

我一个哈欠接着一个哈欠的下午像瓶子里

发出"砰、砰、砰"的敲击声。

当老桑向屋顶展开尺度，

巉岩之灰在语文课本的

复述之中一年长高一寸。

姚
鼐

我侄子曾送给我一尊泥塑的姚鼐。

披头散发的姚鼐，

有一张苦味儿的瘦脸。

侄子从合肥搪瓷厂下岗之后，再无事可干，

整日躲在小屋子里，

用木刻，竹雕，纸剪，铁削，窖藏了无数个姚鼐。

（事实上，这不能养活他患肺病的妻子和

上小学六年级的儿子）

我骂他的时候，他急促地喘着气，

大声地跟我争辩——

这也正如当年的姚鼐走了过来，

余荫下说着他坐地成仙的大梦。

哦。夏日的午后。

对生活的忍耐像一笔不动产。

闷热哦。三尺多长。

稀里糊涂的搪瓷和

理应扔到门外的不动产。

我们的争吵中，间或刮进一缕清风：

当麻雀，击穿打着盹的这粒粒桑椹——

我知道我的桌子终于从桑树下摆出了。

我们谈论着，那时的专制。

那时的金銮殿。

那时的钟声。

那时的小池塘里，从同一个切面截取的荷花，

被观赏者愚蠢地比喻为"晚节"。

在闷热的偏殿，在旁观者眼中

我们是完全不能相容的两个人。

你有卫道的

松枝。

我有世俗的桑椹。

你有一颗从祖卧的凉席上伸长了脖子，看门外

莘莘长出白花花身子的闲心。

我有无数个在街头厮混，

搅着声色的烤羊肉串，不愿归家的夜晚。

你有坟头的占星术。

我有瓜子壳吐了一地的，看不完的肥皂剧。

你有跟老僧谈棋的

一垄、两垄韭菜地。

我有——抱着靠卖笑养活全家的女孩一起哭，一起用头撞墙的

一面墙，和无数面墙。

那墙上的红标语变得黯淡了。

那墙边的哭声，变得庸常了。

你有鱼玄机。

我有麦当娜。

当那时的鱼，从已经干涸的硬泥跃出，

我知道这曾经让我们相濡以沫的一切

都需要重建了。

不仅仅是这些东方的史诗：

像一把伞撑开了的《古文辞类纂》

像一株剑麻般乱蓬蓬的《燕子矶》……

像拽着铁塔，走过的宽阔湖面。

也不仅是那些我难以尽享的碎屑。

我侄子的顽症和

代代相传的脑神经中的杂色。

当你有"论辩、序跋、奏议、书说、赠序、诏令、

传状、碑志、杂说、箴铭、颂赞、辞赋、哀奠"这十三棵小

    马尾松。

我有湖边，推不倒的雷峰塔。

假如这一切可以区分：从方苞浮云般的

牢房杂记，到

遍地无以名状的文字狱

从青翠的桑木，到桑木体内的绞刑架：

我可以择一而居吗？

从貌似看鹤，

到揣度它翅膀中深深的寒暑。

从午夜的街角，看着烤山芋的孤老太太，再也控不住地

喊了一声"娘"。

到无人应答的，

在烤山芋中升起，熟透了的七级浮屠。

我们一块儿护着的东西，在哪里？

站起来，把瓶子里的

蜂蜜倾倒一空。

把桌上成排的旧电线杆再数一遍。

把张春兰家小诊所

在昏暗的煤油灯下

偷偷卖光血浆的农民工再数一遍。

在草丛中自言自语。默默地穿上旧盔甲。

我确知世间伟大的僧侣

像明月一样克服了对自身的厌倦。

他们登上了高高的山顶，

也依旧，讨论锅碗瓢盆的哲学。

当麻雀依次击穿——伴我度过每一日的

这一杯残茶，几粒小药丸，一枚结婚戒指，一瓶润滑剂，几

　张塑料

制成的老家具，

这楼角的旧自行车，老叫花子，无言的阅报栏。

更远处，这坍塌了一半的小祠堂。

已经垮掉了却依然金灿灿的油菜花。

——这些走在街上的人。这些身份。

推销员。妓女。出租车司机。官员。剃头匠。

这些早上

刚换了新衬衫，

下午必将被汽车撞死的人。

这些刚走出小巷口，

就被一根扁担捅出了肠子的人。

这些爱读李商隐，

也将和他一样死于肝硬化的人。

这些因活着而羞愧，

不得不去找死的人：

他们看着一根旧绳子发呆。

日光和尘土绕着绳子如同

这根绳子散发出强烈光线。

当这根绳子——最终吐出了宝石，我看见

更多的人：在废加油站产下私生子的少女。

在班主任的柜子中产下私生子的少女。

在精神病院产下私生子的少女。

在湖边产下螃蟹的少女。

她们排着长队。解开扣子。看着麻雀飞来，

一下子击穿她们。

哦被击穿的老瞎子哭了，

他看见已喝了一辈子的、洁白的牛奶。

——这一杯漫长的牛奶。

在我下午无聊的遥控器里。

如果我用一只麻雀真的贯穿了这一切。

是否可以确认这个世纪是我的，而不是你的？

当飞机的轰鸣传递过来

这无人看清的空间——

我又凭什么留有这副剖开的腔肠？当侄子的

喋喋不休像

纷乱的桑木之荫覆及整个下午的桌面。

麻雀体内发生了什么，从未有人知晓。

当壮年的姚鼐辞官南下。

小毛驴驮着他的"教化"，

撒开了蹄子。

哦他的青砖灰瓦，他的后鼻音，他古板的印刷体。

当程朱理学的小麻雀长鸣于每一户屋檐之下

来不及逃掉的

祖父们，被击穿了

学会了种地时根本用不上的"狮子吼"。

来不及梳妆的姑姑们，

流着鼻血坐在桑树下，

抱着滚烫的小板凳，

学会了写名字，女工，刺绣，暗恋，扯白绫的魔术

学会了修庙

也学会了，在夜间的棘丛中，

让眼力胜过虫眼

以辨认那些朝来夕去的小河水——

学会了如何欣赏一个时代的胡言乱语。

这也是以我的景象，掏空了他的景象。

当我的小瓶子里，

坚韧的冰柱融去，

拟为姚萧的麻雀们喳喳地乱成了一团。

我知道世间那伟大的僧侣，

也正是今日，平面的僧侣。

那些。忽然一动的小石桥，

也正是从未动摇过一丝一毫的小石桥。

我保持着对他早年的鄙夷，和晚年的敬意。

是什么人在扮演他的教化？

——连续多日，我不再说一句话了。

教化炼成的虚无是如此硬朗，

一屁股坐上去之后，

那小板凳依然滚烫。

山脚下。

孤老太太盲信的宝塔和

稻茬丛中薄霜的反光。

无常的小河水，也是

挑动了欲望的小河水。

当我在书房中以冷眼为你的远望做好了铺垫。

当我觉得"习惯"了，河水便涌来。

当我觉得"出世"了，桑树就更绿。

一种秩序？是啊，

一种秩序。

是否有一颗心，在承受这一切？

在浮世和它的回声中。在受辱和它的影子上。在尺度和它的
　战争里。

我们因丧失而变得富有起来。

有谁愿意为这种不老练的快乐负起责任？

这就是我经常怀念的小河水：

一次地理性的悲剧。当 1967 年秋。我生于桐城的

某场细雨之中。

姚鼐为我的阅读移来了泰山。

——那大片稻田的麻痹。天井的冲淡。油菜花的均衡。

又岂是这一堆糟糕的修辞可以替代？

姚鼐

我知道我有一张令人发抖的桌子。

摆在我的

每一顿饭中。

摆在我日复一日的器官渐老中。

用饥饿可以唤回那些逝去的风物？

我已经多天不说一句话了。我所历经的雨水，

滴滴答答地稀释着，

小瓶子里的蜂蜜。

如果有新的灯盏，覆盖旧的灯盏，

如果情欲的小河水迎来了枯水期，

是否也有另一个尺度，

降临到我的头上——

让水底的积薪，和墓碑上的姚鼐

美妙地对应起来。

让我单纯的声音，和久久不能破除的音障对应起来。

在持续寂静的山脚下，

听任松鼠抱走它语言的偏殿。

整个下午，我不能原谅我的侄子。

对往事的忍耐像一笔不动产。

他向日葵一般的脸庞

在崩散的光线中缓缓转动

请让我的所见，与他的审判慢慢对应起来。

一个人奇迹般的老有所依

在暮色的众鸟高旋之下，当小河水翻吐的清凛泡沫中

随身后事物慢慢苏醒了过来——

从北斗星中掏出天理的尺度。

它蜷曲着身子像一只

不知死活的麻雀把我的脑壳击穿了。

桑树下。我微苦的桌子铺向那四面八方。

2008 年 3 月

姚
辅

白头与过往 ①

274

> 汉苑生春水，昆池换劫灰。
>
> ——李商隐

早上醒来，她把一粒黄色致幻剂溶入我的杯子。

像冥王星一样

从我枕边退去，并浓缩成一粒药丸的致幻剂：

请告诉我，

你是椭圆形的。像麝香。仅仅一粒——

因为我睁不开双眼，还躺在昨夜的摇椅里。

在四壁的晃来晃去之间，

我总是醒得很晚。

七点十分，

推开窗户。

在东风中打一场太极。腕底黄花，有裂帛之力。

街头，

露出那冬青树。

哦。老蟾蜍簇拥的冬青树。

---

① 此诗献给客死河北的、我的朋友ＭＬ先生和ＲＪ女士，一对魔术师伉俪。

围着几个老头，吃掉了一根油条的冬青树。

追不上有轨电车，

骂骂咧咧的冬青树。

穿着旧裤子，

有点儿厌世的冬青树。

焦头烂额的相对论，不能描述的冬青树。

苦海一样远的冬青树。

请告诉她，

经历了一夜的折磨，

在清晨，我需要新鲜的营养。当闹钟响了，

——隔着拱廊，我听见她

在厨房撬开"嘉士伯"瓶塞的

"砰，砰"声。

晨饮一杯啤酒，有助于我的隐姓埋名。

七点二十分，

从塔下回来。

拳法和语法中的老鹤，双双敛起翅膀。

剪刀，字典，

立于桌面。

她给我送来了早餐：

一碗小米粥。一头烤麒麟。两只煎鸡蛋。

我坐在桌边喝着粥。阳光射了进来，

慢慢改变着，我下半身的比例。

她的耳朵，

流出岩浆。

现在，轮到她躺到摇椅中了。

这个从马戏团退休的魔术师有假寐的习惯。

她已经五十五岁了。

我念给她听报纸的要闻。又揭开，她身上的

瓦片，看一眼她的生育器官。

啊这一切。一如当初那么完美。

再次醒来时，她还会趴在我的肩上，

咬掉我的耳朵并轻声说：

"念吧。念吧。

大白话里，有我的寺院"。

她映在镜中的几张脸，标着甲、乙、丙、丁的编号。

像晒在冬青树上，

不同颜色的裤子。

一双小羊角辫，

胜过所有的幻觉。那是——

三十多年前。

覆盖着小卖部的，玻璃的树冠。

她用几句咒语，让镇里的小水电站像一阵旋风消失了。

工人们把她锁在配电车间里，

用瓦片狠狠地砸她。

一街冬青树都扑到窗玻璃上喊着："臭婊子，

臭婊子"。

如今，她体内收藏着这些瓦片。这些最挑剔的，

足够多的瓦片。

——在舞台中央，她常将手中的瓦片变成

几只扑棱棱的鸽子。

这么多白色的、伦理学的鸽子。和黑色的，

辩证法的鸽子。

不可测的鸽子。

从铁塔上，都飞起来了。

聚光灯下，

椅子远逝。

当年深陷在父母眼窝的，

一里多长的河水，如今在台上直立着。

当她揭开盒子上的旧麻布，

那座邋遢的小水电站，

又回到了我们眼前。

当年那片，发白的芦苇。

当年绕着我粗大器身产卵的，鱼群。

连同这些，无火的破庙，

婚丧的宴席。

我要一块儿向你们问声好。

当韩非子说出，"百尺之室，以突隙之烟焚"。

你们所留下的。

和这烧掉的"既往"。

仍在这小园子里，

像一局残棋，那么清新可辨。

——"也唯有，魔术可以收拢起这些，碎片"。可我总是在

不断地埋怨自己。我是个病人，

我手持重兵，

不该轻信这个披着小花毯的，虚无主义者。

但舍不下的假相，

总让我坐立难安。

我劝她多服药。拒绝"破窗效应"。

立足于此世。

这么多年过去了。

我仍在劝她栽冬青树三棵，分别取名"儒""释""道"。

分别享受这三棵树的喧哗

与静穆。

"我把自己埋在树下。

第二天，总被别人挖出来。"

哦，冬青树。

冬青树里埋着这些人。

当年的狗杂种。如今的白头翁。

中午对饮。她把一粒蓝色致幻剂压在舌头根下。

雷声，

沿着她的裙子，

滚到了她的腰间。

在小桌边，

她吃着芹菜。

她专心致志地嚼着芹菜，毫不理会在

——烟蒂，残茶，扑克，利盟（Lexmark）牌打印机，油漆，

碟片，剃须刀，消毒液，避孕药，游戏指南之上。

在门外小池塘，鲶鱼背上。

在水电站站长的头顶。

在柏油路上，在黑白片中，在京郊，在汉口与

长沙之间。

在拖拉机烂在地里的安徽省。在一座座

被陨星砸毁的，屋檐下。

在由此上溯一千年的，一个农妇恍惚的针尖上。

在基因里——

在滚来滚去的春雷声中。

我是一个经验主义者，

适合与这样的人对饮。

我把那些失踪的事物视为我的"讥诮",或魔术。我把

飘在空气里的,

插满芹菜的盘子,叉子,碟子

和疑为芹菜所变的

盘子,叉子,碟子

还没来得及进化为鸽子的瓦片,

概述为"惘然的敬意",和一个人在语言中,不及物的行程。

噢。以一杯五十二度的醇浆,

克制着它们的亢奋。

这是哪一年?哪一年。斜坡从

冬青树丛里,带着泥跃出

供两个人的帝国在那里形成。

我给她念剪下来的报纸要闻。

一块儿听着

苏联垮掉的钟声。

小卖部旁。热腾腾的轮胎,

正变成她嗜爱的,意识形态的芹菜。

——我是一个种过芹菜的人,

深知其中的不易。

又或者不是这个人?不是这一副在

终将枯萎的花环中,

瘫痪下来的面孔。不是这个，人老珠黄的魔术师。

是另一个女人的侧面？

在卧室里。我送她一盒阿奇霉素片。她给我看她引以为傲的
　　小腹。

这个把石头搬来搬去，

摸到一块石头，就能变成一盏灯的人。

有一盏液体的灯。

一盏嗅觉的灯。

一盏誓言的灯。

用一排老冬青树，紧紧地将它环起。

它无与伦比的样子，

有时让我视线模糊。

夜间。在傻乎乎的孤枕边。朝唇上，翻出硫酸的泡沫。

从小卖部旋转着的后门走出的

人，有一个裂开的下巴。

如今的白头翁。当年的狗杂种——

他们玩着刀子，

在小剧团，

吹起蝙蝠一样忧伤的口哨。

你称之为"涿县野种"的这帮街头痞子。跳到了

桌子上，

在哄堂大笑中，在那些年，廉价的噱头足以谋生。

当，滴入瓶中的高锰酸钾，

在红布下，

变成了一只只孟加拉虎。

你告诉他们。虎是假的。瓶子也是假的。

不存在比喻，也不存在慰藉。

像冬青树。从不需要遮蔽的

那些事物，在硬壳下的秩序之变。

"像大卫·科波菲尔（David Copperfield），用电锯

锯开了自己的脸"。

他们有着从自欺的戏法中脱身的本领。

所有人宁肯相信他们的"所见为真"。

他们目瞪口呆地看着，一辆辆卡车

在我的嘴里溶化掉。

看着我在一个空杯子里，

徒手再造了纽约城。

——让那帮小混混，那些食不知味的人居住。

哦，这些风中的铁环。

这些不知名的法器。

攥着手电筒飞越湖面，只为了一睹奇迹的大众。

你们这些乐不思蜀的

终将葬掉你们的

非个人的神奇盒子，

和那些不可战胜的手杖。

那些，用最简单线条画出的迷宫。

如今在哪里？还剩下什么

仍驻留此处？

像呜咽着击翻冬青树林的一粒粒恒星。嵌在无人可问的夜空。

晚上蛰居，虫集于冠。我们分享着一粒黑色的致幻剂。

我有些累了。

隔几分钟，就去一趟阳台。

我歌颂阳台的那些杂物。

几年前喝剩下的

　杯可口可乐。

几件宋瓷的赝品。

——她穿破的旧裤子。

一只旧花篮。

几张购物卡。

曾几度废掉的笔记。

被老鼠啃噬的《新左派评论》。

我遗忘在钻石中的避雷针。

为什么？还在这里。

当蒙泰斯达被路易十四钦定为影子王后，

在她种植的冬青树下，

警方挖出了两千名婴儿的骨灰罐。

她的故事。魔术在世俗中

激起的浪花。墨西哥长达几个世纪的活人献祭实践。

为什么？还在这里。

像我每天走在路上，

经常感到无处可去。

想直挺挺站着死掉。

我想混入那些早起的送奶工人。学他们的样子。在冬青树的

　阴霾里，

不停地咳嗽着。

可一个断然的句号把我们隔开了。

我。还在这里。

我的替身。也还在这里。

——当远处。从蛇胆中一跃而起的

月亮，

把斑驳的阴影印在高高昂起的蛇头上。

我知道那些目不能及的

偶然之物，正在精确地老去。

如同白头翁，

无情地覆盖了狗杂种。

会有某种意外发生吗？

当几朵雏菊，在山坡上，与大片荒坡展开了辩论。

象征着遗失的这场辩论。

象征着屈辱的，咕咕叫着的鸽群，

在空中，曲着脖子。

仿佛从未接受过那魔术的驯导。

哦小卖部旁的余荫。

她不顾一切的远离。

更加对抗的冬青树。

假如我不曾吃过你哺育的小麒麟。

假如我在拒绝它的灵性之时，也拒绝它的皮毛。

年过四十。我写下的诗歌深陷在了

一种连环的结构里。

像建在我卧室里的那些，死而复生的小水电站。

正冒着甜蜜的淡烟。

桌上。

唯物的麒麟依然不被认识。

我抚慰着她不被认识的恐惧。

作为一种呼应：

我的小米粥里，

神迹像一圈涟漪正在散去。我所歌颂的杂物，

我的冬青树丛，

正在散去。

我的厌倦在字典中，标着甲、乙、丙、丁的编号。

旧家具里，

纹理深深的算术题。

假如我们从未经历这一切——

当她把窗帘的拉杆拉断了，转过头来，问我：

有没有来世？

我说"没有"。

她终于数清了剪刀下的冬青树。又转过头来问我：

有没有此世？

我说"没有"。

她喝光了苦涩的小米粥。抹抹嘴。问我：

有没有一个叫"涿县"的小镇子？

我说"没有"。

我们可怜地抱在一起。

像摸到的石头都变成了灯一样的，局促不安。

她的喘息，变得又粗又重，

闷头喝着"嘉士伯"啤酒。

我捏着无聊的炭笔画画。

我在一张白纸上，

画下了"失衡的斜坡。与抖动的马体"。

我写道，两个毫不相干的事物

之间，有着若干种更深的次序。

就像日常生活的

尸体，每天都来到我的身上。

仿佛——又觉得难以合身。

像一排随处可见的老冬青树，

在街头，被别人无端剪成了环形。

为什么总是"别人"？别的，

灯盏，字典，

立于桌面。

当雨水顺着她们的叶子，慢慢垂下了

我的形状，我的传统。

宛若白头之下

雷声滚过它曾经爱着的每一条旧裙子

2007 年 12 月

你们，街道

凿井北陵隈，百丈不及泉。

——鲍照

写一首诗，临近中年的凶险。

写一本书，要用更强的聚光灯了。又

不愿弃去胸中的铁塔。

不得不强设一些人事，一些场景。

比如这次。我塑造了两个老木偶，在午后。

抬着一块玻璃，在最强烈的光线中

到我欲去而不能的地方去——

哦，这是午后的老木偶过街。

两旁新建的大厦纷纷倒立着，

进入他们的玻璃：

有巴洛克式尖顶。有穹形门。有徽派的马头墙。

一只气球，被一座大厦压着。

两棵樟树之间，

几个职员的扁脸。

换来换去的，是总也数不清的

几条腿。

孩子们喜欢危险的余荫。

他们把旧皮球踢往那里。

为什么有两棵香樟树呢?

让警察钻入其中一棵,吹着哨子,闲看树后的飞禽。

按理说,爱看飞禽的人,

都见过一两座宿命的铁塔。

多年前,埃舍尔(M.C. Escher)用的是习惯性的梯子。

他把梯子架在白色的果园里

从墙头露出半截出汗的身体

以此表示他的空间是多变的。

这在一个东方诗人看来,

未免有些幼稚。

他为什么,不在那里画出一块玻璃呢?

"噢,这鬼天气……"

街边的人不住地打着喷嚏,掉下头发。

大约两点多钟。

超级市场的人流中

橘红色的乌托邦正在形成。

从遥远的果园,到货架上,

贴着标签的苹果,

都再不能养活我了。

我是两个老木偶中的一个。但又忘掉了到底是哪一个。我出着汗表示我对生活有着无以复加的盲从。

在旧皮球下的余荫晃过头顶之际。

我早就谈论过中年的凶险，中年的不群。

像一幢大厦孤独的第十四层。

这块琉璃必须安装在那里。

——楼下。

在剪得齐整的弧形花坛中

小墙边，安放着虚无的词，空洞的梯子，臆想的天灵盖。

我早就谈论过天灵盖，可你总是不信。

舌头上的梯子，

有着果园般的灵巧，让年老的园丁们欣喜。

而作为信号，还会有一只红气球，

从那个窗口飘出来。

我爱过的女人住在那里。

她像一扇窗中打开了半边的，陈述句。

她浓妆艳抹，证明她正空室以待。

她无事可干，就拿起毛笔

反复在额头上写着一个"且"字。

哦。"且"字——

如此均衡的笔构，令人想起灵魂的秘密。

二十五年来，她每天从窗口释放掉

破壁与神游

一个球体，

以获得某种安慰。

此刻。她正安静地拆着一个闹钟，轻轻摸着

那堆慢下来的肢体。

"给我一根新的秒针，我就不会拆掉它"。

过一小会儿，

她还将躲到桌子底下。

像幼年时，躲在一截树皮里，

等着父亲从夜间的屠宰厂归来。

当树皮在梯子上闪亮。

门外的沙沙声，像在另一个空间里。"嗯，我提到

埃舍尔

实在是迫不得已。"

如果玻璃送到，我们将获得一口袋的硬币。

像我谈论过的建设。光有天灵盖是不够的。

我建设一条大街需要沥青、鸽子和铅笔，也需要一个

帕索里尼（Pasolini）。

这个色情片导演的心，

在我看来，就像一只小白兔的肛门

那么干净。

我爱过的女人却不理解这些。她们建起了大厦往往

向外倾斜。她们缺少的

唯心主义的砖块就像

兔子的肛门，那么干净。

她们的防盗门，她们的权利，她们的晚餐

在窗外的香樟上透着暗香和戒律。

"你不是早就厌倦了吗？为什么，

又要来找我……"

她的喃喃自语，让楼下的天灵盖发烫。

"啊。你——"

你，为什么不爱上一个木偶呢？

你的脸我转身就忘了。在这个

由无数张脸排列成的剖面之上。

我真的有点厌倦了。

我稍一用力，街道就滑出好远。而你们，

坐在杂货店卖禁片的小老头。晾在自来水管上的

一条条蕾丝的袜子。

戏剧海报上干巴巴的刘皇叔。

又正因厌倦与色情为我所爱。

哦。城市，你底层的景物为我所爱。

你的湖滨，你胯间突然裂开的雕花板为我所爱。

你偶尔发生的淡水危机，

为我所爱。

你的谎言，和谎言的如簧之舌为我所爱。

我用力地活着。活着。每天

看掉你的一抽屉碟片。

在被擦掉的摆放闹钟的位置上，

换上一台新的。并让她，把手从午后的阴影上移开

我们谈论的正是，中年的玻璃，

映照着中年的台阶。

帕索里尼总是在这楼梯上埋伏

那些我们曾经爱过的女人。

在他的影片里。果树开花了，

白晃晃的一大片。

女人们绕着树干，

走过来，又走过去。

仿佛苹果真能够让她们得以解脱一样。

靠在梯子上的我们，难免五味杂陈。

这样的障眼法。

这样的时辰。

我们的眼睛，在微风中是浮肿的。

我们看到的台阶，

永远要比踩到的，少去一级。

从窗口远去的红气球，

在不知所踪中捕获永生。

在她低垂的视线之下：

菜市场中。退休老工人正用油锅炸着鹌鹑。

浮世绘的油锅，由三条腿支着。

而别的鹌鹑扑腾，

在郊外。明亮的山毛榉林里。

一只瓶子正"砰"的一声，

冒出一大摊泡沫。

无人的楼梯上。一节台阶正在隐形。

桌边。大辫子盖住了半张脸的

那个女人，

扔掉了毛笔。正把旧闹钟的一个零件，

塞进果园一样辽阔的阴影里。

气球是静止的。

孩子们的天灵盖在它的白线上一字排开。

（我谈论过天灵盖，可你总是不信）。

棚户区上空，鸽子起伏。远郊群山起伏。

群山不管多么乱，

总像在等一个命令。一下子扑过来，埋掉我们。

按照埃舍尔的说法。中年必须

养一些甲壳虫，

以映衬那些小面积的果园。

中年的大屋之侧，必须挨着两样：

写着时代标语的精神病院，

和一座（季节性的）旧图书馆。

在甲壳虫的背上。

煤气灯具嗞嗞地响着。新一版的维基百科全书，

静静躺在雕花的柜子里。

图书里充满了植物的幻觉描写。这些正为我所爱。

这些年我最喜欢做的，

就是一个人时

与这些树木的交杯言欢。

哪一年？哪条路上？郊野的开发区之夜。

令人揪心的高压线下

我们像两棵黄杨木一般交媾。

我们是两棵黄杨木里溢出的死人。

如今，车窗外疾驰的科技大学

还在那里。

而黄杨木做成的梯子，已经烂掉了。渐渐地，

我对强设的东西感兴趣。

对裸体感兴趣并

深陷于一个词的光与影。

长久坐在这影子里，坐在变硬的脂肪里

在令人心慌的聚光灯下

等候新的梯子，把我们运载到十四层去。

老木偶们剃着光头。在甲壳虫循环到来的

头与尾中，

喋喋不休地嘀咕着。

"我们，在玻璃反射出的楼梯之上，

走着。而这块玻璃，

正抬着我们自己的手上。"

不要把腿迈得太高。不要迷恋逃跑工具。不要怨恨。

哦梯子你好。黄杨木你好。

在玻璃里晃动的

大厦你好。我记得你至今仍是倒立着的。

假如让这座大厦一直倒立下去。

在它的室内，Ricoh 牌复印机会闪出蓝光。

大约，两点多钟。

她喝掉一杯咖啡，

陷入了软体动物般的沮丧。"如果，你们认为，

我放出的每一个球体，

都是可以复制的——或者说，倘能找到衡量命运的

另一把尺子，要远远重于拥有此刻。

如果你们真的这样固执，

我也就无所谓了（不过是，一种说法）。"在午后充足的光

　线里，

这句话类同于一个谶语。

但最要紧的，是要找到

一个新的方法，

把垮掉的闹钟跟她的下半身分离开来。

当街头，果树开花。鸽子们在抖落翅膀上的金粉。

交叉小径上，

白晃晃的一大片。

哦玻璃中的帕索里尼，

你好。"我会在你脸上，

涂上一公斤的油彩。也会告诉你，

把我爱过的女人，埋在哪一截楼梯之上。"在 3 月份，

或者不算太远的另一些日子，我们

会为这种短暂的施与获得某种回报。虽然

回报的白晃晃——仅限于视觉上的——

连警察也不屑将

它涂抹于路两边的果树上。当鸽子们

沿着弧形的老烟囱滑下。收拢起

（有时候，在细雨中）

爪子。在一曲双簧中看到近于圆满的结局

在我们谈论的街头。苹果花灿烂，

让人恍惚。

苹果花的破与立，

是长期困扰我的一个问题。没有一双手，

可以抹去这些笑脸。

也没有一些步伐，随盲肠般的小巷溶入

迎面而来的晚风……我们的双手，

仿佛两根随时可以解开的绳索。

现在好了。苹果花：这根

"唯我论"的接力棒

我终于可以递出去了：当我看到

一大群傻乎乎的学生

捏着焦炭正画下它。

像埃舍尔一样，我确信

在虚无中绽放的正是这些苹果花。

不是你嘴中

那些逻辑的嗯哨。不是你夹在

一本书中，曾赠予我的那些褐色岛屿。

"在你们那个年纪，这满街的身体都是

金币。

去挥霍吧，挥霍吧"……

在那些正被遗忘的声音、图案、线条里。

他们：我用以自喻的某一种人：

在公共汽车上发愣，又几乎在一个瞬间

就分成了三群。

一群站在原地歇斯底里了；另一群，在超市里

买到了幻觉的苹果

和苹果园

还有一群在聚光灯下，练习瑜伽。她们像多边的

玫瑰顺从了局部的切割

——从未有人怀疑过这一切。

她们中的一个，将独自灰心地回到

那幢大厦的第十四层，

趴在一个球体上哭泣。这是一个

多么曲折美好的空间啊

靠杜撰就能博得云彩又能

如此屈从于

与那些无名之物的默默交汇——

在这该死的中年

我们活在强设的旧符号里。

宛如玻璃中的台阶

眼看着踩到它时，它就消失了。

脚一抬起，它又奇异地出现。

（这或许表明，我还有能力书写消逝）。

当午后的老木偶，紧盯着被我塞得满满的身子。

"……噢，这鬼天气！"

我年迈的父母就曾躲在这树皮里。

白晃晃的一大片。

正在维基百科全书中查阅"闹钟"词的女儿，

等着他们从

另一个空间里回来。

她沙沙响着的肢体。

她滚烫的天灵盖。

（我谈论过天灵盖，可你总是不信。）

被一双来历不明的手残忍地拆解着。

午后的银河系，依然住在一朵燥热的苹果花上。

街上的果园，看上去都是

红色的。这让炸鹌鹑的小老头觉得不可理喻。

他坚持认为，是他从杂货店卖掉的

一张张碟片，

创造了伟大的帕索里尼。

"让我去死吧——如果我不能从

你们制造的梯子上。从这些技法上。从这些

奇怪的东西中，分身出来。"

哦，我钻入一棵遗忘已久的香樟树。

吹着哨子。闲看飞禽。

又把旧皮球踢向余荫。

在那些该死的符号里，

我已活到了中年。

在这个单细胞的，当隐喻

成了一个流行病种的，世纪。

经验们正"砰、砰"地冒着凶险的泡沫。

我有时走在左边，有时又

走在了右边。

不知用哪一具身子，在台阶上出着微汗

2007 年 12 月

你们，街道

口腔医院

——我们的语言？某种遗物，

在唾弃，和它日夜磨损着的笼子里

——陈先发，2008 年 4 月

"那年。婚后"，我们无法投身其中的

一次远游——

在暴雨冲刷过的码头，

堆满了催人老去的易燃垃圾。

啊，暴雨。暴雨过去了，

昆虫忘忧，

小窗子跳出很远。

黄昏的蚌壳，旧钟表店，幼龙，尖螯，和玩世不恭的海藻，

在我们脚踝上闪光。

凝固了的伐木工人，

他们的放肆暂时歇下。

我将为他们竖立打牌，抽烟，胡闹的雕像。

巨幅的海鲜广告牌下。问：

（当你一粒又一粒地嚼着阿司匹林，

在"牙疼即真理"一类的谶语前。）

此刻，还应期待一些别的什么？

不远处，一只黄鹂和一只白雀在枝头交换身体。

是的。我们闻到了。

看到了：就在那里。它们大张着嘴，

喳喳地——嗓子里烧焦的檀香木，

从尾巴上跳跃着的，

几点光斑得到平衡。

而擦着鼻血的卖花小姑娘，由一个忽然变成了一群。

正好，我有闲心来描述她们的篮子。

瞧瞧这些吧：

叫人渐悟的小松枝，和

夹竹桃花的欲言又止。

戏剧性的野菊？

和百合的某种"遗址气息"。

有着恶名的银桂；

秘不可宣的小叶兰。

矢车菊的弹性，和五雷轰顶的

昙花：

虽然只有那么几秒——

我在办公室，也曾种过一盆。

我用复杂的光线帮它们生长。

而螺旋状片片叠起的紫罗兰，

总是相信色情能创造奇迹？

还有，"不需要定语"的鹤顶红；

侧着脸像在悔过的菖蒲与紫荆……

石斛，在这一带很少见，

为了保持形式感牺牲了香气。

有时我担心"说出"限制了这些名字。是的，

这些刚摘来，很鲜嫩。

我尚欠她们一个成年，

当盛开只为了被拒绝。

我用这死了千百次的句式来描绘她们，

写下第一句了，就等着第二句来宽恕。

宽恕我吧，浓浓的

福尔马林气味——

当我的口腔里一个词在抵制另一个；

单义的葡萄藤，在覆盖多义的葡萄藤；

双重的傍晚在溶入单一的傍晚。

我知道这不过是现象的某种天性：

像八岁时，医生用塑料手电筒撬开我的嘴，

他说："别太固执，孩子。也别

盯着我。

看着窗外翻空跟头的少女吧，看她的假动作。

再去想一些词！你就不疼了。"

他把五吨红马达塞进了我的口腔，

五吨，接着是六吨……

好吧，好吧。我看少女，

她另一番滋味的跟头。

我想到两个词是："茄子"和

"耶路撒冷"。

当年老的摄影师喊着"茄子"——

一大排小学生咧着雪白的牙齿。

像衔着一枚枚失而复得的指环。

我知道世上的已知之物，像指环一样都能买到。

付一半零钱，请卖花姑娘擦干鼻血。另一半塞进售票窗口，

得到一座陌生的小镇：

在四川，一块灾后的群山里？

你捂着外省的脸。

泡沫一般的杂辞。

我整日的答非所问。

而所有的未知之物——请等一等，

如果天色晴朗，

我愿意用一座海岬来止住你的牙疼。

站在那儿俯瞰，

视线甚至好过在码头上：

檐角高高翘起的宫殿，在难以说出的云彩里。

是啊。所有未知之物正如一个人在

精确计算着他的牙疼。

谁还有一副多余的身体？

哗变了各省只留下口腔，

弃掉了附属仅剩下牙疼。

在那里。我们与模糊的世界

达成一体。

整整一个夏季，当我们在甲板上

练习单腿站立和无腿站立。

海浪翻滚的裙裾。

红马达轰鸣的福尔马林。

闭着眼。闭着嘴。

当一些东西正从我们口腔中远去。如同，

"蓝鳍蜥绝种了。而——那个词还在"。

转身，而后失掉这一切。

窗玻璃上崩溃的光，贞节的光，

伴随着气象的多变，

在这个出汗的下午。

味觉在筷子上逃避着晚餐——正如奥登在

悼念叶芝时说道：

"水银柱跌入垂死一天的口腔。"

水银柱在哪儿？它纯白的语调中慢慢

站立起来的又是什么？

我们所讲的绝对，是否也像在雾气中

显出的这一株柳树在敲打

它的两岸。

哦无用的两岸引导我的幻觉。

这凭栏远去的异乡，

装满白石灰的铁驳船。小镇。方言。人物。在街上

跑来跑去的母鸡。

一样的绸缎庄，一样的蝴蝶铺。

一片盖着油毛毡的铁路局老宿舍。

一些冲动的片断和

一致的风习的浪费。

早上从瓶中离去，傍晚又回到瓶中的，

正是这些，

不是别的。

是无限艰难的"物本身"。

但我从未把买来的花儿，

插在这只瓶子里——

"那年。婚后"，当我买来一只黄鹂和一只白雀

养在雨后小山坡上。

我还欠她们一个笼子。

是笼子与身体的配合，

在清谈与畅饮中分享了辩证法的余火。

就像这不言不语的小寺院，在晚风中得到了远钟的配合。

我给你摘下的野草莓，

得到了一根搓得滚烫的草绳的配合。

我们虚掷的身体，

得到了晚婚的配合。

在山坡上。你一点一点地舔着自己的肢体。

红马达轻轻穿过你的双耳，

开始是五吨，后来是六吨……

哦你的小乳房：

两座昏聩的小厨房，

有梨子一样的形状正值它煮沸之时，

听收音机播放南面的落花。

对于随牙疼一起到来的某次细雨，

我欠它一场回忆：

当四月的远游在十月结束，

漫长堤岸哗哗嘲笑着我们婚后的身体。

那些在语言背后，一直持弓静立的东西，

究竟是什么？

在码头上我有着不来不去的恍惚。

那么多

灌木丛中的小憩，和

长驱入耳的虫鸣。

如此清晰又被我的记录逼向了假设。

碗中的蟒蛇正引导着我餐后的幻觉。

哦，红筷子夹住的

蟒蛇和红马达轰鸣的旅途。

当你闷闷不乐举着伞，

在雨水中旋转的街角，

迎来了一个庸医的配合。

他说："想想看吧。这口腔并不是你的。

是一只鸟的。

或者一个乏味的圣人。这样想想，

你就不会疼了。"

"也可以想点别的。街道很安静，

一只球被踢出京城"——

是啊我见过这样的景象：

一个乏味的圣人和一只鸟共同描述

他们面对的一颗雨滴。

他们使用了一个共同的词——不管，

这个词是什么，

嵌在他们带血的牙龈上。

这个词得到了迷惘的配合，

像你离去后空椅子的移动。

——在枝头，两只空椅子在鸟的口腔里移动。

我的观看是为了它们的加速。

是的。我不疼了。

我看见我坐在另一座

雾中的码头上。另一场晚餐里。

另一个我可以叉开双腿，坐小树桩上

吹吹口哨，

为这二元论的蒙昧河岸干一杯。

呵莫名其妙的柳树。

莫名其妙的寓言。

对于奥登与叶芝可以互换的身体：我只欠喊它一声

"茄子"——像这些鸟的口腔

只欠一些误入其中的虫子。

这个庸医只欠一个假动作。

我的观看只欠一个小姑娘的鼻血；

这张手术台只欠一场病因。

分辨的眼睛。并非区别的眼睛。

这只眼睛看到，

一只不祥的旧球被踢出京城——

在它的运动中，拥有身体，

不再需要新的容器了。

像一滴汗从我的耳根滑过，

在谵妄中拥有一个新的名字。

喊一声试试？瞧瞧她在

哪里应答——

在河的对岸，

还是在一枚幽闭的钉子里面；

在骨灰盒中，

还是在三十年前某个忧心忡忡的早晨。

或者像婚前那样，迷信四边形的东西，

躲在柜子里写了一夜的短信。

用声音的油漆，

把自己刷一遍。

用胆汁把房子建成穹形，在小凳子上

摆放了形形色色的盒子。

喊一声试试？瞧瞧哪个盒子

会打开自己：

找到一个词！

顺从这个词，一切由它说了算。

让我们在廉价店铺里谈论它。

在死前攥着儿子的手留下它。

并最终藏在棺材里抚摸着它。

我们发誓忠于它：

一个词。

像码头上的青年军官发誓忠于

他白癜风的妻子。

我们愿意毁掉其他所有的词并

忠于那个盒子里的一切：

它的旧衣服。那些不可捉摸的红色。

闭着眼。闭着嘴——

听从这个词来瓦解窗外的荒野。

听从它将幼龙变成老龙。

听从这些和解：在线与线之间；

在心电图和它的隐喻之间；

在柳树和榆树之间；

在阿房宫与水立方之间……

随清风达成口腔中的史学，

像秦始皇完成对美色的勘误。

让这个词告诉你我们将抵达哪里。当你寻欢的

脚步像鱼击的锡鼓

在松针撞出微小的回声。

听从这个词，像一个老妇人在展览馆里

拨着它一无所附的灰烬。

听从它在维斯康辛的白烟滚滚，当阿米亥（Yehuda Amichai）

轻于纸张的诗句也

听从它在头顶的石榴中

传来爆裂的噼噼啪啪声。

听从其中的盐。听从这座"霜刃未曾试"的课堂。

听从它的名下之虚。

当你连说一声谢谢都很难了。

这码头转动，

你坐在椅子上朝我眨着眼睛，

这是"忘我"和吞咽的眼睛。

当体内帘子的拂动，遮蔽了婚后的卧室。

小窗子在直觉中跳向柳树。

炊烟露出充满经验的弧形。

我告诉你这个词已经找到了。

当我喊到"柳树"，

便有一株在某个角落醒过来——

像摆在膝上的《坛经》，

从某一页涌出了合唱。

当我喊到"蜘蛛"，

灵魂的八面体就来了，

我拒绝了其中的七面。

像一幅画着墙的画挂在墙上，

里面的门仿佛从未有人开启。

当我喊到"花儿",

花园卡在了我的喉咙中,

这包含了椭圆,路线,和单音节的悲悯。

因为讲不清的原因我们在交换着身体。

我知道我要的不是这三个词。

是别的一些东西。

另一座码头上,植物性的悲欢。

在"那年。婚后"——

当小瓶子只容得下两具啼笑交集的身体。

我们所追逐的词将回到那里。

我会放弃说出,口腔里堆积的

那些名字。那些机体。那些过时的谎言。

在全部的硬币涌出瓶口之前。

对一次苟同众议的婚姻,

我手中的鞭炮需要满街的鞭炮来否定。

我虚无的牙疼在

找回那个词像小姑娘

卖光了花儿后放下她的空篮子:

当一群又恢复为一个。

这是绝望的哲学,

也是清新的雨滴。

远游中我崩溃过一次，

也仅仅承认过这一次。

我知道我爱的并不是你——

我一个人在暴雨后的锯木场闲逛。好吧，

我知道有"某个东西"：

不管它在哪里，

我将一直环绕着它。由它来宽恕遭遇它的人们。

在杜冷丁一样口腔中。在杜冷丁一样的夜空下。

从未有过完整的柳树。

我曾经那么害怕它的完整，

如今我受够折磨，

再也不用怕它了。连同一旁的田垄，

新长出的瓜果，

也已不足为惧。

从未有过红马达。

当语境的口腔医院在我的口腔中建成。

谁又能像这

餐桌上烤熟的蟒蛇

一样做到物我两忘？

从未有过故乡。

孔城：江淮丘陵的一个小镇。

四月的孩子在青石板上玩着亚麻色的

螃蟹、老龙和螺旋桨。

他们将一直

玩到秋天：我不在其中。

这本身就是另一场拒绝。

但从未有过拒绝。在它嘈杂的街道上，

我走过了，却没有力气再走一遍。

那些老竹竿搭起的狗肉排档上，

夜间赌酒，吸毒的少女，

从不谈起自己的父母和姓名，

只给我们摸一摸她刺了靛青虎头的腹部。

从未有过另一个人——

让我在公园长椅上醒来时会变成他。

当啤酒中捷足先登的岛屿，

混合着夜里越来越稀少的鸟鸣。

从未有过一堵墙。

脸上写着"深挖洞、广积粮""备战备荒"，

二胡从它的背后探来，

带给我一个声音，

一个满月的声音。

一个老女人在旧皮箱里整理儿子遗物，

小溪水顺着她的脚踝攀登的声音。

从未有过"下岗工人"。

当他们的八十年代全部用于在废墟中

寻找自己的女儿。

从未有过他们的煤油灯。

和一毛三分钱一斤的早稻米。

从未有过穷人的天堂。

也从未有过我的目的地。

当我对它的一无所求演变为

诙谐。并对这种诙谐有了不可抵御的憎恨。

从未有过一种语言练习,

可以完成那屈辱的现实。

从未有过挖苦。

从未有过鲁迅。

从未有一封信。它写道:

"我造出过一只笼子。从那里飞出的

鸟儿永远多于飞进去的鸟儿。

从那里出生的女儿,

要多于背叛的女儿。

她们的口红。她们绷得紧紧的牛仔裤。她们的消化器官。

我不知道怎么办才好,

我总是在家里难以隐身"——

从未有过这个家。也从未有过放置盒子的那些角落。

从未有过窗外葡萄和

它们体内歌唱轮回的乐队。

从未有过秦始皇。

当他在带箭的车辇上豪迈宣告了

万物的臣服,

宣告了锯齿状的墙垛和群岛的逶迤,

宣告了神秘的珠算。

从未有过更远的世界,当蓝眼球的盎格鲁-撒克逊人,

他们对别人疆域的征伐,

必须由失败者记录下来。

从未有过镁光灯的频闪,

当你喊着"茄子",那些骨灰盒里的脸,

沉淀在硫黄冲洗的底片里。

从未有过浮云,

从未有过斜塔。

从未有过孔雀。为了开屏寻找那恒定的观众,

她必须依赖主题公园,

长出一年三换的丑脸。

从未有过一种远游,像

空气中的高头大马,

当她绕着树干大叫三声,

树下的僧侣走向了圆熟。

从未有过"田纳西州"和"陶渊明"，

当他们结出的篱笆是瞬间的，山巅

坛子里的晚霞再不能安慰你。

从未有过一个词是我们这双手的

玩物，

也从不是我们这颗心的玩物——

从未有过"那年。婚后"像

我们并不信任的医生一样，

当他醇熟的手术在某个早晨消失，

当卖花姑娘的篮子是空的。

我们的口腔如何才能不辜负，

那偶然闯入的天赋……

从未有过对立。

也从未有过和解。

从未有过一把必然的椅子在我死去后，

能如此长久地这么空着

连此刻的喘息它也再记不起

口腔医院

2008 年 5 月

写碑之心

> 宽恕何为？
>
> ——特拉克尔（Georg Trakl，1887—1914）

1

星期日。我们到针灸医院探视瘫痪在

轮椅上的父亲——

他高烧一个多月了，

但拒绝服药。

他说压在舌根下的白色药丸

像果壳里的虫子咕咕叫着……

单个的果壳

集体的虫子，不分昼夜的叫声乱成一团。

四月。

他躲在盥洗间吐着血和

黑色的无名果壳的碎片。

当虫子们，把细喙伸进可以透视一两处云朵的

水洼中，

发出模糊又焦虑的字符，

在家乡，

那遥远的假想的平面。

是的，我们都听到了。儿女们站成一排，

而谵语仍在持续：

他把窗外成天落下鸟粪的香樟树叫作

　　"札子"①。

把矮板凳叫作"囨"②。

把护士们叫作"保皇派"。

把身披黑袍在床头做临终告慰的

　　布道士叫作"不堪"。

把血浆叫作"骨灰"。

把氧气罐叫作"巴萨"③。

这场滚烫的命名运动，

让整座医学院目瞪口呆。

他把朝他扑过来的四壁叫作"扁火球"，

——"是啊，爸爸。

四壁太旧了"。

如果我乐于

　　吞下这只扁火球，

---

① 安徽中部地区农民对掀干草的铁叉的习称。
② 音 piān，此处仅作象声词。
③ 音 bāsà，此处仅作象声词。

我舍身学习你的新语言，

你是否愿意喝掉这碗粥？

五月。

病房走廊挤满棕色的宿命论者。

我教他玩单纯的游戏度日，

在木制的小棋盘上。

他抓起大把彩色小石子

一会儿摆成宫殿的形状，一会儿摆成

　　　假山的形状。

他独居在宫殿里

让我把《残简》翻译成他的语言

一遍又一遍念给他听。

我把"孔城①"译成"嘭嘭"。

把"生活"译成了"活埋"。

他骑在墙头，

像已经笑了千百年那样，懵懂地笑着。

六月。

傍晚。

我把他扛在肩膀上，

① 安徽桐城的南部古镇，作者家乡。其历史可追溯到先秦时期。春秋中期，为楚属附庸桐国的军事要塞。三国时，吴将吕蒙在此屯兵筑城，历隋至唐渐成水镇雏形，北宋时为江北名镇。明清以后进入鼎盛时期。

到每一条街道暴走。

在看不尽的翁郁的行道树下，

来历不明的

霾状混沌盖着我们。

我听见

无人光顾的杂货店里抽屉的低泣。

有时，

他会冷不丁地嚎叫一声。

而街头依然走着那么多彩色的人。

　　那么多没有七窍的人。

那么多

想以百变求得永生的人。

霓虹和雨点令我日盲

2

死去的孩子化蟾蜍

剥了蟾皮做成灯笼

回到他善忘的父母手中。

老街九甲 ① 的王裁缝，每个季节晾晒

---

① 孔城老街商铺基本以甲为单位。

一面坡的蟾皮。

从此，

他的庭园寸草不生。

楝树哗哗地发出鬼魂般的笑声。

河中泡沫也

在睡眠中攀上他的栏杆，他的颧骨。

——每年春夏之交，

我看见泡沫里翻卷的肉体和它

牢不可破的多重性：

在绕过废桥墩又

掉头北去的孔城河上。

它吐出的泡沫一直上溯到

我目不能及的庐江县^① 才会破裂。

在那里。

汀上霜白。

蝙蝠如灰。

大片丘陵被冥思的河水剖开。

坝上高耸的白骨，淤泥下吐青烟的嘴唇，

搭着满载干草的卡车驶往外省。

每日夕光，

---

① 安徽中部县名，与孔城接壤。

涂抹在

不断长出大堤的婴儿脑袋和

菜地里烂掉的拖拉机和粪桶之上。

是谁在这长眠中不经意醒来？

听见旧闹钟嘀嗒。

檐下貔貅低低吼着。

丧家犬拖着肮脏的肠子奔走于滩涂。而

到了十一月末，

枯水之季的黄昏。

乌鸦衔来的鹅卵石垒积在干燥沙滩上。

一会儿摆成宫殿的形状，一会儿摆成

　　假山的形状。

我总是说，这里。

和那里，

并没有什么不同。

我所受的地理与轮回的双重教育也从未中断。

是谁在长眠中拥有两张脸：在被磨破的"人脸之下，

是上帝的脸"①——

他在七月，

默默数着死在本土的独裁者。

---

① 美国垮掉派诗人格雷戈里·柯索（Gregory Corso，1930—2001）诗句。

数着父亲额头上无故长明的沙砾。

他沿四壁而睡

凝视床头砥砺的孤灯

想着原野上花开花落，谷物饱满，小庙建成

无一不有赖于诸神之助。

而自方苞^①到刘开^②。自骑驴到坐轮椅

自针灸医院到

家乡河畔，也从无一桩新的事物生成。

心与道合，不过是泡沫一场。

从无对立而我们迷恋对立。

从无泡沫而我们坚信

在它穹形结构的反面——

有数不清的倒置的苦楝树林，花楸树林。有

另一些人。

另一些环形的

寂静的脸。

另一架楼梯通往沙砾下几可乱真的天堂。

另一座王屋寺^③

---

① 方苞（1668—1749），清代散文家，为作者家乡前贤，著有《望溪先生文集》。

② 刘开（1784—1824），清代散文家，为作者家乡前贤，著有《刘孟涂诗文集》
《广列女传》《论语补注》等。其故居与作者旧居仅隔五十米河面相望。

③ 毁于清末的桐城古寺名。

像锈一样嵌在

被三两声鸟鸣救活的遗址里——

多少年我们凝望。我们描绘。我们捕获。

我们离经叛道却从未得到任何补偿。

我们像先知一般深深爱着泡沫，

直至 2009 年 8 月 7 日 [①]，

我们才突然明了

这种爱原只为唯一的伙伴而生。

像废桥墩之于轻松绕过了它的河水。

我们才能如此安心地将他置于

那杳无一物的泡沫的深处。

3

并非只有特定时刻，比如今天

在车流与

低压云层即将交汇的雨夜，

我才像幽灵一样从

众多形象，众多声音围拢中穿插而过。

是恍惚的花坛把这些

———————————————————

① 作者父亲忌日。

杜撰的声音劈开——

当我从小酒馆踉跄而出之时。

乞丐说："给我一枚硬币吧。

给我它的两面。"

修自行车的老头说："我的轮子，我的法度。"

寻人启事说：

"失踪，炼成了这张脸。"

警察说："狱中即日常。"

演员说："日常即反讽。"

玻璃说："他给了我影像，我给了他反光。

那悄悄穿过我的，

依旧保持着人形。"

香樟树说：

"只为那曾经的语调。"

轮椅说："衰老的脊柱，它的中心

转眼成空……"

小书店里。

米沃什在硬邦邦的封面说："年近九十，

有迟至的醇熟。"

你年仅七十，如何训练出这份不可少的醇熟？

在这些街角。在这些橱窗。

在你曾匿身又反复对话的事物中间。

你将用什么样的语言，什么样的方式，

再次称呼它们？

九月。

草木再盛。

你已经缺席的这个世界依然如此完美。

而你已无形无体，

寂寞地混同于鸟兽之名。

在新的群体中，你是一个，

还是一群？

你的踪迹像薄雾从受惊的镜框中撤去，

还是像蜘蛛那样顽固地以

　　不可信的线条来重新阐述一切？

轮回，

哪里有什么神秘可言？

我知道明晰的形象应尽展其未知。像

你弄脏的一件白衬衣

依然搭在椅背上

在隐喻之外仍散发出不息的体温。

我如此容易地与它融为一体。仿佛

你用过的每一种形象——

那个在

1947 年，把绝密档案藏在桶底，假装在田间捡狗屎的俊俏少年；

那个做过剃头匠，杂货店主、推销员

的"愣头青"；

那个总在深夜穿过扇形街道

把儿子倒提着回家

让他第一次因目睹星群倒立而立誓写诗的

中年暴君；

那个总喜欢敲开冰层

　　下河捕鳗鱼的人；

那个因质疑"学大寨"① 被捆在老柳树上

等着别人抽耳光、吐唾沫的生产队长；

那个永远跪在

煤渣上的

集资建庙的黯淡的"老糊涂虫"——

倘在这些形象中，

仍然有你。

在形象的总和中，仍然有你。

仍有你的苦水。

有你早已预知的末日。

你的恐怖。你的毫无意义的抗拒……

---

① 中国农村于二十世纪六十年代始以山西省昔阳县大寨村为榜样的运动。

4

又一年三月。

春暖我周身受损的器官。

在高高堤坝上

在我曾亲手毁掉的某种安宁之上

那短短的几分钟

当我们四目相对,

当我清洗着你银白的阴毛,紧缩的阴囊。

你的身体因远遁而变轻。

你紧攥着我双手说:

"我要走了。"

"我会到哪里去。"

一年多浊水般的呓语

在临终一刻突然变得如此

清朗又疏离。

我看见无数双手从空中伸过来

搅着这一刻的安宁。

我知道有别的灵魂附体了,

在替代你说话。

而我也必须有另外的嗓子,置换这长子身份

大声宣告你的离去——

那一夜。

手持桃枝绕着棺木奔跑的人

都看见我长出了两张脸。

"在一张磨破了的脸之下，

还有一副

　　　谁也没见过的脸"。

乡亲们排队而来，

每人从你紧闭的嘴中取走一枚硬币；

月亮们排队而来，

映照此处的别离。也映照他乡的合欢之夜。

乞丐，警察，演员，寻人启事，轮椅，香樟，米沃什排队而来，

为了蓝天下那虚幻的共存。

生存纪律排队而来，

为了你已有的单一，和永不再有的涣散。

儿女们排队而来，

请你向大家发放绝句般均等的沉默吧。

还有更多哭泣与辨认，

都在这不为人知中。

我久久凝视炮竹中变红的棺木。

你至死不肯原谅许多人

正如他们不曾

宽宥你。

宽宥你的坏习惯。

再过十年，我会不会继承你

酗酒的恶习。

而这些恶习和你留在

镇郊的三分薄地，

会不会送来一把大火解放我？

会不会赋予我最终的安宁？不再像案上"棒喝"

　　获得的仅是一怔。

不再像觉悟的羊头刺破纸面，

又迅速被歧义的泡沫抹平。

会不会永存此刻

当伏虎般的宁静统治大地——

皓月当窗如

一具永恒的遗体击打着我的脸。

它投注于草木的清辉，

照着我常自原路返回的散步。

多少冥想

都不曾救我于黑池坝^① 严厉的拘役之中。

或许我终将明了

宽恕即是它者的监狱，而

写碑之心

---

① 　合肥蜀山区境内小湖名，作者现居其岸。

救赎不过是对自我的反讽。

我向你问好。

向你体内深深的戒律问好。

在这迷宫般的交叉小径上。而轮回

哪里有什么神秘可言？

仿似它喜极的清凉可以假托。

让我像你曾罹患的毒瘤一样绑在

　　　　这具幻视中来而复去的肢体之上。

像废桥墩一样绑在孔城河无边的泡沫之上。

2010 年 3 月

枯七首

枯

每年冬天，枯荷展开一个死者的风姿

我们分明知道，这也是一个不死者的风姿

渐进式衰变令人着迷

但世上确有单一而永无尽头的生活

枯的表面，即是枯的全部

除此再无别的想象

死不过是日光下旋转硬币的某一面

为什么只有枯，才是一种登临

枯

当我枯时，窗外有樱花

墙角坏掉的水管仍在凌乱喷射

铁锈与水渍，在壁上速写如古画

我久立窗前。没有目标的远望，因何出神？

以枯为食的愿望

能否在今天达成一种簇新的取舍？

这两年突然有了新的嗅觉，

过滤掉那些不想听、不忍见、不足信的。

我回来了

看上去又像

正欲全身而退

我写作

我投向诸井的小木桶曾一枯到底

唯有皮肤上苦修的沁凉，仍可在更枯中放大一倍。

远处，

大面积荒滩与荒苇摇曳

当我枯时，人世间水位在高涨

枯

枯枝和新雪依偎。

这久别之后，苦的形象，也是爱的形象

为了这形象，树枝经历了一次死，新雪完成了空无中

一次脱胎换骨的凝成。

当寂静达到某个阈值

被覆盖的道路、码头、医院浮了起来

我们也会慢慢溢到自己体外

新雪之下

枯的面貌

多么遒劲、好看——

一树枯枝披着雪的乱发，远行到我的眼前

新雪的霎亮让人恍惚、目盲

而我仍须等到此雪融去，此枝复萌，

才有那无物之枯的降临

此刻，寂静达到了这个阈值

生死无间隔啊这依偎的、苦的形象，这么久，又这么深

在冷风中听一声生涩的晚钟远去

枯

从幼虫变为成虫，蝉褪下空壳。
我想起老僧云游去了，
搭在禅房椅背上，他灰色的旧袈裟

我们的双重身体，要腾空哪一个——
写作者困扰于生活的消磨与
文字的刺穿之间，必须有那么一面镜子
为自己阴晴不定的面孔造像

用力，再用力些，像蝉，吮吸词之树液。
扔掉，多扔掉些，但终究是
挫败令我们的羽翼日渐透明。
佩索阿在镜中说："我做过许多个
恺撒，但终不是，真正的恺撒"

蝉的嘶叫，壳的永默
我们不舍昼夜的立言……
在九华山，我见过圆寂的僧人
"一千年了，他的头发仍在生长，

脸颊上，有种说不出的弹性"
瓦瓮中，他的笑容在继续枯去：
世上仅有这种可见、可听、可品尝的消逝，
只是眼、耳、舌尖依然会欺骗我们。
我对一切重生皆无偏见，但无法

确定灵魂这只昔日的
笼中之鸟，今日是否仍在笼中

枯

湖水在窗外。夕光下
折叠的波浪
仍有大片可删除的空间

滴水观音在书房的左侧
熬过了七个寒暑，越长越旺盛
墨玉般阔叶，紧密而恒远的呼吸
我不记得曾给她浇过水，但毫无
疑问，我浇过了，年复一年——

湖水不可共享而
他者的饥渴，永是一个难题

我在夜读的几乎每一分钟，都触碰到。

他者……因他者而生的阅读
充塞着漫漫长夜。
我在狭窄书房的漫步，可以直上四壁、天花板……

也许饥渴从未发生，
那也没什么。
有时我去取，插在书架最顶端的书
站在梯子上就睡着了
吊灯昏暗，梯子立在湖底的淤泥中

枯

近来总梦见九十年代初期那几年，
深夜，一个人慢慢踢着落叶回家

在合肥的老环城马路上。乌桕的叶子，皂角树的叶子，刺槐
  的叶子

那时楼房低矮，红砖建筑连片，
小巷游荡着刚入城的养蜂人，捕蝇人，磨刀人，

年久失修的旧监狱、防空洞改造成小舞厅，

阴鸷的性幻想……

一床乱书、舶来的思想、多巴胺、德里达和

俚俗的舞步，迟缓地哺育着我

小面馆很脏，没人觉得它脏。

牛仔裤脏了，挂在宿舍前榛树上，

让暴雨冲刷几天……

我下颚坚硬，短髭如铁，内心愚蠢又僻静。

接受各种纪律的呵斥、训诫。

我不计前程，只牢记着要活下去

我记得一个怪人，说一句话，语气有三次转折

有个傍晚他蹲在桥墩下，崩溃大哭

当时我因何事在河边？

眼前，叶落很轻……一无所依地落着

胸腔中轰鸣的寂静，一层层地，能摸得到。

好长的一段丢失——

我们怎么就成了今天这个样子，这群人。

梦中我认出白蜡的叶子，榉树的叶子，梧桐的叶子

接着认出了枯叶中行走的那个人

枯

一件东西枯了，别的事物
再不能
将阴影投在它的上面

雨点击打它再没有声音
哪怕是你彻夜不眠数过的、珍稀的雨点。
虚无被它吸收

春日葳蕤，有为枯而歌之必须。
写作在继续，有止步、手足无措之必须。
暮年迫近，有二度生涩之必须。

文学中，因枯而设的喑哑隧道
突然地你就在它的里面
仍是旧的世界，旧的雨点，只是它裂开了
慢慢咀嚼吧，浸入全部感官，咀嚼到遥远星际的碎冰

2021 年

风七首

风

薇依的书中布满"应当"二字，
她是飞蛾，翅膀就是被这两个字
烧焦的
她留在世上的每粒骨灰都灼热无匹。
弘一则大为不同：为了灰烬的清凉
他终生在做激越的演习……

有的病嵌入人的一生，从未有
痊愈的一刻。有的只是偶尔来访，
像一场夜雨，淅淅沥沥，
遇到什么，就浸入什么。
与躯壳若即若离一会儿。
我写过一首诗，题目就叫以病为师

病中的日子似睡似醒。
在摇椅上，倾听灌满小院的秋风

——翻翻薇依，又翻翻弘一，
像在做一种艰难的抉择。整个八月，
我有个更为涣散的自己
一个弱了下来，持续减速的自己
一个对破壁仅作"试试看"的自己

风

坐火车穿过宿（州）蚌（埠）一线
向着豫东、鲁西南敞开的千里沃野，
地图上一小块扇形区域
哺育生民数以亿计

高铁车窗外圆月高悬。
圆月即是
他人之苦
是众人之苦的总和，所有的……

秋天的田野空下来
豆荚低伏，裂开，种子入地
黝黑平原深处，埋着犯人
路上，新嫁娘不紧不慢

在摩托车队中……上辈子在骡队中
她并不完全懂得自己要
担负的三样（或是一样）东西：
追溯、繁衍和遗传——

高铁车窗外秋风阵阵
我一直纳闷，在此无限丰饶之上，
那么多的生死、战乱、迁徙、旱灾
那么深的喂养、生育、哭泣
那么隐秘的誓言、诅咒、托付……
最终去了哪里，都变成了什么，
为何在这大风中，在这块土地上
三百余年没有产生哪怕是
一行，可以永生的诗句

风

"那些年，围墙的铁丝网上
蹲着成排成排的麻雀
淋雨了也不飞走
不管它们挨得有多近
我只记得，那抹不掉的孤儿气息"

后来你告诉我，世上
还有更干净的麻雀
更失落的，铁丝网

风

失明了，会有更深的透视出现。
失忆了直接化身为一阵风。
穿林而至的长风，正送来蝉鸣

蝉是怎样走上树冠的？
闷热中泄下这蝉声如瀑。
这声音如此整齐：
并不存在谁先孤鸣
其余的醒悟了再去响应

原来我在林间这么久了。
发觉自己在最激烈
的嘶鸣中
也能酣然入睡
林子里，三三两两的老者入眠

仿佛衰老足以吸干周边的一切
或者这世上所有声嘶力竭的
容器，原本都是空心的

不可理喻的静谧包裹着我
风从光影斑驳中徒然吹去
我看不见，记不起，说不出。

我在我的硬壳中睡着了
没有一丝一毫的溢出

风

在树梢倏忽而生的
旋涡上，看见风的身体

去年我从木窗裂缝中，能闻出
鼠尾草和青蒿
捆在一起焚烧的气味
今年嗅觉真是衰减了不少

但防疫区的消毒水仍清晰可闻。

风在气味中现身，

也在夜雨从

瓦脊踩过的猫爪上现身。

美国宇航局懂得极度压力之下，风的

叙事本能……他们从宇宙深处捕捉到了

风扑击黑洞的声音

那是风与虚无的搏击之声。

听上去并非"呜呜"

而是"噗噗"的——

有点像笨重木槌，砸在

榨干了水分的萝卜堆上的声音

我少年时最熟悉的还有

风耐心捋直炊烟的……催眠曲般

也是安魂曲般的声音。

这些声音，是为几十年后

不同的心而准备的。

这个时刻逼近了。我仿佛不是顺着这风

而是在风的每一根末梢神经上

走动，像一个虚词进入

一首诗并与别的词连续又轻微地撞击

风

蝶与鹤：在希腊语和

意大利语中

也可译成"蝴蝶与起重机"。

四川外国语大学的陈英教授，这是否

意味着不同语种之间

物，常有一种神秘迁移

但错觉又令诗别开生面？

蝴蝶在虚无中将耗尽体能。

在汉语中，她更像一笔遗产。

而起重机浅酱色的

大块肌肉，

在朝天门码头上正懵懂地滚动

（川外，为何坐落在多雾的重庆……）

词，吞噬着物之形象

蝶的轻舞，鹤的远遁

只有等到起重机在另一种

语言中生锈了，才能真的安静下来。

诗须向伟大的错觉行个注目礼

对江边的孩子来说
刚出茧的幼蝶，也太古老了
没人知道风将吹来什么
今天，我只想写首诗来降低欲望

风

剖开当年树影，吹我襁褓的，
父亲临终前，吹他额上青筋的，
扑面而来的
和，弃我远去的
会不会是同一阵轻风？
战栗与遗忘等量
湖面，恰好正是桌面

你说此处空无，
它却是雪中狮子骑来看。
你说时光中牢底坐穿，它又是
寂寂无来由的病树着红花……
什么样的一种重力，在那风里？

让水上生了涟漪

而风自身的皱褶却无人可见

每日从第一页跋涉至最终一页，

算不算个远行人？

当远行者归来，原有的水位不再。

关了灯即是满头满脑大风雪。

我的隐晦，我的隐匿

难道不是历史的一种？

请把聚光灯调亮些，这首诗的

最后一个字上并没有结束的气息

2022 年

泡沫七首

泡沫

迷途中处处水丰草美。
贾科梅蒂 [①] 画下晦涩的、流逝的钟表。

拿什么验证此为迷途？
……答案是

我什么也证实不了。我们可能
寄生于一个泡沫中永难自觉

有一天，我想到时间和空间的
刻度问题。譬如蜉蝣，朝生暮死

——而在它自己的维度上，

---

① 贾科梅蒂（1901—1966），瑞士画家、雕塑大师。

蜉蝣正为如何度过漫长的一生而
挠破头皮。草履虫正为心底一首诗
不能在光和风中显形，浑身燠热难安

泡沫

绳子：一截柔软的、由无数
一闪念组成的身体。
在东方人的心理构造中绳子是
一个奇特的喻体。线性、对仗
的两端，一端叫作"始"另一端
必须叫作"终"。如果形成闭环，
两端就消失，逐得圆融之意……
也有将两端都呼之为"我"的怪人：
在《世说新语·品藻》中
殷浩说："我与我
周旋久，宁作我"——

这哪是一千六百年前该说的话？
仿佛只是昨天下午"因癫痫发作

在办公室沙发上窒息”的胡续冬 ^① 遗言，

有“白猫脱脱迷失”之美……

他饲喂的猫仍踯躅于暮色。

一旦他的手静止，那些猫

可能并不存在——相对于语言的绵长，

猫，确实只是一闪念。而说诗人之生命

“始”于某刻，又“终”于某刻，

不过是个狡黠又粗暴的说法。

当绳子尚未形成圆环之时，

我与我，注定不能凝结成“我们”，但——

至少我们还可以猜猜看

在殷浩和

胡续冬之间，在这根寸寸流失的绳子上

如果此端是泡沫，

谁，才是另一端的暗礁？

---

① 胡续冬（1974—2021），当代重要诗人、翻译家。他多年喂养北大校园中的流浪猫。“白猫脱脱迷失”为其一首诗题。

泡沫

找一块与江水平行之地
夜里，波浪像静穆石头列队走过
旧绷带解开

许多年前
小舢板在江心涡旋上原地打转
在巨大眩晕中
一家人，不能直立行走……

又是江上月白。忽地惊讶于
我从未有过
任何一行诗句
与获救的愿望有关

泡沫

阿什贝利说："勘测时间的空牢房。"
又，岂止是……

人类完成最大规模的自我囚禁之后

座头鲸游弋的海域

噪声垂直下降了二十五倍

淡水溪流中

鲑鱼卵子更透明了

蜥蜴扒开更多沙坑，投身于孤雌生殖

在日本奈良

梅花鹿占领了警察局和寺院

而我们永不知在墙壁另一侧

是垢面蓬头还是对镜花黄

邻里之间，犹似秘境

只有诗的秘密愈加大白于街巷

诗的秘密就是

树影斑驳静谧

花粉在风中传播更快

诗的秘密是印度人从

棚户区

看见了雪山

泡沫

水的薄壁、弧度：
难以言喻的精纯。
世上仍需要打磨泡沫的人
只有诗人，因经历太多挫败
必不负泡沫设计师的美名

我们一辈子写作大抵只为了
能站到泡沫内在的穹顶之下
看那潮汐，平畴，山林，高速公路
小村镇，旧剧场，空椅子……
如此熟悉，却是另一个。
这一年我失去太多
——八月，过太原
忽记起元好问诗句：
"横汾路，寂寞当年箫鼓"

失踪、湮灭的名字
充塞着各个角落
世界的恒定与冷漠不增不减

横汾路何在？我记得暗处的唏嘘
仰起的笑脸……
各眼见各花的时辰
同向瘠处行的背影

八月底，安徽天就凉了。书房久坐一如深海

泡沫

骤雨之后，枝枝叶叶上聚珠攒沫
看上去更像一群蝴蝶：
是光在折射，

是光的碎片的博物馆——

今年夏季洪水太多了
谁在乎这是一个巨轮
在泡沫中掉头的夏天？

傍晚光线偏转
某种尺度改变
谁在乎这是钻石

正化为积碳的夏天？

人世的脆弱和斑斓在孩子们
眼球上，同时被牢牢固定

我满抽屉的泡沫，看上去
更像彩色鳞翅目昆虫的夏天
……史记和显微镜
无法分离的夏天

泡沫

论迹不论心，看看手中物。
论心不论迹，谈谈量子纠缠？

世界远非可见的这么简单
许多变种，我们全然不再认得
父亲死去十三年，如果他
只是一个泡沫破灭了
那凝成人形回我梦中的，是什么？
如果昨夜他额头滚下的汗珠
在我肌肤上的烧灼乃为真实

那么，当年死掉的又是什么？

我身在一隅，我踱步，

并不期待长针的刺破

甚至并不急于弄清楚

他，我们……是不变的时光旅行者

还是难以捉摸的瞬间存在物。

——窗外，起雾了

肉身易朽，其一刹之坚固

却也毕露无遗

巫宁坤说：我归来，我受难，我幸存。

弘仁说：万壑千崖独杖藜

2021 年 8 月

霜降七段：过古临涣忆嵇康

1

逃遁：多么显赫的文学史主题！凭什么，
到了这一代，变成嚼不烂又咽不下的残渣

……无处落笔。夜来读史，
已无异于暗地里泄愤

连日焦虑。从孤悬于书房一隅
到一点一滴地渗透。终于它囫囵吞没了我

没日没夜在文字中追踪、挣扎。一直要
沉溺到，再记不起欲问候谁

2

霜降日该有点肃杀相吧
晨间却是，软绵绵一场秋雨

雨点若堆积，将埋掉什么
若冲刷又会洗掉什么

杜甫当年苦逼又木讷
在夔门写过

秉性不改又当如何……这点儿落叶、积水
不足让我乘槎浮于海

只痛惜人人体内虽有深渊
本时代的脚印却踩不上

　　3

中午在小区木樨道中散步
斜刺里，一只老猫

向我走来……她瘦削过度，
小脸庞像临终的索菲娅·罗兰

她的肮脏，嶙峋，外祖母式自尊心和
阴阳怪气，我找不到任何一物可来比拟

她挑衅一般径直走来。如果我
原地老去，我将无端端失败

——她或许是个幻觉。如果我
此刻后退一步，在某个漫不经心的

瞬间我可能会
收到一个礼物：

一个不进化物种，投向
淆乱人世的深长蔑视

4

下午。在沙发酣睡多时
妻子将激越鼾声录了下来

播放给我听，不由得哑然失笑。
捡起书重读，恰好是亚当·斯密的

一句："屠夫、酿酒商、面包师提供

食品，绝非出于仁慈而是攫取利润"

那么。在镜中建乌托邦的，
在烈焰中扎稻草人的……人，想攫取什么。

瓦砾。蝼蚁。竹林。
久远。废墟。道路。

　　5

街心花坛的嵇康。大理石的身体
拥有大理石的思想，沉入自身暮色

隔绝：与每一个人，每一天……
与噪声中的车水马龙

非关速朽或是不朽。
隔绝依然是，古老对话的一种

没有一种胶水可以黏合我们。
我活着而他没有汗腺

6

"历史的全部真相不能抗衡任何

具体的事件"：这话，谁说的……

隧道昏暗而凿痕清晰

化石亿万载而牙印清晰

无论是密涅瓦的猫头鹰还是

富春江上渔樵……身体中水位清晰

室内。盥洗间马桶的波纹

连通着神秘的江河水

我衰弱的神经

结成轻霜。在夜间台阶上

7

斗室之中进退失据。

视线在瓶中水结冰过程中变得

又干又硬。一颗心在瓶子密封与

冰块迸裂之中游移不定……不幸的是

我们一身兼起了双方的命运。

历史的花枝晃动

墨痕饱蘸了泪痕就能

穿透纸背？其实，

依然不能。

烟花和苦海，仍在各自表达

2022 年

了忽焉 ①

——题曹操宗族墓的八块砖

"作苦心丸" ②

并不存在诗的实体。

好在我从不沮丧

世上有忧愁公主，则必有解忧公主

壬寅年春末。我是烧制墓室砖块的窑工

手持泡桐枯枝在

未干的砖坯写下

断断续续的字句

给了这黏土以汗腺与喘息

---

① 自二十世纪七十年代始，曹操（155—220）故里安徽省亳州市文物管理机构
对十余座东汉墓葬进行了发掘清理，发现了曹操祖父曹腾墓、父亲曹嵩墓等
宗族墓群。该墓群位于现亳州市魏武大道两侧，占地约 10 万平方米。墓群清
理出 600 多块刻有文字的墓砖。据考，砖上文字系造砖工人在砖坯未干之前，
用细枝刻写而成。本诗的主标题及分节标题"了忽焉""作苦心丸""涧蝗所
中不得自废也""欲得""亟持枝""沐疾""顷不相见""勉力讽诵"，即其中
八块砖上的文字。
② 曹操宗族墓董园村 1 号墓 17 号字砖，长条形，长 24.1 厘米、宽 12 厘米，厚 4.5
厘米，在其绳纹面纵向刻字"作苦心丸"。

又掷断砖废瓦于旷野。

弃之不顾的遗物，伴随着野花之美。

我不确知谁将埋在这里。

也不知这碎片

能否凝成一首献给不死者的诗……

当陌上长针刺透巨墓，我深知

诗以它此刻的空空如也为体

贫瘠落日坠于西坡

今日风止，它浑圆、阒静

所以下沉更快

我被世间稀有的权杖压在这里。

跟涡河 ① 之畔的野蒿、雏菊，

蝼蚁、蛆虫、蟋蟀们在一起……

诗以这秘不能言的下沉为体

人群中人的孤独哪里值得一说。

———————————————

① 本诗中多次出现的涡河，是流经亳州的主要河流。涡河是淮河第二大支流，流经河南、安徽多地。涡河流域哺育了老子、庄子、曹操、嵇康等众多历史人物。

兵荒马乱的

驿站、码头

人世的冷漠煮得我双颊滚烫

小米粥稀淡晕眩，喝着喝着，就把我干翻了

入暮的旃檀、皂角、旧亭台像褶皱层层老去。

当年我从赤壁

拖着断腿爬回小黄村

这镜中的风物哺育我

没有人知道我是谁

我忘记自己姓名好多年了

诗，愿以这古老的无名为体

持久逼视的瞬间花萼，和

匆匆一瞥的风烟万里

今年我已是五旬人，内心的蜂窝结构

一小块一小块规则的

空洞叠加在一起

酿出苦心丸和蜜

"了忽焉"

公元 196 年。寡言的汉献帝 [1] 从
棉套中人、木套中人，成为铁套中人……
他抵御危机的唯一方法是装聋作哑。
失眠，就开窗
吮吸春风中汹涌的花香

记得谯城 [2] 养蜂人曾告知一个
秘密：在蜂针的连续凿击之下
一株柔弱白豌豆花儿
会裂变成四万万个悬浮的粒子

越分裂，就越芬芳——我们
活在一个微观的、以花香为补丁的

世界上……涿州水患、巨鹿蝗灾之后，
蓬蒿人以蓬蒿苦丈量着世界。

---

[1] 汉献帝刘协（181—234），东汉最后一位皇帝。公元 196 年，曹操控制刘协，
挟天子以令诸侯。

[2] 即今安徽省亳州市谯城区，有 3700 余年历史，是道家思想和道教文化发源地
之一，曹操及名医华佗故里，另有"药都"之称，是全球最大的中药材集散中
心和价格形成中心。

开窗，捕获流星疾坠的力量感

开门，不知来处的光泄了一地

光线像权力的雪崩无休无止——

而历史总败于乌合之众。

在勒痕深深的井栏他走了一圈又一圈。

发黄竹简上乌托邦更远

四万万匹隐蔽的纸马和

一种模糊的运气……至暗时刻，一个弱者

的哭泣也能抵达生命意志的深处。他忽地

寄望于若有若无

这些花香的粒子

只要有一粒不灭，就必有一双

后世的手在风中神秘挖掘着她——

而历史依然是，无形人穿无形衣。

他忍不住在

砖上刻下

"了忽焉"三个字来放大这种恍惚

夜间下了场小雨。

青石压着一粒种子。

东风送来两张痛苦面孔："我是电光火石上

晦涩的汉献帝，

也是一根

拨火棍捅破了混沌的老窑工"

"涸蝗所中不得自废也"

一日之喷吐，不足一日之所需：

——是饥饿感，

令世上蝴蝶通体斑斓。

我的肚子可能是人间最暗黑的深渊

一个声音总在告诫我：你

填不满它。难挨之时，我就去淮水边看蝶。

是这些瞬息的造影

劫持了我兴奋的大脑皮层：

她似枯叶疾转；她似钻石眦裂；

她似指尖旋舞的番石榴花……

蝶影重重，千锤百炼。

只当稀疏雨点突袭，蝶身破灭

我才知舞动的不过是饥饿这个词与

淮水泡沫的无尽交织。

蝶之幻相，蝶之实有

我们在两头皆会迷失

……那么，蝴蝶吃些什么？

满树淡紫色、倒钟形垂挂的泡桐花像

一张张嘴空悬在傍晚的闷热中。

时至汉末，蝴蝶惊觉世间再无可泣之人

——国中人口锐减七成。

《后汉书》[①] 说："人相食啖，白骨委积"

蝶中的战死者、饿死者、病死者连绵。

更多年轻生命自诩为最后一代，

思乡病、霍乱和结核病流行。

空心村里，坐满湿漉漉空心人。

但铸造不朽者墓室

的工程，仍在日夜赶工。

另一个声音告诫我：不要让蝴蝶

了忽焉

---

① 南朝宋历史学家范晔编撰的历史著作，属"二十四史"之一。全书记述东汉光
武帝至汉献帝间计 195 年的史事。

飞过烧制墓砖的黏土地

否则地下宫殿会坍塌……不要在

流星之下生火否则

旷野的风会渗入存放骸骨的密室。

"我深知令万物碎为齑粉的

不是铁杵而是这

广漠吹拂、无限磨损的微风"——

风的旋涡犹似密语。

激越的饥饿感，让我通体斑斓。

在炉灰中我告诉自己

自我毁弃有着最通神的一面

千年之后我将被有心人读出

需要多少暗示，蝴蝶才成为蝴蝶。

我因刻下几个莫名其妙的字而不死吗

"欲得"

风：透明的旋转木马。

涡河坚冰上留着麋鹿足印。

在被冻结的、寂静人世中，

阐释之心不可得——

我曾是孤儿，战士，折柳人，
也曾在半山寺削发为僧。
月色中我扫着庭院
于一层洁净中找寻另一层洁净
众我纷纭。过来人之心不可得

一个我，因时空的位移而成众我。
柳之为柳，榆之为榆，界线清晰。
我想在别人言说的地方止步
但内心声音撞击我：止步之心不可得

了
忽
焉

再清楚不过地知道了
我烧制的砖块不能建凌烟阁
只能铺在又黑又冷的最底层
低下头。社稷崩坏而繁星在天
繁星犹如疗愈，但疗愈之心不可得

是目盲之于五色
是耳聋，之于律音
多少个我牺牲掉，只剩这一个跋涉到了这里

工棚里，白日梦一场接着一场
菩提树下淋漓一哭之心不可得……

"顷不相见"

出村，在荒野中漫无目的走动。
夏季洪水也在这里流动
不归于河道，不注入任何容器。
在沙地，手绘出一种泛滥形象。
"远离什么"，和"成为什么"正
紧迫地凝结成同一个问题。
有时，手绘出另一个形象：
落日下，一身泥浆的丧家犬

偶尔，去见几个老朋友
喜欢他们日渐加重的迟钝、无语。
一堆白头人，
围着一张空桌子

去见你时，
不再要铜雀春风的流畅
也不会再为黑鬓高挽

的美而颤抖

常梦见你从一身污水中立起身来

愿我到达时，你已接近枯萎

过河，爱它的浑浊。

快流不动了的样子。

一个衰老的、口齿不清的声音伏在

我肩上说：

你来了吗？来了就好——

《广陵散》① 不为任何耳朵而备下。

过古寺，站在它门外

这枯松三两棵是

怎样与失去屋顶的寺院浑然一体的？

我从不需要悲伤来过滤这具身体。

缄默所容纳的，也会越来越多。

而人，为何总是

向往无人之境

那一无所见的凝望，在哪里？

了忽焉

---

① 嵇康所作高难度古琴曲。据传，他死后少有人弹。嵇康也是曹操的曾孙女婿。

"亟持枝"

出土的墓砖躺在博物馆的
聚光灯下。两千余年从无
光线的触碰
而此时几束强光整日炙烤着它。
陈列品：一个奇怪的词。
展厅内，有人费力猜测砖上铭文
更多的人心不在焉，他们宁愿
在手机上刷刷薛定谔猫和元宇宙动漫

这是一场叠加态的聚会。风吹水上书，
有人临摹梦境写成《洛神赋》①
也有人在大漠中孤筏重洋，写出了
《禅与摩托车修理艺术》②

难道"无良媒以接欢兮，托微波

① 曹操之子曹植所作辞赋。曹植虚构了自己与绝世美人洛神奇妙邂逅、彼此倾
  慕，最后又因人神殊途而诀别伤怀的故事。洛神，乃上古时代帝王宓羲氏之
  女溺于洛水后的化身，又称宓妃。
② 美国作家罗伯特·M.波西格（1928—2017）的长篇小说，出版于1974年。小
  说记述了自己在禅修式游历中对自我救赎的深入思考，曾被《时代》周刊评为
  二十世纪七十年代最有影响力的十本书之一。

而通辞"，和"修理坏摩托车，需要充足的

心灵准备"，说的是两个意思？

多少语种不得不凝神于此：

世上，幽玄的轰鸣历来

只有一种……若想废去的机轮

重新启动，必须不断添加幻觉的油料，

像蚂蚁举灯，布下虚无大面积的影子……

窗外。戴草帽的老人正弯腰拔草

而实验室的

冷气机恒定于魔幻的二十六摄氏度

种族，制度，治理

泉水，沙砾，迷雾……

低空飞行器在嘈杂街道安静盘旋

桦树楝树野葛藤，在水边安静生长

爱因斯坦讲的

钟慢、尺缩效应，

又是些什么意思？

我把不能理会的皆归于一类。

哪一年的月色，哪一条路？

咦，佛祖东来无别意

一庭碧树浑似痴心人 ①

"沐疾"

你一身翠绿绸衫过桥来。

五月底，肥硕的薄荷叶榨汁

染出了这绿袖子。

脚下，桥的空洞。灰头鸭群

以明净又快活的河面为舞台

一具有花有刺的

身体移动

从步态看，薄衫中立着一把利刃。

白日里，为何有

……这柄利刃？说到底，

妇人之美都是防御性的，而这个时代的

审美积习是愈颓废，

---

① 此两句化用北宋诗人汾阳善昭禅师创作的《西来意颂》中"佛祖西来意，庭前柏树子"之境。善昭禅师的诗依"庭前柏树"的禅宗公案而写。

发髻就梳理得愈是齐整。

太多的恍惚从过桥时

一阵风，将你头发吹乱开始——

翠衫可以从一侧胛骨滑落

在寂寞春深的桌底下我

可以分开你的双腿……

夹着一两片白羽的

光线从窗口射了进来

我在暗夜暗室中吮吸

几缕新月光线贴在额骨上

人世的长坡厚雪令我欲望大炽

有时候，情况不全是这样。

"广陵散于今绝矣"……你轻轻上楼

推门进来

关上门，又警惕地探头到窗外看看

一个无端端的梦躺在那里。

时空涟漪中，绿袖子闪过。

比薄雾对涡河水的轻拂

了忽焉

还要轻。你进来，在竹椅上
又坐了一会儿。
枕上黄粱依然未熟。
你在我空床头，放上
几枚，嵇康的小白杏

"勉力讽诵"

春日。隔离，封楼，囚禁，造就恐惧之美。
压制的情绪依次呈点状，线状，雾状……
我知道恐惧除了是它自身，什么也不是。
什么也没有剩下，只有意志的
狱卒在我脑神经中
骑着一匹白马逡巡。
要不要感谢恐惧令我生出了双翼？
整日里，我心不旁骛整理着
他们认为并不存在的鳞片

（出土编号 18，黏土砖，楔形，
长 24.1 厘米、宽 12 厘米、厚 4.5 厘米。
绳纹面上纵向刻写。
铭文曰："勉力讽诵"）

讥何物？我的白苎麻衣领子洁净

我的双腕、脚踝洁净

它们为何如此惊心地洁净呢？

夜间。我空虚、上涨的鳞片

依次席卷涡河，茨河和淮水

通往洛阳的大道笔直、麻木。

刺穿空城的棉签冒着腥气。

蛊惑正蓬勃，捍卫却昏昏欲睡。

沿途的批判现实主义只

剩下纯黑遮羞的小短裙

（出土编号 34，火烧砖，断裂。

长 30.5 厘米，宽 14.5 厘米，厚 5.5 厘米。

残存铭文曰："当奈何"）

人对自身的忠诚深如大壑？

未必。我开口不能，闭口也不能。

垒一座臆想的寺院何其难也，

让自己平静下来，何其难也。

我试图以摧毁自身达成某种自由

了
忽
焉

诵的耻辱仅存半壁。悲剧的超出，

是因为我们忘记了还有一柄

利斧，叫作历史的清算——

诵的春风，正贴近无望的炉火。

我在壬寅年最后一砖上写下"将炽"① 二字

2023 年 8 月

---

① 曹操宗族墓中曹氏孤堆北 1 号墓中出土编号为 5 的文字砖，长条形，砖残缺，
残长 11 厘米、宽 14.5 厘米，仅存的两个刻字为"将炽"。

卷三

黑池坝笔记（选节）

辑一

1

我的替身在盆中开花。我的替身在湖中游动。

我的替身佝偻着脊骨在夜间街头清扫着垃圾；我的替身被这个佝偻着脊骨的老人扫进塑料桶里；我的替身正是这只塑料桶本身；甚至它连塑料桶都不是，只是桶中深陷而静穆的空。

我的替身伫立樟树下，看着枝头的孤鸟。我的替身同时站在枝头，随时准备扑入樟树下此人的怀中哭泣。

一念去时，尚能抱一。一念起时，分裂来临。

我的替身时时以鱼的形状在跃出河面。

2

当鱼跃出水面——当它被描述，它"可说"的身子将落回我们语言的泡沫之中，它"不可说"的身子在我们语言的匮乏中慢慢冷却。

是的，匮乏，正是所有写作者唯一真正恒定的背景，也是唯一的共识。对它的思考会致更大的匮乏，正如鱼第二次跃出水面。

3

不是鱼的第二次跃出，而是我们的心完成了一次伟大的模拟。

4

一个经典作家或诗人，并非人类精神领域匮乏感的解决者，而恰是"新的匮乏"制造者。制造出新的匮乏感，是他表达对这个世界之敌意的方式。换言之，也是他表达爱的最高方式。

而且，他对匮乏的渴求，甚于对被填饱的渴求。

5

是金黄孤鸟，推动了薄暮的荒原。为她而升的炊烟，未免太淡。我赞颂她的飞行，是盈向亏的偿还，黑与白的互匿。残月的浮云过渡，或此生到来世的连绵。这就是我的可笑，这首诗的可笑。这就是相对论：庸俗的蝉吟。这就是竖琴对音律的嘲讽。金黄正是孤鸟对你的假设。观者在飞，鱼在跃出，波浪在推动一个疲惫的虚词。

6

当鱼跃出河面，是它体内饱含的某种拒绝打动了我们。
我们正是它的仍潜在水下的同类。

7

是错觉重塑了观看。是幻听复制了耳朵。是位移替代了我们的原形。是抵达告知我们界限在无限地退后。是味后之味毁灭了我们的舌尖。

这是一切艺术的要义。也是我们看到鱼跃出河面的视觉源头。

8

猫对鱼的观看，类同于我们在语言中对鱼跃出水的观看。其中包含着死亡，也包含着漫长的有关复活的回忆。

9

诗人应该有一种焦虑，那就是对奢求与集体保持一致性的焦虑。好的东西一定是在小围墙的严厉限制下产生的。一个时代的小围墙，也许是后世的无限地基。这种变量无从把握，唯有对自我的忠实才是最要紧的。但鱼在第一次跃出水面时并无自我，它作为一个符号在语言中被掏空、被击碎，又被诗性的力量重塑成形并再跃出水时，它才有自我，它才是活的。

10

我们都在自我的变量中汹涌起伏，犹似马里亚纳的海沟内波浪悚动。

11

纵乐的残骸中迎来宁静的星期一。写一首诗，新鲜的语言从不同的地址中走出来。传统蜕化为一种变幻不定的假设。舌头在味道中为我们再造了一个新世界。吉尔伯特在 1967 年说："寂静有一种蜂鸣之美。"

12

目睹鱼跃出水面的蝴蝶，因一种归类的饥渴而生出鳞片。而鱼也从蝴蝶身上看见庄周之梦的痕迹。他们迅速地互换了身体后回到自己的生活里。

13

存在与虚无之间，有着一种状态我姑且名之为"诗态"。即由可说向不可说游动、言说的力量由可控正趋向不可控的状态。

14

来探望我的姑娘，口袋里藏着一条鱼。没有人知道那是一条曾挣破水面的鱼，而我将以语言为它再造出河面。从未有过的呼吸让姑娘憋得两腮潮红。她拼命捂住充满贞操感的含鱼的口袋，她宁可那条鱼在那里饿死。她在懵懂不知中，参与了这场惊心动魄的复活。

15

当雨水到来，圆木和春雷贯穿蜉蝣之耳。第一笔的松枝和鸭头，完成了对山河的施洗。只因为我克制太久了，不能在发神经时，与你共牧风筝于河上。焦虑依然不可名状，云朵也尚似旧时。那断了线的江山，我是不忍再看了。只因为不可言诉，而湛蓝必将肇始于最简单的事物。我只能吐下它的骨头，在目力不可到达之处，拆掉不知所踪的云谱。

16

我称之为抵销的春日，微风被镀于无端的沉思之所。衰老从枝头淌下，有张开的双颚，却终是无语。柳丝以莫须有的牺牲，显出柔软。那三两下鸟鸣，我是不忍再听了。我称之为孽障的履历和可轻易开启的柴扉里，紫檀椅空着，持久地无人享用。她有四条腿，可供一个人和她心中的两岸稳稳地坐着去死。多年以来，我的阴郁仅为这痴心的老木头熟知。我有交叉到来的四条腿。只有这一点是可说的。偶尔笑一下，悲伤像金属片震动不已。

17

每个姑娘的口袋都是一条湍急的河流。小纸片儿的鱼想以一个陈述句冲破表达的河面，却又被一只手强硬地摁回水面之下。水中的干涸甚于岸上。我曾在一个女人的口袋里住了七年。

18

鱼跃出水时而被指认为一种政治幻觉。泡沫呢？则与戏剧
有关。

19

早晨我沦陷于鸟鸣的
坛子
怎么也出不来了。
难道我所能做的，只是
在这鹦鹉体内
描绘鹦鹉
在这斑鸠体内描绘斑鸠？
我想老去，但被制止

20

一条鱼在家庭主妇古老的菜篮子中沦陷有多深，
它身上被遮蔽的诗意就有多深。

21

将一根绳子变成有生命温度的绞索，从来靠的不是生存的勇气，而是语言的智慧。倘置身其中的人，尚有解脱的妄念，那么作壁上观的人往往会补上"不够"二字。

"不够"，是轻风拂面，是自足的根本。

"不够"是一条积攒了足够勇气而尚未击破水面的鱼。

22

我与正跃出水面的鱼悠久地对应着。这致命的对称伤害了第三者。

23

从河流干涸之前的最后一滴水中，

我仍能看见鱼从中跃出。

24

所有液体中都有鱼的幻象，比如你干瘪深陷的眼窝，和在玻璃瓶中晃动的烈性液体。我看见杯子的碰撞之间有鱼似幽灵游动。

25

当鱼跃出，它在水中原本的位置，既没有空掉也没有被填满。那个位置被定义为回忆。

26

我们在物象上进行了最充分的游戏之后，语言将登上我们的神位。而上帝将是语言神位中一种蹩脚的方言。

在我写鱼之时，鱼也通过我在写它自己。

27

河面被鱼撕破的一瞬，也是我们的前世与它维空间的铁幕被撕破的一瞬。

是鱼撕破我们并跃入我们体内的一瞬。

28

鱼在完成水底的所有神圣使命后才会跃出水面。

29

鱼因怀疑不长四肢。它不舍昼夜地跃出，只是出于对怀疑的迷恋。

30

海德格尔说，语言绝不能从符号特性上得到合乎本质的思考，也不能从意义特性上得到合乎本质的思考。语言是存在本身的既澄明着又遮蔽着的到达。他有一个核心的词叫"解蔽"。其实不过是鱼跃出水。

31

庙会上，见一小女孩骑在父亲脖子上猜灯谜。远处，残雪闪烁。苦勤的耕牛游动。我想起两千五百年前的春日，有老人骑在牛背上吹笛，见远处雪山而撰《道德经》。如今我见青山欲废、残雪在鼓励着它。我知道那老人、那小女孩都是我。那跃出河面的鱼也是我。只是这一个我已面目模糊，曾经的那么多个我，已无法前来辨认。

32

那一年，我的生活中出现一个圣徒：面黄肌瘦的自来水厂女工。她说她修行时像一块坚冰在火炉中间正形成。她说她像两条鱼同一瞬间跃出同一水面，你持语言之杖只能击中其中一条。

33

摄影师放大了世界的假相。他看见了物体表层微小的幻觉的涟漪，但他无法表现出它，除非这涟漪像一条鱼力图表达它自己那般跃出上帝紧紧捂紧的水面。

34

我们嘴中含着无用的钥匙。当我们喃喃而语时，当一条鱼扑出水面时，当一颗钻石在遥远的地核中形成时，我们想吐出这把钥匙，可它掌管的那扇门究竟在何处？像伤口已经显出，而刀子尚未形成。

35

风过芍药园，犹似僧见妓。

36

现实滑行于人类对自身想象力的模仿之上。也可以说，生活的生活抄袭了想象的生活。跃出水面的鱼说，有另一层现实覆盖在我们的现实之上。有另一层更深的匮乏，覆盖在我们已知的匮乏之上。

风吹一湖水，小鱼状如僧。

37

鱼跃出河面时，它是一个诗人。整条河流是它的读者。它们也是各自最终的阐释。

38

让我们设想在每一条河中、在不同的时代跃出水面的鱼，都有一个共同的敌人。为将这种深深的敌意化为积雪，为将一个词推向一首诗，为让这首诗在人群中裂变，为完成语言最深的使命，这条鱼必须跃出水面。

39

早餐中，我的胃里消化了三件东西：父亲死后的一件旧衣服、窗外漫山遍野的红杜鹃和一首描绘褐色鱼群的诗。

我想念一个空空的名字，它的下面已没有了曾经作为种子的身体。而另外的千万具像暴雨之雨滴同时跃出幻觉河面的身体，却只拥有同一个名字。晨风拂过我焦渴异常的碗。映在碗中的我仿佛长出一副面目全非的新脸。

40

当鱼落下，那原本的河面已经撤走。它将落在我语言第二次形成时的新泡沫中。

41

当老子说，吾有大患，为吾有身；当维特根斯坦说，红色的东西可以被毁灭，但红色是无法被毁灭的。因此红色一词的含义不依赖某种红色的东西而存在；当策兰写道，我能让自己沉入你的身体。鱼正完成她的纵身一跃：把旧的身体带出水面，并一跃而入一具新的身体。

42

写作，本质上源于一种寻找替身的冲动。此安置自我的替身，是大于语言的存在。当语言将这具庞大游魂强迫性揽而入怀，我们知道，两者间是有缝隙的：它们在彼此体内晃动。为何永不能将一首诗写得不能篡动分毫？真正的契合只是写作的幻觉。写者也即他人：阅读仅是听见了骨灰盒中的笑哭或静默，仅是微茫的分担。

43

秋风不是别的，秋风是我的原著。
在第一页，墨水就耗尽了
它肆无忌惮地吹着，无数人的梦境。

44

倘我们要穷尽鱼跃出水面这一现象，
最警惕的仍是陷入鱼的虚象与跃的伪迹。

45

当鱼看见梨花从虚无的枝头涌出，它不禁扪鳞自问：这与我跃出水面有何不同？我被复制在不同的物象中，而我相的边界到底在哪里？

46

当一条从河面跃出的鱼，看见另一条从油锅跃出的鱼。
当芍药等于流水，当僧等于妓。

47

如果我们把鱼的概念导向更抽象与更神性的一面，它还有没有剩余的力气跃出水面？是我们在它体内艰难承担着它最为珍视的一些东西。

48

相对于鱼跃出水面，蜘蛛又该干些什么？它谵妄而不舍昼夜地织网仿佛只是阻止某些东西从其间跃出。
但蜘蛛说：我的阻击正是我的跃出。

语言在此时亦复何为？

49

当新的废铁正在刀子中形成。语言的肥沃已毫无意义，现象的丰收也来得太迟了。我写下的一切，正催促鱼在河面和我在纸上更快地消失。

完整地消失是我们在现象上最终的胜利。

50

我梦见我的皮肤正是作为统治者的水面。我有着大独裁者特有的平静。可那剖开我腹部并一跃而出的，究竟是怎样一个歇斯底里的，如茨维塔耶娃所说的要抓住一根破折号才能站稳的语言的孩子？

我的语言为鱼的一跃而哭泣。

51

梨花渴望与鱼交换一具身体。鱼告诉她：伟大的幻觉与超越的置换唯有在语言中才能达成。

52

作为旁观者我看懂了：鱼的跃起何尝不是一种迷失？

鱼的迷失是为了换取我在语言中对她的充足补偿。

53

是没有来由的棒喝让鱼落回水中。清流中有我们耳朵难以尽听的雷霆。鱼生百态，禅出百派，花开百样，言入百折，都只为了听见。

54

既有魔鬼存于细节一说。从为人为文的细部观察，我们这时代正在失去精研的风气。倘把魔鬼以"一尺之棰，日取其半"的方式切分下去，微近衰尽之时，佛陀或上帝即会出现。"万世不竭"不是魔性而是佛性。精研，正是驱魔见佛之道。从此角度，理当见魔而喜。世有魔出，则大变革不远。文心见魔，则澄怀在望。

55

跃出河面的鱼是整条河流和鱼群想象力的延伸。当它跃出水面，她说：我终于捕获了一个没有主人的世界。不管这世界曾多么璀璨与短暂。

56

我如此不厌其烦地让鱼跃出水面，是为了唤醒已死的一切。有少数人泼皮辛辣至此——他可以每天死一次。在死了又死，再无可死之时，他终会像河岸的杨柳一般嫩如黄金，像河堤一样面对百变之相而固若金汤。

57

我的恐惧来自鱼在火中的回忆。

它被烤焦时油腻的味道正是本时代的文学，却不是我的文学。燃自假想敌的烈火包围着我的文字，我因饱含拒绝而必拥有更加澎湃的水面。

受辱，是美与道义的起点。换个说法，我还不曾见过哪一个伟大的写作者能脱离这一起点而完成他语言学的构造。如果在生活中不曾深受，他一定会创造出一个真正的受辱角色来置换平庸的自身，然后他不免喃喃低语：瞧，那人就是我，必须是我。

连一条跃出水面的鱼，都被他抓来用于身份的再造。

59

刚开始写作时，我是与物的世界、语言三者中对立的一方。当另外两者被我假想为和解，我身体内的矛在对方的盾上卷曲，或者我体内的盾，在对方的矛下穿透。如今我设想我是个旁观者，我的醇透和精匀，都来自观看。诗艺不是对立的技艺，而是感受的技艺。不是胜利者的技艺，而是失败者的技艺。不是凌霄阁的技艺，而是断头台的技艺。

不是鱼跃出水的一刻，而是鱼在观看、我在一跃出水的一刻。

60

假如没有语言本身的饥饿和对某种确定指向的期待，鱼不会跃出水面。

61

少女绕着夜间的黑池坝跑步。在我看来，她们并非为了加速成长，而是为了深深地压制。将内心某块领域压制住，如同将鱼压在永恒的水面之下。不让这领域与世界的任何危险事物接壤。

62

夜间躁动的少女胸前在燃烧。像从白衬衣中冲出了一座浮雕。浮雕切割微风的愉悦，正是理念的生成，在少女成为骷髅之前。而在旁观者眼中，自有剃刀掠过颈动脉时的清凉。

63

少女与骷髅是两个词。但骷髅从来就不是少女的身外物。
这句话的要义在于：我们从不向自身哭诉别离。

64

胡兰成一跃出水时曾指桨帆而嘲讽说，西方的本体论从未有过一个"无"字；认识论从未有一个"悟"字；实践论则从未有"修行"二字。

这个"无"字来自一条名为李耳的鱼。他说：三十辐共一毂，当其无，有车之用。埏埴以为器，当其无，有器之用。凿户牖以为室，当其无，有室之用。故有之以为利，无之以为用。

而另一条名为严复的鱼则苦笑说，上自《五雅》《三仓》《说文》《方言》，直至今之《经籍籑诂》，便知中国文字，中有歧义者十居七八。

三条鱼乱成一团。我的鱼不得不出水而笑，我之自在，从不因一岸而废另一岸。没有歧义，也没有正解。为概念而致的争斗从不造就真正的生命体验，让概念生硬地跃出，不如让概念化鱼、化蝶。或者不如来讲句俗话吧，"蒸砂千载，成饭无期"。

65

鱼在水中的缺席，大于水在鱼上的缺席。它们互为困境，比互为依赖更为亲切可靠。那么，当水是语言，鱼是什么？

66

富人和恶人的天堂是个庞大的复数。而穷人的天堂小于一。鱼在水中驱动庞大的复数，而跃出水面则小于一。庞大的复数令人生厌，而小于一则是神奇的母体。

67

用不知名的木头雕成，莫须有的

梦境。有的被大火烧过了

石板街像鲫背

紧贴着疲倦的雨水

村妇们鬓插桂花，白兰，紫荆

我有滚烫的阿修罗花，和

大快朵颐的移动的灰色人群

68

尚未从河中跃出的鱼，仿佛我们语言之监中的狱友。这一跃被闲僧称为"断喝"，被痴人称作"顿悟"，被无趣的学者称作"醍醐"。

当它跃起，世界是一个无法推动的沉默的集体。鱼在我语言系统中的慢慢冷却，才是真正伴我走向完成的独特之景。

69

卡夫卡冲破水面说道：疾病是一种信仰。

这是鱼唯在源头时才能发现的新景。

70

浑水中有物搅动，我们知道它不想跃出水面。我们心乱的根源与此类同。文学的能力大致如此：以叙述或相关的语言之力，让水澄清映现它所遮蔽之物，或者逼迫那物破水而出。

更多时刻，我们渴望看到，跃出水面的并非我们的预料之物。

71

风吹拂窗外葡萄中含糖的神性。

世上并不存在神性的葡萄，只在葡萄中居住着均等的神性：召唤我们去剥开并溶于随之而来的深味。

我们何不言明此葡萄是枝上涌出的紫色的鱼？

72

月亮像一个少女端坐天边。她被弃、窒息，又绝望地生长。她通过人们的凝望得到呼吸，深夜自处的快乐像一阵猛烈的马蹄踩碎我的脸。

我们何不言明此少女是有四肢有子宫会恸哭的鱼？

73

语言多么有力：我们浑身都是它冲刷出的缺口。我们浑身都是伏虎的伤痕。但静物，似乎更伟大些，世上的每一个静物：语言在它的硬壳中。

74

真理滋味如盐，它要一粒不剩地撒在我们世代的伤口之上。

我似乎有余力从这伤口中捕到一条鱼而穷尽所有时代和所有种类的鱼。

75

当我们认定是鱼的化身在跃出水面，此化身亦是一柄可丈量万物之相的、远古的戒尺。

76

病是世界的譬喻。

而死亡是所有人的代价，人们唯有通过对死亡的认识才能真正热爱人。这话是一个死去几个世纪的医生说的。此刻，他是我的河流中一条赤贫的鱼：生前连一个生炭的泥炉都买不起。凛冽的河面温暖着他，但他仍无足够力量跃出河面。

77

九月之暮是真好时辰。雷消炎祛，松静潭清，街角炒栗子最好吃。雁鸣一二，老叶离枝，味同棒喝之余。不如小坐杂木林，泥息剥皮，茎叶及踝，不知名枯树最好看。桂树正磨穿自身牢笼，散发出牺牲的香气，仍是那杳如凫迹的最好闻。活着是禁锢而生百变。

胡兰成说"我即一败"。我们即群败。河面败极，秋兴大起。

78

果子熟透了，会自己从枝头掉下来。在此之前，空着手才是王道。无论是取的手，还是舍的手。以前我觉得诗歌正是这种空，对俗世的报复。而现在，作为武器的文学已被挥霍完毕，作为对象的文学正在到来。是柴米油盐、犬马声色对"空"的一次绝地反击。

我们正是在此处，慢慢恢复原形。

79

鱼从水中跃起的一刻，是超越界线的一刻，最接近死亡的一刻。

也是任何经验、判断、有关虚无的一切词汇都不能描述的一刻。

80

从河中跃出的每一条鱼，被剥皮后都是我。

81

诗学即是剥皮学。比如，卧室剥皮后是一条峡谷。椅子剥皮后是它生前为枝时曾奋勇接纳的一只鸟。枪炮剥皮后，是它曾鸣咽诉说的玫瑰。伪经，剥皮后都是佛相。我剥皮后是你。

诗学真正令人惊异之处，不在于更复杂的"它何以是"，而只在于"它竟然是"。这是世上最蛮横的、最不讲理的，也是最奇妙的指向。它抛弃了无所不能的自由，而仅让自己停留在局限的、强指的自由。不在于屎溺桌椅何以有道，而在于道竟止于屎溺桌椅。竟然是！——"竟然是"的无穷乐趣。

82

每条跃出水面的鱼嘴中，都含着一座精美绝伦的语言宫殿。

83

当鱼在水中，河流是完整的。当鱼跃出，河流依然是完整的。完整是它们对自身的僭越，既有想象的一面，也有备让语言生畏的另一面。

84

二十岁时喝酒，常从落日楼头喝到第二天凌晨。喝着喝着，就有人离开了再不回来。喝着喝着，就有人被砍了头。喝着喝着，座中少女一个不剩了。喝着喝着，唐宋元明都远去了。当年遥想的白首不相欺，已在眼前。当年的敌视成了今天的固守。少年宜群，中年宜独。如今偶尔群饮，都是太匆匆的酒。泼掉了重来的酒。没看透的酒。

85

湖边。鱼不住跃出水面——当它落下，湖面早已不是刚才的湖面。

　　我每跨出一步，就丧失一个自己。擦肩而过的姑娘啊，我手里攥着你的万千化身。可这流逝，哪里算得上什么新玩意儿？有没有谁像我仅对不变感兴趣？来来来，请到我的烂醉如泥中开朵金刚低目的旧花。请随我从不停落下的鸟屎中找到永恒六和塔。

86

　　鱼每跃出水面一次，都会废掉一个俗世的旧址并带来一个神性世界的新址。

87

　　诗人的生活总是疑迹重重。他无法将语言中的震荡与幽玄，移植进个人生活。他能力的最大极限是完成诗的构造，其他的尽可弃之不顾。再延伸一下：他的诗作为解剖一个时代的参照物是有效的，作为个体生活的参照时则是无效的。语言特异的真实性来源于此。

88

　　我牢牢记着一个约定。但忘了要跟谁相会？在哪里？我便日日在这湖边漫步，日日在这里加速。

我从一个我散成了一群我。每晚遇见柳树状的我、卧石状的我、睡虎状的我、无状仅闻其声的虫鸣的我、无状仅闻其味的花香的我。因我之统摄，这一切物象深深沉浸于漫长的"等"之中。但没人告诉它们：要等谁？要等什么？它们日日在加速。它们正不断从我体内溢出，像一群鱼正苦恼地不断跃出水面。

89

在这个唱和听已经割裂的时代，

只有听，还依然需要一颗仁心。

90

我无法阐释一条正跃出水面的鱼，也无法确证这现象中有多少的视觉的伪装和传递的陷阱。我只能描绘，围着它踱步。

围绕着它：一条鱼？或者是一堆可被显现为鱼之外形的牛粪。或者是一个随影换形的菩提？我们踱步，在随时爆炸着的无尽的现象泡沫之中。

91

一堆牛粪变成一颗钻石，只需要一个比喻。

比喻是唯一能挪动万物并在那里扮成上帝的技艺。大地因缺少神奇的比喻而变得庸俗与稀薄。

而我昨天或在刚刚逝去的一秒，拒绝吞食喻义。

如果鱼和钻石都只是一个象征物。那么我们如何消解它们除了形体之外的其他内容呢？

92

我喜欢在傍晚荒僻的郊外公园里散步。一次，看到桂树下站着一个冶艳的女人，我问她："是人，是妖？"她咯咯地笑着，"是人。"她问道："你呢？"我说我是一匹马，她即刻晕倒在地。

她为什么恐惧像我这样一匹不羁的良马呢？人，为何有那么深的对形状与伪相的畏惧呢？

93

沉默的湖水。湖水中有我们臆想的蛟龙和麒麟。对一些人而言，没有这些臆想物，他们就会死掉。而对另一些人而言，湖水中什么也没有，湖水是空的。这正是生存的矛盾之处，也是波浪形成的原因。

94

佛头着粪也如鱼跃出水。

95

或者，鱼跃出河面只是一种空洞的仪式？要么只是一种风俗。
是我在我的眼睛里沦陷得太深了。

96

我们会在梦中冷不丁地闯入上帝的禁区，目睹那些看似不经
意实乃上帝故意泄露给我们的刹那绚烂。我们愣头愣脑地在这禁
区内张望、哭泣，正如一条鱼完全失去支撑地立于空中的那一
瞬间。

　　类同维特根斯坦那里与"语言本质的奥古斯丁图像"的决
裂？或是达·芬奇所作的永不能制成实物的机械绘图？我应感谢
他们因解不开而给我的如雷之默。

鱼从破水而起的那一刻起，它就只是一个词了。

它所有其他使命已经结束。它只在心理学层面冲撞了我们。

用语言的大板斧猛击这条鱼、这个词。让它成为一个词组、一句话、一种方法、一种哲学、一个世界。一个我们能从其中找到来源和活水的世界。

以大板斧而非绣花针。以死亡而非救活。

把一个日常的问题逼迫到"无意义"的境地，把一条鱼逼迫到在八大山人快要枯竭的笔墨下变形的游动中，神圣的局面就会到来。

当世界的确实性避开我们的所见，而生成于思想的路径上。当确实性的根源是方法而非结论：

我们怀疑过这条鱼此刻并非从河面，而恰是从我们心中跃出的吗？

101

鱼跃出水仿佛是一种凶猛的力量追击在脑后。正如一首诗并非由一堆词砌成，而是一个词被一种神秘之力激烈追击着曳迹而成。夜半我们行走在僻巷中，脑后有一种冥冥的冰冷的巨大压迫，我们的行走并非由我们独自完成。

102

梦境模拟的并非现实的世界，而是语言的世界。
他对撕裂的理解止步于弥合的愿望。

103

八大山人常给我们一种枯竭感。他画鱼或山水，常有一种天下笔墨此刻将在我笔下枯竭的尽头之美、删除之美。凡事至枯竭，神圣之力就会出现。我很难想象齐白石之辈为何将一条鱼都画得那么喜气洋洋，他显然画的不是一条曾跃出过水面的鱼。

无疑，生活与梦境互为一个梦。我们在其间，不过是坐等鱼来刺破的水面，或是终将被某种声息洞穿的音障。那么我们何用另一种表达来唤醒自己，即我们从不曾也完全没有能力达成自我的突破。

将对传统的承袭演绎为恋尸癖——形式主义者自有一套特殊的感官，能让河面飘荡的枯叶自以为是一条鱼。

青山落屐印，小户尽悬壶。石寒叩齿冷，花盛过颅空。

彩雀迎风流涕，萱草自在喃喃。有人无语过桥，有人喧哗泄地。三七二十一变的眸子被寂寞磨得发亮。向上的小路与向下的小路在我泥泞的脚上纠缠。衰老在淡薄的树影中向我慢慢逼过来。

107

鱼泫然一跃与河面远处静静的荷叶呼应着。

狮子吼与空山呼应着。一和无呼应着。平衡着这个世界不被察觉的丧失。

108

鱼戏莲叶东。鱼戏莲叶西。鱼戏莲叶南,鱼戏莲叶北。位置的死穴与莲叶的游戏在移动中对称着,让鱼从其间一跃而起。形式主义在一无所为的严厉中赋予我们以最深的慰藉。

109

鱼跃出水面甚至只是语言权力的一次叫嚣与扩张,而从非别的什么力量在来临。

110

精确入微的宇宙,虚拟无极的花蕊。假如他们真的只是我的梦境,甚至是与庄周的同一个梦,或者是被同一场叙述所包含的两个梦。假如真的存在任何一件能够从我之中分离出来的东西。

假如我看见了它：这世上唯一的假想敌。我在我的假想敌上睡着了。既没有人唤醒我，也没有人埋掉我。

111

午后的阳光。斜坡上的杂木林。随便我叫出哪一个人名，都有一株灌木答道：在。

"在"是一种多么好的状态。我记得太多的人名，而有关他们的故事却已断断续续地湮灭。曼德尔施塔姆曾写道："在嘴形成之前，低语已经存在。"是啊，我需要一粒中年的致幻剂。我需要一株永不要与我一呼一应的树木。

112

湖畔。枯枝伏在我肩上说："当我还是一个女人的时候，曾像你们一样热爱修辞、喜欢解构、深陷于意义纠集的泥泞。我曾以创造为唯一生趣，从异性躯体上寻找鱼水之欢，而且耗尽心机探索世上各种奥秘。如今我醒了。再也不必那么做了。我只呈现。"众树应和，默如雷动。湖边密布着物象的演义、草木的倾诉、烈火的歌吟。

113

当我们将语言的界限设定为世界的界限。物质的碰撞、蛮力的角逐、权力的争斗、幻象的更替、梦境的接续、时世的轮回、潮水的起落、鼎镬的铸熔、包括观音的显隐，都不过是在沉默这条白线之内的一场蛮横的语言游戏。所以诗人对这个世界，不是描绘而是占领。

114

窗前的银杏树叶，说落就落。没有对立，没有坚持。
它每掉一片叶子，它每一次凋落的自在，也像鱼在河面的一起一落，在我们愚蠢而苦闷的脸上扇一记响亮的耳光。

115

先于一条鱼从河中跃起，迟于它落下。
这中间奇妙的延时性养育着诗人。

116

一个写作者处理邪恶总比处理庸俗来得简单。如果一个时代在展现它的邪恶之前，抢先展露了它庸俗的一面，这总要毁掉一些人。在庸俗的时代，人的心灵是半闭着的，人的生活半梦半醒。街头晃动着行尸走肉。而邪恶时代你只能痛苦地醒着，并不停地跃出血腥的水面。庸俗递给你的是一个平面，而邪恶将递给你一个有刺有毒的多面体。

117

为了清除我们的颓废，石涛画下高呼于坡的竹子、朱耷画下横吊白眼的大鸟、博尔赫斯写下交叉小径的花园、埃舍尔抽掉了在螺旋式上升并相互叠加的空间中的梯子、毕加索画下变形的女体。他们是那些时代中最美的旋律与语调。

我对世界只有一个请求，即每个时代交给我一种忘不了的语调。我们从来不敢忘记他们的语调，也记下了在遗忘中垮掉的他们的时代。他们所在的河流干涸，只为了贡献这么一些能在干涸中活下去的老鱼。

118

鱼以一跃撕破河流而无损于河流的完整。玻璃碎掉而作为意义的杯子仍将完整地传递到我们手中。

诗人们外在于这个时代以保持他们特异的完整性。

鱼跃出水面，是为了看一眼它寄居在人体内的同类。或者让驻足岸边的诗人看一眼寄居在鱼体内的人的同类。

并非鱼而是万物的诗性挣破了水面。

自古至今，从河中跃出的都是同一条鱼。

只不过我们不再拥有同一双眼睛。

人唯有借助臆想的符号才能宣告自身的自由。首先他必须缓解他与语言的紧张关系，才能缓释作为万物之本质的焦虑。

正因为有人敢将焦虑宣告为万物的本质，他的鱼才能挣破不为任何命题所约束的河面。如果有人胆敢斥问此表达何解，他无疑将落入一个最凶险的语言的圈套。

虚无有着最精确的刻度。像布满我全身的鱼鳞，像世上所有的尺子。

123

我们从世界溢出来的部分去理解世界。也从此处，去瓦解它的既有。这溢出来的部分绝非康德的先验论的残余，更不是形而上学在物质世界的可笑投影。

一个世界溢出来的部分，恰是另一个世界缺席的部分。看见了这种致命交叉的唯有诗人，他们紧密地抱成一团，在这部分中舍生忘死地努力着。

一条鱼不是跃出河面，而是溢出河面。

124

这个世界没有任何一件事物没有被语言经验的醇熟之手深情地抚摸过。

是的，当我们看到、当我们闻到、当我们嗅到、当我们尝到、当我们听到、当我们想到，任何一件事物都是正跃出河面的鱼。

我震惊是因为没有任何一次例外。

125

真正让一条河清澈的正是它的无意义。它彻底的无意义，而非它的有用。但鱼的活泼不来自鱼的无意义，恰来自鱼作为一种抗体的无意义。我这本书充斥着这些无意义，充斥着对蒙田的反驳，也充斥着我对反驳的无意义的迷恋。

126

当我看到鱼跃出水，事实上我首先看到的是它的内容，其次才看到它的表面，最后再看见这两者的同一性。

我们对现象的迷人误会来自对经验的过度顺从。

127

我愤怒地撕掉了一本胡塞尔的书。为什么在他眼中跃出河面的鱼，都成了充满各种规定性的死鱼？鱼的跃动成了视觉经验的连续性流动，甚至凡·高也失去了他特有的心灵的高温与呓语，而梦境简直要成为我们生活的僵尸般的裁判。

128

我十一岁时，母亲为我做了一双"百衲底"的布鞋。锥子、指端的血、昏聩的煤油灯、无数人挨饿的时代、赤贫的少年、夜半的心跳全都缝进了这双新鞋。出门时我穿上它，因为有母亲的注视。从家到学校的十多公里沙路上，我脱下鞋赤脚而行。到教室门口时，洗洗脚再穿上它。

无论是作为幻觉还是作为历史，这双鞋都已变成我的僧袍。我从河中跃出时，也是双脚在上，赤足而紧裹这件磨破的僧袍。

129

我在幻觉中犹如从清水中跃出的鱼，我在历史中犹如从脏水中跃出的鱼。

130

物象既然是谬误的源泉，

我为何要向一条鱼求救？

131

餐桌上，让我们觉得饱胀而享受的不是物的菜肴，而是视觉与味觉经验的回忆。酒杯中安放的，几乎是曹操"对酒当歌，人生几何"和李白"莫使金樽空对月"的喟叹的复合体。他们的眼睛替代了我们的眼睛。他们的歌哭堵住了我们的嘴巴。但我们既不活在他们早已实现的死之中，也几乎不在我们正在活着的活之中。

132

河流在修复被鱼撕开的伤口。自然在修复我们大病的日常生活。

我们这个时代的艺术往往立足于伤口和大病，而非那些修复我们的事物。

133

鱼跃出水，寻找那亘古不变的参照物。

134

沉默是唯一消溶于万物而独令其表面平滑如镜的伟大技艺。

河面收藏着她自古映入的每一张脸，
鱼在破水前秘密进行了无穷的阅读？

在读一本有关钢铁的专著时，我兴奋地看见了这个专业术语：
钢铁的疲劳。疲劳曲线，疲劳的硬化与软化，疲劳裂纹，疲劳断
口，材料静载断裂强度，塑性和抗疲劳性能的关系，疲劳系数，
钢铁中的疲劳试验。

这些词把看似与诗毫不相干的钢铁，一下子揳入了诗性的核
心。诗性的疲劳，把人世间一切冷酷的建筑和废墟上乃至地底下
的废铁，全都唤醒了。难道还有什么物质不能在诗性的召唤下
醒来？

137

或者换个让语言吃惊的方式，诗人看见鱼从钢铁的疲劳中一
跃而出。

138

那么我们的梦境也可以由钢铁筑成么？如果组成两者的材料都可以是：疲劳。

我们的语言能从中捕获到什么？只有语言可以抵达任何物质都不曾到达的硬度？

139

那么，有一条鱼从中跃出的钢铁又是什么？任何被诗性处理过的东西，都拥有前所未有的弹性。它被铁弓一样绷紧又能像一把最柔软的树枝那样弹开。

方以智说："桶底脱！"

140

一条能同时寄身于钢铁之疲劳与河水之清冽的鱼，
才是诗歌真正的梦想所在。

141

一条鱼向上跃起时，它的意愿是想阐述所有的鱼。

142

真正的创造性与性灵状态，犹如一根脆弱的棉线在吊着一辆七十吨的载重卡车。创造力既不来自棉线也不来自卡车。它源于这种超常的紧张意识反映在旁观者上的语言的绷断感。在此绷断产生庇护的荫蔽与救助的冲动中，才能孕育出最美的语言世界。

143

当两条同样的鱼同时从黄河和亚马孙河一跃而起。

我们看到了这样的惊奇：许多印第安部落陶器上的饕餮纹和云香纹，与商周时代中国钟鼎上的图纹基本一致。墨西哥瓦哈卡地区的印第安氏族，人称代词"我""你""他"的发音，与古代中国人称代词的发音相似。印第安人也和汉人一样崇尚龙、猪、熊、鱼、鹿、蛇、鹰。他们有共同的图腾崇拜。当这条鱼从黄河中跃起并通灵般落入亚马孙的湍急水流中。

144

世上每一件东西都和虚无牢牢地焊接在一起。世上唯一可名之为丑的，正是对此论点的怀疑与敌意。

145

好诗让读者形成巨大的挫败感而非愉悦。愉悦时而也会发生，但随之而来的是深渊般卷入的疲倦。

146

鱼从河中跃出时，乃以一个失败的诗之读者的身份。它焦灼于阅读的创造性凌驾在写作的创造性之上。对于诗而言，诗人首先是它的读者，然后才有渺茫的可能成为它的作者。

147

我们对眼睛曾试图进行这样的反驳：那从河面跃出的只是鱼的碎片，而并非一条完整意义的鱼。

因为我们自知处理碎片之后，再无能力向真正的完整注目。

148

鱼从河中跃出，我从鱼的物象中跃出，句子从我之上跃出，鱼之虚像从句中跃出，鱼的虚像与鱼之肉身将翛然重合。这是一个封闭的、实与虚首尾相衔的循环。《易》之所谓：生生不息。

149

鱼知道自己将成为虚像而遁入人类的语言，但并不觉得自己的肉体是多余的。它湿湿的尾巴仍在道器不二中悠闲地摆动。

150

是什么掏空了这条鱼？是什么将在瞬间被载入它的躯壳？

语言一旦抓住最适当的对象便会于刹那间在其中洞击出新空间，并完成它恢宏的迷宫。

151

当我们看到鱼从河中跃出。不妨认为现象的本质是，整条河流从一条孤立的小鱼身上一跃而起，茫然远去。

任何庸常事件背后都有一个反向的、诗性的空间，为我们空室以待。

辑二

1

孤月高悬。心耳齐鸣。见与闻，嗅与触，出与入，忽高忽低，忽强忽弱。心脏可以摘下来点灯，五官混成一体。

我若开口，便是陷阱。

2

过度让位于修辞，是一代人的通病。

语言牢牢占据着我们内心想要坐地成仙的那块空地。当思想交出局限的自我，它者占据着这块空地。我们退至修辞中呼吸。可共享而不可被拆解的，如微风拂过，凛厉无比。

3

在京城之夜路遇红灯。我摇下车窗，问路旁妖娆拦车的女人"以前做什么"。她猛地愣了一下，继而哈哈大笑着说是"乡里的炊事员"。这一愣叫我难忘，它附着于笑声混成的感染力，随着我的车轮滚滚向前。这一愣之后，她贯通了，没有断裂，没有消耗。她从她之中脱身而出了。

4

死亡不值得赞颂，它远非明觉本身。土中有，椅中有，布中有，溺中有。有则不满，扣之恍惚。无中忽有，达到颠覆。

而自杀，是必须讨论的问题。自杀是对既有的舍弃，也是对屈辱的回报，但它所指向的自足性是不可能完成的。除非我们对它的生一无所知。

5

黄叶飘下，亦为教诲。

6

当一条河流缺乏象征意义时，它的泡沫才不致被视为本质之外的东西。

7

父母命令我杀鸡。我不能拒绝这个被生活缚定的使命。我提着刀立于院中，茫然地看着草坪上活蹦乱跳的死鸡。我在想，我杀她的勇气到底来源于哪里呢？我为什么要害怕呢？突然间想起了戊戌刑场上的谭嗣同，一种可怕的理想冲至腕中。是啊，我使出当年杀谭嗣同的力气杀了一只鸡。这无非是场景的变幻，正如当年的刽子手杀谭嗣同时，想到的不过是在杀一只鸡。相互的解构，无穷的挪动，从具体之物的被掏空开始了。

8

战栗，是最古老的，也是最新鲜的；是唯一没有遮蔽性的，也是事物最恒定的意义。

9

假设松树是自在的，它的翁绿，是阻隔我与它的一堵墙壁。假设这就是界限，是绝望的本身，我们像两个盲者各据一边。

这种"假设"等同于它的翁绿，可作壁上观。

10

一个人可以同时是猛虎又是骑在虎背上的人。而一个人不可能既是磅礴的落日又是个观看落日的人。

11

诗的意志力无法确立在炫技的冲动之上。炫技及其五彩斑斓的心理效应不能充分补偿它在诗歌内部意志力上形成的缺口，但我们也不妨认为，炫技并非导致艺术窘境的根源。愈是空洞的时代，在与它对应的写作镜像中，就会涌现愈多的偏激天才，以炫技作为必要的手段，投其勇敢之心维系着那个时代本质上荒凉无收的劳作。

12

垂首久立于小院中。我身边的所有物体都在鸣叫。那些微似芥末的昆虫、那些深植于无用的弃物、那些状似虬龙的老榆，既为头顶星空的浩瀚而鸣，也为自己体内的浩瀚而鸣。我们以物相来识别事物，也深知从无一种鸣叫来自这表象。建筑于这强设之上的，是我们深知唯有语言才是能刺破万相、熔它们于一炉的第三体。它驱动这悠久的鸣叫、双向的格物，它呼应着我的不渴而饮。

13

心中有乌托邦的麻雀嘴角淌血，她被鸣叫累垮之后形成的短暂空白，常被误解为有所不鸣。

14

语言向写作者发出的呼救，要远高于我们在写作困局中对它的呼救。当语言被禁锢于它原有的状态中，它的焦灼在一个时代的言说方式中漫延。伟大的诗人正受益于他牢牢地抓住了这神秘的呼救声。

15

流星砸毁的屋顶，必是有罪的屋顶。我是说，我欲耗尽力气，把偶然性抬到一个令人敬畏的底座上。

16

结构的空白，正是思想的充盈之处。
剥开那空白。赤脚去突破语言的障眼法。

17

美即有用动身前往无用。

18

遇见柳树，幡然断喝一声：柳树！你是如何表现出你自己的呢？

问题在于，到底是谁在发问？

"唯我论"这块老骨头有时卡在我们的喉咙中，有时又不在我们的喉咙中。维特根斯坦说，哲学的要义在于指出苍蝇飞出瓶颈之路。可要命的是，看见了瓶颈的人往往正是制造了瓶颈并自虐般把"我"闭于其中的人。"遇见柳树"本质上是一种思想的结果。

19

人既不能固守自身，又有何事不能释怀呢？

20

我们活在物的溢出来的部分之中。我们活在词语奔向它的对应物的途中。

尺子在物体上量出"它自己"，这如同我经常用自己的逻辑去揣度我之外的一切。当尺子显现时，它几乎类同于我：一种从未挨过饿，也从未被充分满足过的怪物。

21

一切活着的东西，皆为心灵的摹本。

22

果熟畏枝。花红忘言。

23

语言于诗歌的意义，其吊诡之处在于：它貌似为写作者、阅读者双方所用，其实它首先取悦的是自身。换个形象点的说法吧，蝴蝶首先是个斑斓的自足体，其次，在我们这些观察者眼中，蝴蝶才是同时服务于梦境和现实的双面间谍。

24

"如何成为一棵柳树？"是每棵柳树都沉浸其中的一个问题。

无须象征和隐喻，对"已经形成的东西"进行直接抵抗和防御。

开花，"或许"只是植物某种疾病、官能性抽搐、不可控臆想的结果，这类同于诗歌对语言的运用。不能被既有经验确认的此"或许"，成就了创作的冲动。如果开花是植物的一种创作，我们不妨认为他们的局限跟我们是一致的，即永远不能把花开成"他们想成为的那个样子"。

26

梨花点点，白如报应。

27

天才唯一的特点是直接说出。

手伸到对岸，造出亭子，无论这河有多宽。他的手直接放到了对岸。

28

所有"容易的"，本质上都是无意义的，都是恶的。屈从于那些已经形成的东西，是最大的精神恶习。相对于那种靠折磨肉身以求觉悟的苦行，诸如嗜吃牛粪、一辈子让一只脚永不落地、天天滚着上山等极端实践，真正艰难的苦行或善途只有一种，那就是以时时对语言的觉悟和犯险来找到并唤醒自身。这几乎是唯一的修心之道，也是殿堂本身。

29

放眼看去，大地上的一切都是答案。

落日是一个答案，绳子也是一个答案。"它们在回答些什么？"这个疑问始终只存在于那些依赖提问才能活下去的人心中。他们是一个灼热的人，而不是一群灼热的人。

他们的悲剧性在于，顺着一根绳子的远行，往往再也回不到绳子那里。

30

将要发生的，其真实性超过那些已经存在的。所以，"虚构往日"之慰藉不能放弃，"解构明日"的刀不能离手，"重构今日"的乱拳不能停下。

31

傍晚，踢着树叶回家。我能踢到的树叶，满怀喜悦地进入我们的相遇中。在某种预设的逻辑中，它甚至是主动的，迎着我的脚就凶狠地扑过来。

"这种逻辑"使我们内心的松柏常青。

32

我所看到的，都是心灵所剩余的。

单纯的现象学描述永远只是心灵的伪迹。

33

过度的依赖间接经验使我们"观看"和"倾听"大大削弱了。我们目睹的月亮上有抹不掉的苏轼，我们捉到的蝴蝶中有忘不掉的梁祝。苏轼和梁祝成了月亮与蝴蝶的某种属性，这是多么荒谬啊，几乎令人发疯。我们所能做的，是什么呢？目光所达之处，摧毁所有的记忆：在风中，噼噼啪啪，重新长出五官。

34

　　思想必须像绞肉机一样清晰地呈现出来。置此绞肉机于修辞的迷雾中，要么是受制于思想者的无力，要么干脆是一种罪过。

　　让绞肉机自身述说——而不是由你来转达这个声音——"瞧，我在这里"！

　　以"思想着"和"共享着"的状态来克服思想所附生的深深恐惧。

35

　　远处的山水映在窗玻璃上：能映出的东西事实上已所剩无几。是啊，远处——那里，有山水的明证：我不可能在"那里"，我又不可能不在"那里"。当"那里"被我构造、臆想、攻击而呈现之时，取舍的谵妄，正将我从"这里"凶狠地抛了出去。

36

炊烟散去了，仍是炊烟
它的味道不属于任何人
这么淡的东西无法描绘

傍晚，从 A 地到 B 地。

我拍着一只球围着大楼跑动五圈，看到它有不同的入口之后，旋即起身离去。

去年秋天我经过黑池坝，看见一个驼背老人，从湖水中往外拽着一根绳子。他不停地拽呀拽呀，只要他不歇下，湖水永远有新的绳子提供给他。

今年秋天我再经黑池坝，看见那个驼背老人，仍在拽出那根绳子。是啊，是啊，我懂了。绳子的长度正是湖水的决心。我终于接受了"绳子不尽"这个现实。他忘掉了他的驼背，我忘掉了我的问题。湖水和我们一起懵懂地笑着：质疑不再是我的手段。

在"故乡"这个词上，蒙汗药似的小河流，有着相似的缓慢。

一大群人在广场晨练。我看见一只深绿的网球在玩弄着两个击球的人。那个花白的老头猛地跃起，咧着缺牙的嘴巴断喝道："狗屎！"并挥拍向球击去，但——仍然没有击中。他茫然地怔在了那里。

一旁，安徽省计算器厂退休女工在跳集体舞，哗哗地抖动手中血一样的纸扇子。

41

看到街上一个衣衫褴褛的人在跑动。哦，他跑得那么地快。我想：他一定饿了，会扑向街角那个炸麻雀的油锅。可是——他并没有扑向它。这里面的真正玄机是，我饿了。饥饿的感觉从胃中升起，而且它蜕皮了："饿了"这个词出现。词在跑动。

但在我的语言谱系中，"饿"这个词从不扑向"饱"这个词。

42

河上。

干巴巴的枯枝伸向河面。它对流水的多变与低回毫不理会，也不会将它们吸收。此枝的干巴巴，正是诗意所存。让语言的乐趣上升为语言的智慧。

因为死者在地下用力，黑池坝周围的桃树比去年又长高了一点。

身体，即便对自己来说也是个桃子，需要跳起来才能摘到。那些终将失而复得之物。

43

临死前，凡·高说"悲伤永恒"，弘一写道"悲欣交集"。这——就像同一时间的同一只鸟儿在毫不相干的两棵树上打着盹。

一觉醒来，如同另一个人在"我"之上形成。

44

醉心于一元论的窗下，看雕花之手废去，徒留下花园的偏见与花朵的无行。有人凶狠，筑坟头饮酒，在光与影的交替中授我以老天堂的平静。谢谢你，我不用隐喻也能活下去了，我不用眼睛也能确认必将长成绞刑架的树木了。且有嘴唇向下，咬断麒麟授我以春风的不可控，在小镇上，尽享着风起花落的格律与无畏。

45

我握着一只杯子，从 A 地到 B 地。

我是说，从未有过一种孤立的自我，也从未有过被剥夺了象征性的 A 地。

46

我又该如何来阐述传统两个字？一只杯子的传统总是小于一只杯子，虽然在概念上它是所有杯子的总和。

47

传统几乎是一种与"我"共时性的东西。它仅是我的一种资源。这种——唯以对抗才能看得清的东西——裹挟其间的某种习惯势力是它的最大敌人。需要有人不断强化这种习惯势力从而将对它的挑战与矛盾不断地引向深处。如果传统将我们置于这样一种悲哀之中：即睁眼所见皆为"被命名过的世界"；触手所及的皆为某种惯性——首先体现为语言惯性；结论是世界是一张早已形成的"词汇表"。那么我们何不主动请求某种阻隔，即假设我看到这只杯子时，它刚刚形成。我穿过它时，它尚未凝固。这只杯子因与"我"共时而被打开，它既不是李商隐的，也不是曾写出《凸镜中的自画像》的约翰·阿什伯利的。这样，我们才拥有充足的未知量。

48

"传统"的声音向我涌过来，并穿过我——仅此而已。

杯子是即时的。而我是历史的。我是它的遗体。

好诗必须具有一种史学气质：像别人曾有的质疑与拷问在"我"身上集体苏醒过来一样。它是语言的，更是语言史的，因而才是心灵的。

49

下午在咖啡馆，为老父的病痛而浑身发抖——此刻却一字难成。阅读和写作不能令人完善，日复一日的语言练习激起的涟漪只在一个封闭的杯中旋转。这旋转与杯子外围的阅读，两种痛苦是分裂的。语言中的结构远非这颗心的结构，虽然它们终会合而为一。或许信仰能够令我完善，但信仰——迟迟没有贯注到我愚钝头顶。我无法跳起来撞击到信仰的精钢，唯剃光脑袋在星下呆立——我的天灵盖上为它留有一个迎接的缺口。

我极目远眺其实一无所见。
鞋子破了，
千山万水仅用于点灯。

博尔赫斯从他的书中跳出，改变了我房间的结构——在对他
的阅读中，我突然发现房间的所有东西都不在它"原本的位置"
上。是博尔赫斯酝酿了我对他的抵抗。

"溪水提在桶中，已无当年之怒"。
我在二十岁时写下的诗句。今天看来，此怒复来，而溪水显
得过度。

唯心论是一块让人挨饿的地方。它提供了太多的食物和更多
的消化器官。

54

我看见词汇在我的诗中孤立地哭泣。不是别的诗，正是这一首。不是别的什么时候，正是此刻。它哭泣它们的孤立。世界即是一份坚硬而冰冷的词汇表。我们在词中的漫步又能解决什么？这么久以来，我竟然以为在这些词汇中搏动的是我的心。我竟然认为逻辑即是一种搏动。我竟然认为可以为这种搏动设立一个位置。我竟然认为这个位置就在我的紫檀座椅之上。我竟然认为自己即是那千杯万盏。

55

昙花在我的盆中盛开刹那。就在这一刹，宇宙结构因它而改变——我们在其内部：在某种战栗的里面观察到它，"俯身其上"不过是一张幻觉的素描。

56

任何物体都是一座语言陷阱。

垂柳就是一座由枝叶、胆汁和致幻剂构成的语言陷阱：某种关于"我"的陷阱。

垂柳隔着语言的栅栏呼唤着湖边的自己——甚至是被制成了

桌子、假肢、木偶、绞刑架、薪炭的灰烬、修道院屋顶中的自己。而我们将听不到任何回应。语言的快乐不在于回应客体。

57

诗是加了密码的文体。为何要加密？并非对阅读的拒绝，而是要恢复此文体自古以来的某种尊严。对读者而言，任何一类读者无论贩夫走卒还是王侯将相，在阅读诗歌的欲望中，都潜存着对这种古老尊严的体认。

58

任何一首诗面临的困境，都要大于创作这首诗的人的困境。

59

我知道明晰的形象应尽展其未知。诗之所求，不应是读者的通感，不应是某种认知的再次确定，而正应是未知本身。好诗一定是费解的。它迷人的多义性，部分来于作者的匠心独运，部分来于读者的枉自多解。好的诗人是建构匠师，当你踏入他的屋子，你在那些寻常砖瓦间，会发现无数折叠起来的新空间。当你第二次进入同一首诗，这空间仍是崭新的，仿佛从未有别的阅读打扰过它。

60

散步。抬头忽见弦月。很奇怪的感觉，仿佛此生第一次见她。
就这么站了很久。又被风吹醒了。万物已如此完美，这正是
我的困境。

61

在阳光中能找到的东西，在阴影中同样能找到。在现世丧失
的，就必须到语言建筑中来寻找。你不用拿尚未完工的上帝来
唬我。

62

她来信说，绕湖跑步。湖太小，不开心。
我身上有座茫然大湖。

63

美并不在"我见孤峰"，也不在"我见之孤"，而在自为清

静，且不自知的"峰在其孤"。

此境与我，可以两两相托。

64

天凉了。同一面孔的人太多了。

我想买件隐形衣。

65

废园里，我分不清柏和桧。草木初凋，犹似说"不"。此刻我知道在某个遥远的密室，有人正捉笔，想起牡丹又画下牡丹。桧和柏，在意识的一念中长青。被虚构的牡丹覆盖着可触摸的牡丹。何处有人生的真实？公园门口，卖虫蛀白菜的小贩，也似被人狠狠一笔地画在那里。

66

天气清新得像一场大病初愈。

　　写作的语言学行动最终结果只有一个，就是重新发现并爱上这个世界的神秘性。换个说法，我们唯一无法解构的也是这个世界的神秘性。一些人告诉我：读不懂你的诗。读不懂是空白的懂，或是"懂"在其自身的空白中。双向的空白状态重塑了作者。这既是写与读的一种意义，也是语言作为"存在之家"之神秘性的一部分。

68

　　对鱼来说，河流中有真理被消耗过度的虚无。

69

　　我们立于语言的深渊之上却自觉得从未掉下去，是因为根源性迷失和具体经验的坏死已让我们的存在太轻。唯有忘掉这一切回到原本的水下，才能换来一次舍弃中含有新生的跃起。

　　写一首诗的犯险，正如一条鱼从河中焦躁地跃起却落不下来。

　　它诡异地僵在那里，这时它只是一个符号却远非一首诗。

70

有过度精神洁癖的人终将无法继承这个世界：他们举着筷子，在时代的宴席上踌躇不定。他们总是在挨饿。是的，需要一个吞下所有垃圾、吸尽所有坏空气，而后能榨之、取之、立之的好胃口，这几乎是升华的不二之路。

71

风扑击窗玻璃的声音，像一个苦闷的人在隔壁以头撞墙。风拂过室内植物的窸窣，像一个年老的瞎子黑暗中为他的女人宽衣解带。像一条鱼从河中跃起时它眼中古老的告别。

72

此地榆叶正黄。而她在别处老了。

"在别处"：我们挨饿的想象力和日渐匮乏的愿望，都需这三个字来填充。我们死了一半的身体、再也不能与我一问一答的四壁，都需这三个字来复活。

诗有非常敏感的躯体。有的地方，该放置一个像断头铡一样的句号。如果放了逗号，某种神秘气息就一下子泄掉了。故非敏感者不可尽得诗之五味。

鱼提着灯笼跃出水面。是我的手从它腹中猛地伸出，在刹那造出灯笼并照着她舍身的一跃。在《黑池坝笔记》写成之前，鱼并不知道自己活在水下。

这是语言在虚构中的胜利。

宋人造瓷，追求寒花步步结、言言彻底清的澄明之味。汝、龙泉、湖田诸窑，都施单一色釉，形制简约守拙，内敛仁静，精神上是汉文化明儒实道一脉。元、清两次文化影响后，单纯趋繁缛、弃拙而逐巧，讲究装饰性，汉气大体已毁，虽后来多次"摹宋"，却像久病的人想禅定却止不住喘粗气，终不复其真味。

76

当鱼儿在跃出时灵魂出窍，它将如何称呼自己？

77

倘自是茶，所求者无非一杯沸水。倘自为沸水，所求者无非茶之深味。日常际遇，如有非常，都不过是魔、佛二性如茶与水在杯中的交织。魔性与佛性如不是时时交织，我们的生活便会失真。近日所见，所遇，所思之种种，不足与外人道，唯寄此喻，是为缓饮。杯中不尽，此心伏虎，此喻长存。

78

鱼不停地跃出水面，是在等待一句伟大的提问。

79

所谓孤独，是指你与这个世界患的不是同一种病。

人不应被任何观点、情绪、概念、信仰体系、教条所奴役。
人也不应当被观点中的正确部分所奴役，包括真理。

石栗，变叶木，蜂腰榕

石山巴豆，麒麟冠，猫眼草，泽漆

甘遂，续随子，高山积雪、铁海棠

千根草，红背桂花，鸡尾木，多裂麻风树

红雀珊瑚，乌桕，油桐，火殃勒

芫花，结香，狼毒，了哥王，土沉香

细轴荛，苏木，红芽大戟、猪殃殃

黄毛豆腐柴，假连翘，射干，鸢尾

银粉背蕨，黄花铁线莲，金果榄，曼陀罗

三梭，红凤仙花，剪刀股，坚荚树

阔叶猕猴桃，海南蒟，苦杏仁，怀牛膝。

四十四种有毒植物

我一一爱过她们

我们艰难地活在各种各样的概念中。以无限珍贵的生命去
创造、阐释、粉碎然后又去重构各种概念。终点甚至是叫作幸
福、价值、轮回的这些旧概念。人世变成了概念的循环。已无法
像这岸边柳丝轻轻拂动、湖上弃舟随波逐流、草丛中野虫想叫就
叫——那样纯粹地活在自我的感受中了。这才是真的贫困。

83

秋天吹掉了一些人的脸。一些人在干河床散步，一些人趴在
囚牢的铁窗上。一些人在砸核桃，一些人在算术里拧螺丝钉。秋
天很蓝，足以溶掉他们的脸。一些人在小镇茶肆打牌。一个死人
混在其中，只有他的脸是干燥的，是完整的。

秋天吹翻了不知所终的小河。榆树，连枝带叶地在流逝。堤
坝在流逝。

84

好诗中都有种"不能被读出的声音"。它回旋在诗的最底
部，拒绝被任何音律、腔调、节奏所传递。它恰是一首诗最重要
的部分。为了不丧失，我一直不愿朗诵自己的诗作。可被接受的

461

最低线是：低诵如自语。激情四射的朗诵，总是很可疑。激情不过是一捅即破的附着物，是表演，是包裹着沉珠的快速烂掉的破盒子。

85

风吹动水泥地上落叶的声音，也是经卷翻动的声音。不立言，而后有齐物之心。但我们仍在抵制，仍在写下。世间所有烦恼，其实都是概念与歧义的烦恼。

86

每逢人间佳节，都要到父亲坟头坐一坐。盛夏刚过，野蒿高过人头。荆棘蔽路，浆果红透。肺中涤荡着无名花、无名草、无名果的沉醉气息。置身"众无名"中，一点儿也没有悲戚，一点儿也没觉得两隔。记得人言：冢上花开曾烂漫，生死无间断。杜甫写道：明年此会知谁健，醉把茱萸仔细看。

87

月亮是一卷被宿命论者翻破的课本。但今晚合肥无月。只有公园内被踩得皮开肉绽的黄土小路，只有黑池坝的湖水。只有湖水的两面性：一面是它的清澈，另一面是我的愚蠢。

夜深无风。湖上，波平如不忍。正如世间所有的旋律，唯有沉默是它曲终的良药。（散步速记）

88

窗外。阳光很好，像一大碗麻醉剂泼在脸上。正如托马斯·特兰斯特罗默曾写的"早晨的空气留下邮票灼烧的信件／冰雪闪耀，负担减轻：一公斤只有七两"。阳光很好，我也想挖个四米深的地窖。

89

秋天来了。荷尔蒙越埋越深。面具越来越美。能够分享的人越来越少。散步的人在落叶中小于一。

90

许多腆着个大肚子的女人在夜间公园晃动。她们像母孔雀样昂着头，脸上挂着那种"我已原谅了一切"的微笑。我自卑地围着她们慢跑。她们胎中，有李白，有谭嗣同，有乔布斯。此刻，小家伙们隔着肚皮贪婪吮吸公园里馥郁的桂花香气。

诗是对已知的消解。诗是对已有的消解和覆盖。如果你看到的桦树，是体内存放着绞刑架的桦树，它就变了。如果你看到的池塘，是鬼神俱在的池塘，它也就变了，诗性就在场了。

世界早已逼仄到：真正的宽容和真正的敌意，都只能在同类属性的人之间才会产生。写诗，本质上也是归集同类的召唤。当阿赫马托娃写道，河面横斜的枯枝，像茨维塔耶娃写来的一封信。需揽这枯枝入怀：我所说的"归类的饥渴"，既是写作者最可怜又最雄壮的愿望，更是上帝在语言中一种最惊险的设置。

爱真乃世间第一等枯燥之事。我甚至觉得唯有最古板、最端肃无趣之人才能体会得。世上的聪明人，因尝遍了适时与多变之乐而排斥了它不动、不变的本性，又因过度沉浸于"爱的相似物"而愈加远离了它。这些相似物是：趣味、柔情、对美这一概念的种种幻觉、性交和誓言。

真正的爱，一定包含某种敌意。不解得这种对立之妙的人

破壁与神游

啊，尔之情感就是一摊无味的淤泥。

94

好诗须有史学气质。怎么讲？遗书的气质。写诗正如写遗书。
这股子狠劲却不知要抛向谁。不确定的读者才是真正的读者。一
首诗在无尽暗处拥有它涕泗滂沱的儿子。当它先行，它知道有这
一刻。遗书气质：当一草一木尽皆肃静的良知。何物羡人，二月
杏花八月桂；何物催我，三更灯火五更鸡。就是封最通俗的遗书。

95

二胡声从亭子溢出，在空气中雕出几根枯荷。此乃东方人的
表达：我是枯荷佛是泥。听过最好一段二胡，在北京一条死胡同：
小院。晚报。自行车摊。墙上绘着老革命者头像。瓦缝里枯草像
一年一度的游侠。写在草稿里的某年某月某人。我穿着白衬衫，
一无所思。对往事只求了断。

96

你有乱纷纷，我有不言语。
你有浮世一座，我有白发三根。

97

一首好诗，只有去路，没有来路。我们看到许多诗人在阐释，都企图将这"来路"讲清楚，瞧这是多么徒劳的一件事。写诗为世界增添神秘性，来源的混沌与爆发时的意外，是它最可爱之处。诗人的阐释都是建庙的手在拆庙。一首好诗，甚至不需要作者。从一首好诗去追溯一个诗人，既是不可能的，也是不应该的。

98

记得马尔克斯有这么一句：世界还太新，还没有名字，你必须用手去指。现在是初春，我们用手指着的东西都在发芽，用手指着的人似曾相识。许多话说不出。忽然坐不住了。今天跟人暴吵了一架。山崩水断，始知今日。

99

春雨连日，从北到南。地上的洞穴都已注满。又一年开春。去年的种子开口说话。去年的事物玉石俱焚。河边，鱼嘴向上，形成低声部的合唱。闭着嘴的人一脸浮肿。

过冬的榛树林，呈现删除之美。湖上，一只野鸭子伸长脖子孤零零叫着。仿佛在呼唤另一只。细想来，世上所有的"另一只"，都无非虚无，都不过是另一幅被弄脏的自我的镜像。为何我们总放不下系在另一只上的一颗心？我们放不下，删除才显得那么美。

101

午餐。盘子里。鱼唇上卷着细白的浪花。筷子上退不尽的湖水。我慢慢地，慢慢地吃着。筷子是我们面向万物的凶器。筷子在追逐着湖水深处的鱼群。我吃鱼，是因为我孤独。

102

闭着嘴，沿湖跑动。我嘴中有棵柳树从未被说出，有种湖水从未被说出。当主动的湖水深嵌着被动的柳树，当现象的柳树覆盖着语言的柳树，当"我说出"遮蔽着"说出我"，当柳树由经验的一棵变成超验的一群，我体内有另一个阴郁的我从未被说出。这阴郁愈跑愈快，将一个我追逐成漫天一群。

103

夜间。柳树是透明的,也是敞开的。我把自己慢慢往里面塞着,直到"我"溢出来。直至我自己也拂动起来。我往柳树中填充着色彩、语言、眼睛和不安。我有物性,我更有物哀。

104

只活几秒的飞蠓,一生就在这几秒中漫游。这几秒中有开阖的山水,也有漫长的别离。这几秒中有人慢慢,慢慢地白了头。我在夜间公园漫无目的走着。一边写下一边忘却。或者从未写下,也从未忘却。风儿扑面如大梦初醒。我在这里,又在那里。多么好闻啊,到处是枯草焚毁的气息。到处是露珠刚刚诞生的气息。

105

下午。漫长的书房。我在酣睡。而那些紧闭的旧书中有人醒着,在那时的树下、在那时的庭院里、在那时的雨中颤抖着。一些插图中绘着头盖骨。那些头盖骨中回响的乡愁,仍是今天我们的乡愁。

我在古老的方法中睡去。永恒,不过是我的一个瞌睡。

　　湖边。柳树醒着，画架旁的女孩睡在她瘦弱的十二岁里。菊花在奋不顾身地长出：为了这女孩能精确地画下它。她那么专注，仿似已睡去。她的十二岁不由物质构成。她十二岁的眼睛无坚不摧。这偶尔看着我的眼睛，也正是删除我的眼睛。这绘花的手，也正是撕花的手。这建庙的手快过我毁庙的手。

　　湖入我心、入我耳、入我喉、入我的不合时宜、入我的面目全非。

107

　　傍晚。我听见树上一只鸟，对另一只说："来吧，来吧！扑灭我身上这场大火。"无数次，我听过这声音：孔子游说、老子长默、乔达摩割肉饲虎，乃至荷尔德林赤脚横穿欧陆、玄奘刺血写经、八大哭之笑之，再至黛玉葬花、张生翻墙、梁祝化蝶，想说的无非都是这句。来吧，扑灭我心这场大火。

　　同一句话。在同一句话无尽翻滚的这世界，这鲜活而哀伤的河面。

文学不会死于它无力帮人们摆脱精神困境，而恰会死于它不能发现或制造出新的、更深的困境。

困境之存，诗性之魂魄也。伟大的写作者会奔走于"困境接续"的途中，而不会长久陷于写作的技术性泥潭。此困境的巨大语言镜像，构成了文学史上的群峰连岳。

我知道，我屈居于修辞之中的痛苦一课结束了。

辑三

1

醒悟正如空着手走下山坡。

2

世界的丰富性在于，它既是我的世界，也是猫眼中的世界。

既是柳枝能以其拂动而触摸的世界，也是鱼儿在永不为我们所知之处以游动而穿越的世界。既是一个词能独立感知的世界，也是我们以挖掘这个词来试图阐释的世界。既是一座在镜中反光的世界，也是一个回声中恍惚的世界。

既是一个作为破洞的世界，也是一个作为补丁的世界。这些种类的世界，既不能相互沟通，也不能彼此等量，所以，它才是源泉。

3

我有一个生命的旧址：在奥威尔那里叫"监狱"；在卡夫卡那里叫"城堡"；在阮籍那里叫"竹林"；在陶潜那里叫"南山"；在奈保尔那里叫"米格尔大街"；在马尔克斯那里叫"马孔多小镇"；在莫言那里，叫"高密东北乡"——是同一条街巷的同一个炙烈的门牌号码。

4

秋日，果子熟而离枝。此时，空着手才是王道。无论是取的手，还是舍的手。将我们贯穿占据我们味觉的果实，早已枯掉。再不去剖开它，来源于我对形状的珍爱，虽然它的内容已被时间抢劫一空。

空了的硬壳里，紧绷着空的神经。空了的桌面上，放满了阐释空的卷帙。而空了的回声，由那些来历不明的物体输入我们的耳朵。许多东西被烧成灰烬后才能觉醒。

我知道将"空"作为武器的文学已经结束。而在这个年龄之上，以空为对象并在此恢复原形的时代正在到来。

5

风凉湖阔，旧人如蚁
我们弃绝之物与我们吮吸之物在共用一个根系

6

我的书房中，四壁间的一切被某种回声吸附。父亲死后，我释放了他囚养多年的鹦鹉。但这知冷知热的小东西，经常悄悄飞回残破的笼子里。仿佛世界蔚蓝而醒目的自由，让它畏之如虎。

母亲依旧被一盆兰草绑架。白天她绕着它们不停踱步，摸摸它们的叶子，吻吻它们的嘴唇。夜半，又从梦中冲出来，为它们浇水。

只有八岁侄子拥有带电的肉体，他攥着画笔趴在窗台上。他想画下暴雨之前战栗的芭蕉，而非此刻已被雨水冲刷过，重新获取了安宁的芭蕉。

我只需搬动一根针，就能刺破这个世界日臻完美的秩序。

7

弱者最醒目的标识是，不能释怀于他人的不认同。

或者说，一个弱者身上总是依附着众多的弱者，他更需要共识的庇护。

这其实是在同一类盲视之下，一个人无数次路过他自己。

8

从同一首诗中每次都能听见不同的声音，并非你的耳朵特异，当代诗释放的本即是一种变化、变量、变体。

9

与其说你听见了诗中的一种声音，不如说你听见了一种可能性。

写作与阅读间，横亘着动荡不息的戏剧性连接。

10

诗所创造的另一种奇迹是，它让你听见的声音，根本不来源于耳膜。

你的每一个毛孔、每一组细胞、每一根脑神经都有倾听的能力。

你能目睹自身的"听见"。

11

从写作的角度，一个诗人如果不想控制自己诗内的声音体系，不想让诗中的声音形成坡度、曲面、丘壑，他无疑是麻木的。

智慧的阅读不仅能听见马蹄声，也能听见作者斜俯肢体想控制住马蹄的布满力量感的身形。

12

声音从一杯水上传来，与从深渊上传来，有何不同？

杯水当然无力虚饰为深渊，但总有一种诗歌在玻璃杯中虚拟了涛声。

13

摇曳的海棠。和解的海棠。皲裂的海棠。在某人记忆中的海棠。不能一分为二的海棠。诗中的每一种海棠至少是一种声音。

14

一首好诗中，声音会重塑它自己。

如果这很费解，那么你可以理解为：一首诗要通过重塑某种声音在一个人体内创造出不同的读者，或者说企图去加深某一类作者。

15

一首好诗的声音，不会在你不读它时就结束。

许多时候，你会被它冷不丁地吓一大跳。

16

词与词之间有一种奇妙的相互唤醒，有时与作者的写作意志毫无关联。

写作中所谓的"神授"，其实是一个词以其不为人知的方式和气息唤来了另一个。它让你听见的声音，让你觉得它出自你的生命，而非眼前这首诗。

17

声音较之文字，有更高的自由、更强的敏感度，所以我推测多数诗人在写诗时，都会自觉而无须明示地形成一套把词语变成声音的内在机制。

我检验刚写出的一首诗，表面上是在"看"，其实是在默"读"，我需要从声音上分辨一种诗的完成度。

将自然风物的意象转换为诗之声音，形成一个"场域"效果，显然比较简单，也易于理解。如果将沾着血腥的铁笼子、饿毙道旁的乞者、饥肠辘辘又垂头丧气的戍边士卒……这些充满社会性紧张关系的世相物象，转换为一种诗的"声音场"呢？不仅对技艺的考验是巨大的，更多是必须充满一种文学史维度的勇气与胆识，杜甫的不凡于此显露无遗了。

在当代，人与自然的关系更为紧绷，冲突与矛盾的显现，更为复杂多元，诗所需要的，除了剥开与展现这一切，同时也应该呈现一份深切的、和解的愿望。显然，惠特曼、艾略特、安妮·塞克斯顿等诗人，做了杜甫当年曾做的一切。与时代匹配的血肉之躯、欲望和阴影，都吐出了真切的声音。

而另一些诗人呢？加里·斯奈德，或者梭罗？是王维的复制与弥散？王维当然很好，只是将他的声音，置于当代诗歌的声音系统之内，一种无力感就掩饰不住了。

18

诗的原材料，是一个又一个瞬间
一个瞬间在另一个瞬间内又奇异地复活
在诗的版图中，历史二字只是一只"死虎"。它以徒然的斑
斓和自身的必死，来印证瞬间的生命力。

19

词与词之裂隙中，充满了词的余响
但迷恋词之余响而非词之缄默，便无法理会诗的真正玄机

20

对语言而言，一首诗最大的危险正在于它所有的部分，都被
理解；在于它体内每一种声音，都被听见。

21

沉默不是由这几根枯枝，和它统辖的这片静谧湖面所创造。
也并非鹧鸪突兀的叫声背后，所携带的某种东西。不是此刻
闲坐于十七楼阳台的此人，从玻璃漫射之反光中，所感觉到的恍

惚。不是下午三点的微风轻推开深褐色扇形木门，把难以觉察的水光，输送至卧室棱镜中而形成的几块淡影。

沉默并非这一切的总和。它不只是感觉系统的，也不是逻辑范畴的。它甚至不是湖畔荒苇被烧成散落的灰烬之后，依然能被一个人分辨出来的呼吸。如果必须形成一种定义，那么，它是这呼吸被一个人揳入他的诗中——这些呼吸重新变得急促、灼热，并尝试着再一次唤醒别人。沉默，是这个人静置于他语言中的一种构造。

此刻，这个人就是我。

22

许多时刻，弥漫在我周围的沉默仿佛是
很多年前另一个人
遗留下来的
一首诗中的沉默是这个诗人最难解的遗产
它是牢固的，个人化的，也是充满弹性的
只有遭遇最沉浸的倾听时，它才涌现出来

23

一个写作者最不可思议的企图，是为他所捕获的沉默命名。

当此静默中，分明又有时代全部的喧哗与躁动。

24

奥登说："每当我听到一种特别不舒服的声音组合，我就想到那是勃拉姆斯的，而我每次都对。我对雪莱的诗亦是如此，我无法忍受他的措辞中，糟透了的一种声音。"

对诗之深拓，有时确实有赖于"听"。听见词语在句子中跑动、停顿、转折或者陷入长久沉寂的声音。好诗本质上是声音的精妙结构，建构复杂但又有着清澈的轨道。

25

读诗时的"听见"，从不是一种简单的获得，而更是一种馈赠和复活：你听见的诗已经远离了它的始作者，而你是距它最近的一个作者。

26

不能被两双以上的耳朵所听见的诗，里面必然没有真正的心跳。

有人说茨维塔耶娃："整个俄罗斯，只有她在用声音写作"。

27

汉诗的当代性比其古典时期最确切的变异在于：它营造了一种"更复杂的听见"，远不止于合乎韵律、形体铿锵的所谓音乐性。

一种从色彩、触觉和味道中介入的"听"正在诞生。

28

听见作者在诗中与自我的争辩之声。听见脱离了作者写作意图而自然生发的两个词、许多词激越碰撞、交锋的声音。听见复合的多声部与诗本身永不止息的生命本体的喘息。

一首卓越的诗，甚至让你听见某种与生命的果敢深度纠缠在一起的沉吟、迟疑，甚至退让。

29

我的诗不企图处理喧哗，我想处理的是缄默；不企图处理线条，我想处理的是空白；不企图处理那些滚烫的、亢奋的东西，我想处理的是停尸房窗口的月光，那种已经彻底冷却之物。一种再也不能发出声音的容器。

30

一切糟糕的艺术有此共同秉性：即把自身建筑于对他人审美经验的妥协上。恐惧于不被他人理解，就先行瓦解了自我的独立性。这绝非是对阅读的尊重，而恰是对沟通的戕害。难道一株垂柳揣摩过我们是否读懂它吗？它向我们的经验妥协过吗？然而我们将至深的理解与不竭的阅读献给了它。人之所创，莫不如是。不孤则不立。

31

一个人能触碰的最佳状态，是身心同步的出神状态。对寻常景物，觉自身不动而远去。当他出神，犹怒马失控；回过神来，却见长缰依然在手。虚实恍惚交汇于一线的边缘状态。出神，才不致被情绪或理性所绑架。出神，词语才能从既定轨道上溢出，实现一种神秘的开放性。

只有失神的片刻，才可见诗的土壤。

32

才华是一种自私的东西，在炫技欲望的推动下，它甚至可以成为一种很肮脏的东西。没有人为了目击你的才华而阅读，他们只是在寻找、确认或者是虚构他们自己。

内心逼迫我们听见、看见、嗅到的，才是真正的现实。不曾被内心的紧张感所过滤的，都不是现实的本相。

33

深陷于一种惯性的麻木，是我们生而为人的根本性常态，而生活迫使每个人做出种种遮蔽和伪饰，如果一个写作者不曾对这麻木进行过深刻的处理，那么他在语言中展现出来的所有敏锐，皆无异于自欺。

34

在将我塑成现状的诸多力量之中，对世界的无力感，也许是最重要的力量之一。为了适应这个世界，我必须裂成许多块碎片。当我不想这样做时，我和这个世界是割裂的。而且它的孤独与我的孤独毫无联系。

35

多年前我写了这句：写作最基础的东西，其实是摈弃自我怜悯。

现在看到了自我怜悯中真实的力量。或许这两样永恒的相互搏击，才是真正环绕着我的东西吧。

36

写作的要义之一，是训练出一套自我抑制机制，一种"知止"和"能止"的能力。事实上是在"知一己之有限"基础上的边界营造。以抑制之坝，护送个人气息在自然状态下"行远"，于此才有更深远空间。

抑制，是维持着专注力的不涣散，是维持着即便微末如芥壳的空间内，你平静注视的目光不涣散，唯此才有写作。

37

诗是以言知默，以言知止，以言而勘不言之境。

从这个维度，诗之玄关在"边界"二字，是语言在挣脱实用性、反向跑动至某个临界点时，突然向听觉、嗅觉、触觉、视觉、味觉的渗透。见其味、触其声、闻其景深。读一首好诗，正是这五官之觉在语言运动中边界消融、幻而为一的过程。

也可以说，诗正是伟大的错觉。

38

诗是从观看到达凝视。好诗中往往都包含一种长久的凝视。观看中并没有与这个世界本质意义的相遇。只有凝视在将自己交出、又从对象物的攫取中完成了这种相遇。凝视，须将分散甚至是涣散状态的身心功能聚拢于一点，与其说是一种方法，不如说是一种能力。凝视是艰难的，也是神秘的。观看是散文的，凝视才是诗的。那些声称读不懂当代诗的人或许应该明白，至少有过一次凝视体验的人，才有可能是诗的读者。

39

春日听雷

潜鱼震醒

大鱼吞舟

湖边屋栋状如灰犀牛

房中女人都是虚空菩萨

40

寂静的春末

盲者炙热

聋者慌张

四处花开，没什么道理可讲

41

暮晚的巨大雀群重如铅云轰鸣

人类容易被集体力量感染的心

很难长时间凝聚在具体事物之上

我们谁又真正看清过一只幼雀的眼神？

42

有一座需要眼睛来辨认的黑池坝。在这座小湖的里面，内置着一座座需要靠嗅觉、味觉、听觉、触觉来辨认的黑池坝。哪一座，才更为充沛？这要看是一个生者、还是一个深埋在它之下的死者在感受它；是哪一个我在感受它：是正闲坐阳台听着一段古洞箫曲的我，还是在黑暗中辗转不眠的我；是我的哪一种形态在感受它：是幻化成了墙角一枝黄花的我，还是在湖边枝丫间正苦苦筑巢的我……

我已搬离湖畔多年。当我远离了它，一座已在视觉系统中被彻底掏空的黑池坝降临时，单一感官无法独自达成的、无碍无顾的心灵游历，才真正到来了。

43

诗最核心的秘密乃是：将上帝已完成的，在语言中重新变为"未完成的"，为我们新一轮的进入打开缺口。停止对所有已知状态的赞美。停止描述。伸手剥开。从桦树的单一中剥出："被制成棺木的桦树，高于被制成提琴的桦树"的全新秩序。去爱未知。去爱枯竭。去展示仅剩的两件武器：我们的卑微和我们的滚烫。

44

我在语言中猛烈挖掘黑池坝，是因为坚信这儿与别处一样，并不存在任何永恒之物，无论是这里的种子、词语、精液、子嗣，还是墙边的嫩芽、瓦瓮、锄头。我挖掘，因为我听过一句话：哪有什么实相虚相，抓住的东西就不要松开。

两样都摆在我面前：黑池坝是作为工具的锄头，也是这锄头扑向的那一小块荒地。

45

黑池坝边。防波堤上飞逝的出租车，下夜班的白大褂护士。卖羊头的大排档，夜巡的蝴蝶和它体内的梁祝。

霓虹灯：这旧时代的圣母。

外省民工：这沉默又躁动的夜游神。

抓着枝头下坠的露珠，和它体内美妙的加速度。湖水中旋转的星斗，和那些在大质量星球边坍塌的光线。这些都是我每晚必须服下的药片。

今晚我凭窗连续饮下几座废弃的小公园。而它们，也从四面八方注视我，吞下我。这互为解药的冬夜，这疲倦不堪的宴席。

46

范宽之繁、八大之简，只有区别的完成，并无思想的递进。二者因为将各自的方式推入审美的危险境地，而迸发异彩。化繁为简，并非进化。对诗与艺术而言，世界是赤裸裸的，除了观看的区分、表相的深度之外，再无别的内在。遮蔽从未发生。

47

夜雨敲窗。

这单纯的声音我已经听了两个小时，闭着眼，我看见我童年的脸在颅内晃动。

我听五小时，消失的一切或许都纷纷复活。

如果我听十年呢？

48

别丢掉自己"异乡人"的身份。在生活中，或在语言中。当我们无法将"A 地"置换成"B 地"，至少要想办法将"A 我"变成"B 我"。在凝思物性中，做一片如切如磋的"雨中黄叶树"，再在淘洗自性中，去做一个如琢如磨的"灯下白头人"。

49

一个诗人所需者从来就不是什么知音，也并非对立面。俞伯牙对面，钟子期只是假象。当他向外索求一个知音或对立面时，他想谛听的是：哪边的丢失感更深，他就往哪边去。正如盲者无须见桃花或刘郎，但他会闯入"玄都观里桃千树，尽是刘郎去后栽"的巨大丢失之中，在那里他看到自己可酬以涕泗滂沱的永恒情感。

50

词是一种解码器。
词与词之间的黑暗及其所带来的痛苦，是一个诗人真正的粮食。
没有词的强大诱惑，诗的冲动不会形成。
没有对此诱惑的抵制、抵销、重构，诗不会现身。

51

诗先于它的词而觉醒。

坏的诗会赋予他的词一种施虐的力量，而好的诗中，词以它自身的饥渴展示了它作为最原始生命体的深沉呼吸。

52

词嵌于一首诗，不是屈从于诗意的精妙安排，而是它自己的生存之需。词要生存，要在一首诗中活下去，这才是诗的土壤。

心为物役，本质上是词为物役。

物在词中的沦陷，被误认为是心的起伏。

53

　　诗和希望、绝望都有关，只要你心有所动，诗就与你有关。诗唯独与麻木无关，也可以说诗本是破除教条和麻木的利器。想以逻辑的方法去解开某种"结"，这就距诗之本义远了。诗讲求的，是"会心"。会心则无碍，诗是这样一种无以明言的发生：它面向自身之内部，是流畅而敞开的，会意时，并不存在什么"结"需要外力来解开。

1

枯，作为一个伟大的美学主题，是中国文化最为灵动和特异的一脉，如今快死掉了。在这个沉溺于视觉与感官之乐的时代，加上科学与技术对人类生存方式的猛烈重塑，养成"临枯之心""亲枯之眼"的土壤已经干涸、板结。看吧，从生活的细节，人们行走、沟通、做事的姿势上看，气定神闲的从容，在我们的脸上难得一见了，一种巨大的耐心已经消失。等不着枯之美呈现，人们就远离了它。物欲倾尽之后的枯之静谧，不再哺育这一代人的心灵。因为再无耐心，戾气将以千万种化身占据我们生存的时代空间。

2

澄澈露珠与枯萎荷叶的深深依偎，仿佛两个词语在相互渗透中散发出神奇的语言之力。从中所获得的东西，所塑造的东西，触碰着东方美学的秘密。

3

枯不是死的替代品，或者说，这两者并非在同一个位置上说话。死亡是永寂，而枯中却有萨拉蒙所讲的"我们只为闪光的一瞬而活"之延伸释义。枯所连接的映照，正如阿什贝利在《死亡的恐惧》中写下的"道路尽头的黄昏，/空无一人，除了另一个我自己"。

4

时代总是乐于找寻新址。已经忘记了废墟正是建筑居所的最佳之地，已经忘记了每一处废墟中都饱含的"绝望"，正是重建家园最不可缺少的砖块。

5

死亡仅是一根绳索，而枯是一条道路。死亡是你无法想象的、只有一端的绳索。而枯是你的心仍可在其中搏动，两旁景色亦随之不断幻化的道路。

6

"置身于枯中"其实是一种幻觉。但在此幻觉中，对枯的否定最终会进化为一种自我否定，从而成就枯的深度。此否定也终将令一个诗人彻底击穿他所寄身的平面，从而形成他个体语言的醒目水位。

7

从感知能力的维度，人不可能与他所面对的枯实现"零距离"。你一旦觉知了枯，事实上也就远离了它。

8

表象之枯对人之感官会造成持久的迷惑与迷失。行走于对枯藤老树昏鸦的语言经验之上久矣，人从自然中捕捉到的忧伤足矣。如果不能对无相的、无别的"中心之枯"保持严肃的语言触碰，我们便无法听见和无法理解那种弥漫于万事万物之内核上的、更为本质的物哀。

9

枯：生的黑白底片——不仅是作为一种现象，因为渗入了严格的反省，它更应作为本体被语言所深深环绕。

10

看上去，枯是一种困境但它不是思的困境和诗的困境。对诗而言，枯正是不二的乐土。它充满诱惑恰是因为它仅仅看上去是某种困境，"仅仅"二字，给了诗人无比清晰的自我定位和自我确信。

11

一个诗人最出色的能力，在于他对枯作为物象和语言现象有着强劲的浸入能力。

12

枯不是黑暗的，因为它在语言中有阴影。枯也是投射在自身之上的光束，甚至它也构成对自身的一种反讽。

13

如果枯寄身于"色"的两腿之间，你还能一眼认出它吗？
如果它寄身在盛开的花蕊中呢？

14

一个关键的问题是：我们是否有能力从自身后退一步，目击
"我"之枯象？

15

枯是自然现象中最具批判力的现象：世上一切葳蕤都是从自
身之枯中喷薄而出的。它是万物不可删除的经历，同时它又是不
可分割的。也就是说，即便是每一块碎片上的枯，也都是完整的。

16

在中国古代经典作品中的枯，我能品尝到的，有南枯、北枯
之别。前者如庾信之"今看摇落，凄怆江潭。树犹如此，人何以
堪"的绵长哀音，缭绕难绝。北地之枯，有"风萧萧兮易水寒"
的莽苍契阔意味，是地理之力、物象之力，在语言中的爆发所致。

17

超越性的发生，是面对自身之枯时，又像卞之琳在《尺八》一诗中所说的"像候鸟衔来了异方的种子"。枯，作为自身的异种被埋下时，是一种真正的发生。

18

每个词语的内部，都有个开阔的"枯之空间"。对一个独立的词来说，固定的意义令它枯；过度的滥用令它枯；不被嵌入一个活着的句子令它枯……让词语的内生空间生机勃勃，是诗人的责任。在这个空间里安身立命，是诗人的生存方式。在这个空间留下独特而深镌的个性刻痕，是令一个诗人不朽的唯一路途。到这个空间中游荡吧，无穷无尽地游荡……

19

对生而言，死只是其背面，而枯是一种登临。

20

虽然看上去，枯与生之青葱、生之烟火气之间，充满视觉的张力和情绪的张力，但它是生与死互为拯救、两相融汇的地带。枯，并不依赖与生的冲突来成全自身的诗性。枯是一种自足体。苏轼说："外枯而中膏，似澹而实美。"清代吴历在论画时说："画之游戏枯淡，乃士夫之脉。游戏者，不遗法度。枯淡者，一树一石，无不腴润。"枯中亦无机锋，它是生之意气用尽。枯中自有另一番骤雨打新荷。

21

枯旧日以容新时，枯老巢以纳新泉。每种枯，都有一个演变的过程，但并不存在任何可逆的流程再造。每种枯都有一张仅属于自己的新面目。

22

所有必枯之物，仿佛生着同一种疾病，但它带来的治愈却千变万化。面对某种枯象，我们在内心很自然地唤起对原有思之维度、原有的方法、原本的情绪的一种抵抗。我们告诉自己：这条路走到头了，看看这死胡同、这尽头的风景吧，然后我需要一个新的起点。所有面貌已经焕然一新的人，或许都曾"在枯中比别人多坐了会儿"。

23

当你笔墨酣畅地恣意而写时，笔管中的墨水忽然干涸了。你重蘸新墨再写时，接下来的流淌已全然不同。枯是截断众流，是断与续之间，一种蓦然的唤醒。

24

或许我们并无能力思考死亡，对枯之思便自然而然地来了。但枯之思，并非对死亡之思的前奏。死亡是一个过于依附想象力的、僵硬而缺少弹性的主题，只有严密的枯之思，才让我们更像个生气蓬勃的活人。

25

人类的知识、信条、制度或感性经验，都须经受"枯之拷问"。有多少废墟在这大地上？多少典籍在我书架上沉睡？托克维尔的脸上蒙尘多深？陀思妥耶夫斯基在我案头又荒弃多久了？在某个时刻，某种特定机缘下，我将在它们的枯中有新的惊奇与发现：仿佛不是我生出新眼，而是它们的枯中长出了新芽。我对这枯中的新见理应心怀感激，它让我们再做一个婴儿，如同这枯中洋溢出一派天真。

曹丕写道:"人生居天壤间,忽如飞鸟栖枯枝。"枝不枯,则境不出。

在杜甫的"亲朋无一字,老病有孤舟"中,枯是活着的,是一种必须延续的生活。但这枯中其实无苦无涩,不滞不止,反倒如明代潘之淙在《书法离钩》中所说"神之所沐,气之所浴,是故点策蓄血气,顾盼含性情,无笔墨之迹,无机智之状,无刚柔之容,无驰骋之象,若黄帝之道熙熙然,君子之风穆穆然"的端肃庄重气息。

枯是全然地裸露自己:它传递的是语言纯粹的质地本身。它似乎对它所能显示的任何意义都透着不信任。构成"此枯"的所有物的材料、形式、色彩等,都与它所表达的内容完全契合,"纵浪大化中,不喜亦不惧",没有一丝一毫的溢出。从审美的角度看,它是极度无聊的又是唯一杰出的完美表达。

枯，赋予人的"尽头感"中蕴藏着情绪变化与想象力来临的巨大爆发力。此时此地，比任何一种彼时彼地，都包含着更充沛的破障、跨界、刺穿的愿望。达摩在破壁之前的面壁，即是把自己置于某种尽头感之中：长达十年，日日临枯。枯所累积的压制有多强劲，它在穿透了旧约束之后的自由就有多强劲。

30

枯是词语的一种通道，但它并非一条可以自由攫取的渠道，或者说多数写作者没有能力和动力去直接面对某种枯境。

31

枯是诗之肉体性的最后一种屏障。它的外面，比它的生长所曾经历的，储存着更澎湃的可能性。对枯之美学的向往，本质上是求得再解放的无尽渴望。

32

每一株新芽、每一滴露珠，这些新生之物中留置着它曾经的枯迹：这不是某种强行注入的丰富性，而恰是它面向自我的全然敞开。也不妨认为，枯是借助新芽在展示自身的神韵。策兰写道："只说一半，/ 依然因抽芽而颤抖。"

33

经历了枯之体验的写作者，都不可能全身而退——人不可能自外于肉身对死亡或时间流逝的惊惧。但较之这种必然而又庸常的深味，枯所获取的不再是隐喻，而是在伴随着毁灭的一种"目击道存"。它产出的不是"新的对象物"，不是巴赫金所谓的"视觉的余额"，而是"新我"本身。

34

不是一个人穿透了枯，也并非枯的力量击穿了一个人。审美层面的枯，不是单向的议题，它更宜成为结构性议题。最好的体验，当然是建立在语言经验和生命体验之上的双向击穿，甚至是多向击穿，类似一种"语言的旋涡"。

35

穿透了枯，并不一定保证某种新生。更多的人是"在枯中枯去"。对新生的诉求，需要更多难以言明的、复杂纠缠的力量参与。新生，也需要某种运气的推动。

36

从心理层面，枯可以是单一的，是一个概念，但需要众多的"我"围攻这个黑暗的硬核。

37

枯，貌似一个没有"现代性"特征的蒙面人。作为一种审美对象它由来已久，但它毫无疑问又是以过度生产与过度消费、以"速度追逐"为核心的当代社会最为本质的特性之一。

38

枯被语言之力撕裂或洞穿后，它立即体现为不可预知的"彼岸"景象，而非"石榴枯后再生石榴之芽"这样线性的"归位"。它解除的是既有的宿命，爆破的是已知的稳定性——将有"另一种现实"和"另一种构成"，前来迎接我们。既有返照、重临之唤，更有"新位置"的动荡与迷人，所以它是摄人心魄的。

39

我们对同一源泉存在着无数次的丧失——对枯的理解与解构，也不会是一次性的。

40

我在诗中布置大片的空白，是容纳别人在此处的新生。或者说我在此处的枯，是他者永不可知的肥沃土壤。诗人的身份，令我乐于做这样的"旁观者"。

41

"见枯"是一种语言能力，或者说对枯的反应，可以鉴别一个诗人。当枯是一种现象场时，它需要成为更为错综多变的语意场，才能美妙地转换成诗的力量。

42

作为一种起源，也作为一种目标：枯，对那些有着东方审美经验的人似乎更有诱导力。与其说，多年来我尝试着触碰一种"枯的诗学"的可能性，不如说，作为一个诗人，我命令自己在

"枯"这种状态中的踱步，要更持久一些——倘若它算得上一个入口，由此将展开对"无"这种伟大精神结构的回溯。枯，作为生命形式，不是与"无"的结构耦合，而是在"无"中一次漫长的、惘然若失的觉醒。对我而言，这也足以称之为诗自身的一次觉醒。

43

枯，不仅是一种形象更是一种渴念，更关键的是它会进化为一种强悍的自我期许。

44

枯，因包含"绝境的美德"而成为起死回生的古老祈望中深沉不息的回响。但一切缄默，都不是枯。

45

审美趋向的过度一致和精神构造的高度同构，是一种枯。消除了个体隐私的大数据时代之过度透明，是一种枯。到达顶点状态的繁茂与紧致，是一种枯。作伪，是一种枯。沉湎于回忆而不见"眼前物"，是一种枯。对生活中一切令人绝望的、让人觉得

难以为继的事件、情感、现象或写作这种语言行动，都可以归类
到"枯"的名下进行思考。但对枯的思考，并不负责厘清表象：
枯是这所有事物共有的、不可分割的核心部分，也是从不迷失于
表象的或者说根本就没有面孔的"蒙面人"。

46

扎加耶夫斯基问道："是镜，还是灯？"此句式最宜重现于此
时。枯，是镜，还是灯？

47

一座森林和一脉草茎在枯的意义上是等量的，因为两者所蕴
藏的以及对生命力的喻示从无二致。

48

汉乐府和李白均有"枯鱼过河泣"诗。八大山人画脱水之枯
鱼。鱼在枯去，河在虚化。撇开本义，离根而活，枯干即是自由
的达成。

49

苏轼所谓"心似已灰之木，身如不系之舟"，是破壁者之呢
喃。木与舟，恍然同一矣。

50

所有面向枯的思考，本质上都是语言与个人生命状态的奇异
互动。枯，本身即是一种特别的语言态，它逼迫我们对曾经的激
情、挫败及对这两者的诸多表达进行再审视，对"如何建立一种
新开端"这种问题进行必要的深思。这种思考植根于人性及生活
本身，让人诞生出"终结一个过程"的勇气——因为这种勇气曾
在我们盲目延续某种惯性的途中丧失殆尽，理所当然地应获得更
深的珍视。

51

枯坐一隅。让室内的每一件物体说话。

让紧裹着这些物体的大片空白说话。

从墙缝过来的风，在赤裸滚动：它比我拥有更少，它应当说
话。诗并非解密和解缚。诗是设密与解密、束缚与松绑同时在一
个容器内诞生。

让这个缄默的容器说话。

52

枯枝像一只手在斜坡耗尽了力气
保持着脚印在种子内部不被吹散
哦，时光，羞愧……绳索越拧越紧
脱掉铠甲的矢车菊眼神愈发清凉

53

只有离枝的鸟儿，还记得枝头那微弱又微妙的弹性。

唯其微弱，我们才去写作。唯其微妙，我们的语言才有可无限延展的弹性、可随意移位的充足空间。从近百年的汉语言史角度，我记得白话文出现之前的那美妙的旧枝。我已飞离，但我的脚仍一刻不停地恢复着那弹性。

54

我的心脏长得像松、竹、梅。
这既是一种遗传，也是一种迷失。

55

无数根枯茎伴着无边的湖水，一个我
捂住苇管中另一个我的嘴巴，
只留下薄霜的声音，纯白的压迫的宁静。
一根枯苇在翠鸟振翅起飞时
双腿猛然后蹬的力中，颤动不已
这枯中的振动，这永不能止息，正是我的美学

56

晚饭后步行至荒郊。一首诗以枯苇为食，
以枯苇的轻轻拂动为食。
以路两侧建筑工地的废墟为食。
以小理发店昏沉的灯光
为食。
以无名无姓为食。

57

推窗看见落叶了。
枯萎不是爱在远去，而是爱在来临。

58

茨维塔耶娃自缢后，遗书中有一句："请别活埋我。检查仔细点儿。"

王船山则是另一番景象，他说："七尺从天乞活埋。"一个恐于活埋一个请求活埋，都是断肠人语。

辑五

1

诗从词语之中寻门而入，

终又须在另一处破门而出。

此"另一处"，是我们每个人深植于内心的自塑之我。在这个形象中，有我们的梦呓与期许，有欲望与幻觉，有顽固且令人难以觉察的自我虚饰和自我怜悯。

这个自塑之我，既是语言的隐身衣，也包含精神的致幻剂。它既被用来麻痹自己，遮蔽自己，也在向外在的压力妥协时化身为一个面具。它更是一尊潜在的偶像。

如果这自塑之我不被揭穿，击碎，解构，真正的自我就无法现身。

对一个人来说，自塑之我才是一个真正的"他者"。穿透这个自塑之我——虽然只发生在一己之内，却无异于一次艰难的远征。

诗能在此破门而出，语言带来的觉醒才可以开始。

2

唐寅养了一只嗜吃薄荷的猫。

这只猫的身体是一扇门，

唐寅推开，

看见薄荷。

薄荷、猫、唐寅：在一个框架中相互演绎的自塑之我。

3

博尔赫斯的随笔文字，像一座从不整饰的杂草园子，处处生机盎然。他讲施耐庵《水浒传》，写拦路打劫者的流浪汉体小说。原书的章回体分节标题在德文版中变成了"寺院第四戒律""赤发鬼""号角声、口哨声、红旗""打虎惊魂"一类，倒是别开生面了。

他以戏谑口吻，说叔本华的书是"一个长着受伤猴脸的人，秉着糟糕心情写成的文集"。他谈赫胥黎时，引用了一句诗："创作是致命的，然而是我自己的"。他谈梅林克、卡夫卡、科塔萨尔，甚至大谈他根本进入不了的爱因斯坦相对论。

整本书中他唯独从未谈到自己生活的任何点滴，一丝一毫也不涉及。

正印证了他在另一处所说的："我不愿意是博尔赫斯，我愿意是另一个人"。

4

王维与李白老死不相往来。
一个已从灰烬中捕获清凉的人，怎么喜欢
依然骑在光线上的人——
敬亭山、郁轮袍，都不过是精致的面具。
但依然不能排除，他们正是对方心中
埋得最深的那个自塑之我……

5

可能没有另一个人像佩索阿这样，把自我塑造演化得如此极端，他的那些分身、化身、替身在报纸的同一版面上相互攻讦、对峙、和解。他每天起床，站在镜子前，都能听见体内另一个我的低声哀求。

布罗茨基则不同，他想自塑成为普希金：一个全然的陌生人。

6

塑造新我，自何处始？很少有人如此幸运地得到一张白纸，他们不得不从一种复杂的纠缠中起步。再淆乱的人生总有一种状态的枯竭、断裂时，就从这断口开始吧，用唐寅的话讲，是"援枯就生，起骨加肉"。

7

自塑的我依然是多重的。如果有一双慧眼，仍可层层剥离。那些显在的形象，留在表层。唐寅画下那么多落拓游荡侍女怨妇，只有文徵明透彻地说，"展卷不禁双泪落，断肠原不为佳人"。

有更多隐在者。但文徵明自己又说："老我无媒心独苦"。

此媒，是一个虚拟的自我与他者的连接。

8

过于用力的自塑，会导致生命意志上的积弱。那个着意力塑的假我戴着紫金冠，一如博尔赫斯所说"神话令我厌烦"。

9

诗是具体事件的伤口，也是这个伤口分泌的
隐蔽而漫长的过程。
诗，以人在自我进化中的矛盾为体
以个人生命体验的有效性为体
以词所对应的一切名物，最终的空空如也为体
以我之下沉、渗入、终将与无限的他者深深交织并两两消融为体

10

　　林风眠说："我像斯芬克斯，坐在沙漠里，伟大的时代一个个
过去了，我依然一动不动。"其实，他最应破除的，正是这个令
他觉得已经一动不动，但必然只是个幻象的自塑之林风眠。每个
写作者都可能遭遇一个难以自察的精神陷阱，即动笔之前，首先
被心底这个自塑之我深深打动了。

11

　　一首好诗是一种独立的活体：从创造力的维度，内在强度愈

高的诗，因其自身包含了语言的一种凝神状态，它被阅读时，也会要求并引导读者在介入中逐步抵达凝神状态。一首好诗不仅帮助一个人进入，而且推动他到达某种"态"，这是诗性的超越。

12

呈现的，而非描述的；
抑制的，而非虚张的；
对话的，而非单向度的；
多义的，而非一语道破的；
个人的，而非迷失于群体性的。

13

到了暮年，一个作家的整体作品会清晰勾勒出他的写作人格，任何虚饰之物都不可能真正奏效地改变其心相与面相。构成写作人格最重要的东西，可能不是作者竭力呈现的部分，而更多源于他竭力回避的东西。

此谓之写作的宿命。

14

晚上漫步，茫然绕湖一周。

完整的一个闭环。

湖滨铺开大面积的低矮紫花。紫色是

诡异之色，在暮霭压迫中，尤为令人不安。

内心无端涌出的许多句子让我惆怅。

回到家中，一切语言的痕迹却荡然无存。

但我知道，那些已组成了句子的词在

我已不能目睹的

幻觉建筑中仍在清晰呈现，词与词在

句子中的咬合，仍像卯榫那般紧密、动人、得体。

15

　　桑塔格有一种罕见的对身体的忠实，弥布在她的书中。在《心为身役》中她说，伟大的艺术都是分泌出来、而非构造出来的。桑塔格的锐利，经常来自她对常识的有效刺破和揭穿。人们普遍而固执地认为，身体只捆绑欲望，身体产生不了洞见。其实，多数人对直觉在艺术创造中的神奇力量茫然不晓。

16

保持对自己内心赤贫、枯竭状态的忠实，
无论世俗生活如何千变万化。
我们经常枯竭到连一句新鲜、有力的话也说不出，
连一首内在气息贯通的小诗也写不出。
枯竭是恒常的，虽然只有少数人在少数时刻看见它。

17

　　越是让人困扰不已的写作风格，越是对文学真正有益。对此
困扰搅动的内心轨迹进行不懈地探索，开辟了新的疆域。文学向
这个世界索取的不是僵硬、功利的解决之道。
　　解决，从来不是文学肩头的责任。

18

　　文学天然地担负着破堤、形成缺口的责任，它要对社会性陈
词滥调勇猛地追击，也会对自身在语言上形成某种固化的模型保
持足够警惕。在此两处，诗有责任去狠狠地撕裂，并在缺口中孕
育一个好胎儿。

19

去触碰无穷的他者，

写作其实是"我"的无尽延伸，

也是人之幻觉、想象对人之主体的一种剥削。

这里有个基本假设：在无数的他者体内，

可以建立起"诸我"的连接……

20

　　诗，正是力的各种关系之和。在一首诗的内在氛围中，一个词可以迸发出在任何别处都无法呈现的活力；一个词，与别的词撞击后，又被砌在一起，像一块砖在一座建筑中要承担、均衡、消化来自整体的受力；词的力量在流动。在词的旋涡中，可能还会出现一股仿佛越拧越紧的向心力。

　　当我说"词"时，它不仅仅是文字，还包括这个文字的形体、动态、与物的对应、声音、某种可浸入的场景，以及对这个词的想象……它不是单线条的，不是单薄的，而是多种力量的合体。词与词的衔接、碰撞、咬合，语言的流动感，这些流体之力，时而又在某处戛然而止，必须转折、分段，或者猝然结束，以形成一种意义上的断裂，总之它无处不在显示力的奥妙关系。

　　当你读了一首诗，可能瞬间被击中。无疑，是各股力在你心中冲撞。各种力达成了一种协同，现出语言自体的契合之美：力道恰到好处，字和词的切入，让你感觉到它们不可被替代，换别的任何词、任何结构都不行，某种难以言说的精准度。词与词、词与物、物与物的各种关联的力，诗人于此献出他饱蘸心血的技艺。

写一首诗，就是诗人在分配、调节各种力的关系。

21

当代汉诗的孱弱不是语言技术层面的孱弱，而是人之意志力的孱弱，是诗人作为个体生命与时代之普遍性痛苦的通约能力的孱弱，是生存洞察力、识见的孱弱。

22

在一首诗的精神装置中，最关键的是人的意志力。意志力突破心灵的壁垒，而修辞之力则不能。虽然意志力并不能单从语言中剥离开来，但它显然又是穿透性的。许多时候，诗在最后一个字止步了，意志力才豁然现身。或者说它最有力的时刻出现在词语最是徒劳无获之时。

穆旦写道："在摆着无数方向的原野上，/ 这时候，他一身担当的事情 / 碾过他……"

23

诗的聒噪与暴力抒情中包含着一种想象，即假定了它本身是人的意志力，

但它不是。

24

人的意志力确实有一种破坏性本能，诗人以其才能将它驯服并令其安静下来，委身于诗这只瓶子里。瞧，在这透明瓶子中，意志力与容器之间的抵触、左冲右突依然无法遮蔽。

诗的形体因而是，一具有待商榷的身体。

25

情绪伪装而成的意志力蛊惑人心，但它明白，只有当自己渐渐平息并退出，缄默作为新的形体时，意志力的面容才最为清晰。

26

意志力吞噬语言之美，甚至可以说它带有某种强迫性，

它是反诗的，反语言秩序的。换言之，当意志力达到最强值时，这并非一首令人愉悦之诗，至少从语言表面看，确是如此。

27

1986 年德裔美国诗人布考斯基被《时代》周刊称为"下层阶级的桂冠诗人"。他自塑的形象是恶棍、酒鬼、流浪汉、诗的苦役长工，他的诗则塑造了大量苦力、妓女、一无所依的昏聩老人等边缘人。这"毫不掩饰的自传"，这些形象放浪形骸的生存意志力，像一柄罕见的锥子刺穿了时代的各种外壳。但他这句话，在抗拒中又分明隐含着一份颓丧：

"我唯一的野心，是不成为别的任何人。"

28

诗的意志力，我们也不妨解释为一种心灵责任。潜意识中某种自发性力量，从语言中喷涌出来，携带着一种不可抑止之势，如果它不能被一首诗平静地呈现出来，那么，这是一首未完成之诗。

29

意志力在诗中的爆发，像一个沉疴在身的病人强劲的被治愈的愿望。

真正有效的药剂不是词语，而是它完全袒露自身的激烈意愿。

30

那些不容置疑的东西混同于意志力，像月光下某物企图
与自身影子融为一体。说"诗是意志力的语言行动"，
比说"诗是语言的行动"更为确切。只有在意志力
接近枯竭之时，诗才产生被技艺修饰、填充的渴望。

31

道和气、诸法、万古愁，这些概念中有"诗的根本相"，却
没有"诗的即时相"；有"诗之原力"，却没有可触可摸的"诗
之现力"。胡塞尔讲现象学，一种原力要呈现自身，催生出"花"
与"五色"这些相。原初的、浑然的生命意志并不可爱，只有在
语言中化为具象生命体的器官、肢体、动作、冥思……才让我到
达那偶然的怦然一动。

本体是漠然无痕的，我们易于失去，我们只看见诗在词上的
蹄印。

32

花开：五彩缤纷的力，通过茎管涌到花萼中。色彩来自植物自身沉淀在体内，不可篡改的记忆。向日葵记得自身固执、向阳的偏转。菊花记得自己在轻霜中的形状、颜色、时序和凋零。曼陀罗花记得自己曾被阴影中的一双手，研磨为粉末，制成蒙汗药，作为一种谋略的配方也作为一种稀有的治愈，来到一些人的体内。

种子单纯的记忆，是一种诗性的原力。

33

一个挫败的下午照样迎来一次日落
一条缄默死胡同里，依然藏有一个百花深处

34

在"诗之所是"与"词之所能"间不舍昼夜
永恒荡漾着的
无限涟漪，是诗的意志力在释放它永不衰竭的动能在语言对诗人的考验中，依次摆放着一种力的顺序：词语之力、思之力、语言之力。三力混沌混成的时刻，是诗显露真容之时。将其条分缕析似乎又是诗人的一种模糊责任。但敏锐的诗人绝不混淆后两种力量的次序，因为他懂得，这才是真正微妙之处，思之力必须是发生语言体内的冲撞与冲突，孤生与和解，如果将思之力置放在诗的塔尖上，诗就会被消解。

36

压抑，而后缓缓释放的过程，这对一些诗人来说，是一首诗的全过程。按拉康的说法，压抑，实际上是对话语的本质性抵抗。因为人类的语言是线性的，我们说话，必须一个词一个词地说下去，同一瞬间不可能表达两个词。这种状态下，选择一个词即是对其他词的压抑。

诗从第一个字的落墨，就笼罩在高度压抑的氛围之中。这本是人在使用语言时的无意识的抗争，但是诗人在诗的容器内，它成为一种调剂力的手段，成为"力"本身。

37

如果一个词是一股明确的力，那么充足的诗性最乐于

寄身在两股力的缝隙或更多股力

交缠角逐、瞬移刹变的复杂光影中。

38

如果用力过猛，诗的整体性会因受损成为一地的碎片，但碎

片时而有更具况味的表达。

在某些瞬间的用力过度，反而成为一种险中出奇之方。

39

有一次我醉卧在午夜的小巷，在残存的意识中

我嗅着街心花坛野菊腐败、秋末蚊虫尸体堆积

而成的怪味……一些从未有过的句子

句式在脑中汹涌而来，但我无力记下，直到

第二天晨光射下，许多碎片状的，

稀薄又安静的一小片一小片阴影，落在我脸上

40

我们看得见欲望的阴影，但看不见意志的阴影。按弗洛伊德的偏激之见，一些欲望的客体，不被允许出现在我们的意识里，它会给主体的存在带来危险。我们必须压抑它，压抑得我们在意识中找不到了，就成了无意识。他这个说法其实需要诗去救个场，无意识虽然踪迹难寻，但在诗的裂缝中却时时存在。甚至，无意识是，诗中形如鬼魅的最神秘主角之一。

41

词语对个人积习和情绪扩张有一定程度的盲从，这是诗人之个体有限性的一种外溢，真正的写作在此处保持着老猎人般的嗅觉和警醒。

42

诗之力，最美妙之处在于它必须在各种感知系统间，进行所有文体都难以浸入的自由转换。只有在诗中，一声鸟鸣才可以在视觉和听觉上，同时留下双重的划痕；一个盲人才可以看见正在减弱的色彩；一只小兽才能嗅出在它面前打着旋涡的哨声。从逻辑层面，五官能供出的画面其实是错乱的，唯有生命本身，在此形成一种与诗直接相关的强烈感应。

43

一种从未被目击，从未被说出，从未被如此深刻与生动地说出，是诗在多维结构而非一个层面上的力。

力被命名，是诗的使命。

44

休谟对因果关系提出了一个"无限后退问题"。当人们观察到两个事件频繁一起出现时，由此产生因果联想。休谟质疑我们是否有足够理由信任因果关系：当"A 导致 B"，实际上我们无法直接感知因果的必然性，只是过度认同了"历来如此"。如果要解释 A 为何引发 B，需要找到一个更深层次的原因 C，同样 C的出现需要挖掘一个新的 D 来认证。

海浪一般茫茫的无限后退：在此我引用休谟，只是想说明，无限后退也正如"力"在诗的语言行进中，最传神的一种运动方式……

45

在慧能之前，佛经之义滞存于对象物上、文字上、偶像上，它体现为相信、服从和沟通。六祖之后，佛性灌注到个人生命之中，回到人自身，与平凡生命、平常生活、平淡人生牢牢契合起来，不再是对对象物的体悟，而是回到身边物的体验上，回到自语，回到日常，回到尘世之中。

46

尼采看出了古典文化是理性暴政化的产物，
是"以思压诗"：
一块巨石压在一种纯然内在的声音之上。

47

诗如何揭开每一事物嘴唇上的封印？
物不能言的所谓理性，封闭了我们原本可以
听见物之自语的深邃耳廓……

48

人的挫败感既不真正来自"得不到"，也不来自"得不尽"，而是他终有一日会震惊于他自身欲望与物两个向度的不可穷尽。

但诗不起源于这不可穷尽，诗起源于震惊。

49

契诃夫说，如果墙上挂着一把枪，那么这把枪一定要响。在它未响之前，一种力就封存在那里。

诗是那种力在场氛围的每一颗粒子，是这粒子向语言的呼救。

50

1991 年我长途跋涉到陕西渭南时，曾靠在一棵巨柳下睡了一夜。这棵树巍庞、翁郁、怪异的样子刻在我心里。三十多年后的今天，三千多公里之外的新疆和田，我见到一棵一模一样的巨柳，只是样子更衰老了。我闻到我遗存在它身上的体温与心跳。它在时空中的漫长行走，仿佛只是在一首诗内部，仅仅挪动了几个词的行走。

51

撤！主动逃离一种"熟的状态"。

抛弃如庖丁解牛烂熟于腕中的技艺。搁置那些早已得心应手的东西。

去面对曾让你手足无措无法掌握的力量。

出走，像暮年的托尔斯泰猝然离家一样。

主动去索求"第二次生涩"：这里孕育的生机可能粉碎已经固化的一切。

熟中求生：力的返回与再生。

52

让你已经获得的一切经验猝然面临它从未料想的险境：听懂某种急促的呼救，它竟然是从你这张嘴中发出的。

如此的不可思议，你不得不处理困境中一个陌生的自己。

53

清代王麓台自题《秋山晴爽图》中写道："不在古法，不在吾手，而又不出古法吾手之外。笔端金刚杵，在脱尽习气。"

54

对熟透之物而言，
枝头已不可能提供任何安全与永逸的庇护
一切求生，实际上都将
在坠落的过程必然发生

55

　　如果现实的力量不能投射到心理层面，则语言难以在一个隔膜空间中完成它的使命。心理层面诗的声音，才是一种不受局限的疆域。

　　这里隐含着一个真正的主张：即没有一种熟悉的生活是诗的直接来源，也没有一个假设的东西，成为诗所寄身的目标。

56

　　我们假设一种诗的处境，当我们对所有身边物都陌生、困惑，而对一切遥远的东西都倍觉亲切、可控，易于把握。

　　这假设可能迎来一种破局：

　　从身边物中，推开一扇新的语言之门。

想象力当然算是创造力的一种，只有当想象力将我们生活的真相全然吞噬的可怕境遇，才是一种意外。

发生在语言内部的事实如此离奇多幻，以致我们在一个词内在空间中的听见，甚至目睹此起彼伏的鸟鸣，都称不上是一种想象力。

熟中求生远不局限在方法和形体的层面
形象在鲜气淋漓中的铺陈，才真正
让想象的世界令人陷足
想象的世界不是一座剧院而是
可以栖居的一种现实

给诗带来巨大变革的，往往是文体对某种"生"的想象力。当社会生活裹挟的绝望，从生活中得不到解放时，诗承接了某种巨大而隐性的力量，这是诗体革命的到来之时。"王杨卢骆当时体，轻薄为文哂未休"。从文脉源流上看，历代诗的深刻变革莫不如此。

60

现实的神秘性比想象的隐秘更能造成心灵的颠覆感。
我们难以想象的是，某类生活以同一种方式被经历，
但每一种经历都仿佛是预先决定的，
对因果的想象，才是最根本的想象。

61

诗在一个读者那里得到的任何一种不同寻常的阐释，都意味
着有一种生活曾绝望到它一直在偏离对诗的想象。

62

所有对诗之规则的认知，都是一种对现实失望之后
最为隐蔽的发泄欲在喷发。一种规范在诗上的
定型，意味着某种力在释放其对个体生命的背叛。

63

诗的价值是被不同心灵的同一性结构所决定的。与其说这是偶遇，是独立于两个个体而存在的一种有效性，不如说，所有表现在诗中的专断意识，都不会产生真正令人惊异的力量。

64

沁入到诗中的意识形态，其实都可以与作者割裂开来。诗的自由在此形成，它不必向任何一个审查诗的人妥协，这是诗之正义最底层的部分。

65

阅读，是诗的力之转移，也可以说是转换。在同一个读者那里，诗的力量可以在感官之间迅速转换而达成奇妙的交响。

感官是诗的炼丹炉。

66

一声鸟鸣在听觉和视觉、嗅觉、味觉上可以留下多重的划痕。所有这些划痕，都是不假思索的，在一颗敏感心灵中，它被动刻下的划痕线条，是最具诗性的，不需要任何解读，它就是一首诗与一幅画、一首乐曲的复合变体。它也是超越所有文化传统的神奇书写。

67

诗与真理的相遇是偶然和非必要的，在一首好诗中，诗会将一种质疑推向极端，它几乎也是在表明：在对诗的纯粹观察中，任何被描述为真理的东西，都是不可信的。

雅各布在 1924 年就说过：若精神觊觎真理，则将自毁；而一旦与尘世结合，则将丰沃。

68

在诗的力量装置中，最不可言传的微妙之物，是诗竟然可以遭遇到它在作者心中刚刚酝酿时的那种心灵效应。虽然这种状态是两两相隔的，但我们分明有这种难以深究的神秘诉求。

69

色彩的力在诗中的呈现，往往是先行的。它的触动，最容易在语言中形成各种力的混合搅动。

霍普金斯（Gerard Manley Hopkins，1844—1889）写道："就像翠鸟着火，蜻蜓燃烧／就像石块越过井沿丢下圆井／发出回响；就像每条琴弦拨动的讲述，每个挂钟／钟体的摇摆，都能开口说话并奋力抛出自己的名字。"

70

力的冲撞。里尔克在《哀歌》第十一首中写道，"总是在自己建起的屋顶之下，是成为曾经的自由的战俘""星星间交叉之力撑起之地，是胆大妄为的钢铁艺术的纵横""现在人们还只有木棍，数百万木棍之后没有世界"。就我的感受，这第三截中包含的力，最为充沛，因为木棍中存放着的，是我们触手可及的一种力量，数百万这个庞大的量级仿佛空气中全是这乱击一气的木棍在晃动，这个形象也最具神韵。

71

美的根源不在物中，也不在心灵中，而在相遇中。
正当其时、恰如其分的相遇是一种倾诉。这种源起，甚至具有无与伦比的某种精确性。一颗雨滴不偏不倚为何落在鼻尖上，落在别处
则不能唤醒。为何恰是一只灰鼠？白鼠则不能唤醒。

72

荒芜是整体的，星星点点和一鳞半爪的枯萎称不上荒芜。

荒芜是穿透性的，只有一面的、暂时性枯竭称不上荒芜。

荒芜是语言本身而非几个词语。

荒芜是已经打破了茫然和纷乱的一种现象之澄澈。

荒芜是我最想从大自然浸入、汲取和活命的品性。

社会躯体上荒芜是深刻麻木、荒诞的集体无意识。

我所有诗的隐标题就是：怎么把荒芜写成一首诗。

73

对诗而言，风险不是眼前的荒芜而是

内心的包袱，捆绑了你的条条框框。

在荒芜中你正好可以卸去重负，随心取道。

74

荒芜不是任何事物的边际而是核心。不含任何杂质、异色和内在反驳的蓊郁和盛开，是荒芜最高级也是最含自欺性质的一种形式。

已具有某种成熟度的写作者，都需要对荒芜有一次奋不顾身的返回

他期待在重回熔炉中，幸运地成为一个或一部分的新人

76

任何一件天然的物体都是成熟的、自足和完备的，也都是全然荒芜的。这种荒芜，是被我们企图完成艺术创作的强烈意愿和澎湃不息的发现力创造出来的。

看上去，听上去都像是一次杜撰。

77

真正的荒芜是拒绝语言的，当它进入语言它就很快地丧失自身。也就是说，语言一旦接触某物，事实上是将荒芜的特质从它的母体上剥离。

你一旦为荒芜二次命名，它就消失了。

78

荒芜是语言对事物的磨损到达

极端的一种状态

从这个角度，很容易理解为何诗人总对荒芜有

一种沉溺式的热爱……

79

从锣鼓喧天、欢歌笑语和张灯结彩中

突然闯入的一声恸哭既是

戏剧性的更是荒凉的……这荒芜从不用

别人的狂欢来装饰自己，甚至不去对抗。

荒芜在自己体内深深地荡漾，一旦诗人浸入，

他的身心就会牢牢地，跟它生长在一起

80

　　当我们行走在冬季旷野的荒芜之中，几乎能听见它内部的各
种抵抗、争辩直至和解的声音。表面之萧瑟和枯萎之下，根系在
孕育苞芽。死寂的皮肤之下鼹鼠在假寐。一种既对立又统一的氛
围在大地的荒芜中，生生不息地酝酿着。

81

当荒芜感统摄全身，我看见

一朵花：

自然为了唤醒诗性而抛出的

一个诱饵？

82

诗是这样一个容器：有的词在其中跑步，喘着粗气，汗湿衣襟；有的词在密室中冥想；有的词在旁若无人地漫步；有的词在相互搏击；有的词，在寻找另一些词。这些词知道哪些是工具、食物、药品、武器……它们知道自己的使命，却又不被一个共同目的所支配。它们有活力，却是漫散状的。是这样一幅图轴，并无确定的意义，企图将整个空间导向一个固定意义的努力都会失败。某个词或其对应的物，突兀出现，难以理喻，但它透散着美、活力，表达着对陈词滥调、惯性表达的深深敌意。

诗最本质的手段是，让每个词都竭力呈现出它自身。

卷四

谈话录：本土文化基因与当代汉诗写作（节选）

去年 10 月（指 2007 年。作者按）在安徽黟县，和英国诗人帕斯卡·葩蒂（Pascale Petit）、尼日利亚诗人奥迪亚·奥菲曼（Odia Ofeimun）讨论东西方文化差异，我谈到东方诗歌尤其是汉诗、日本俳句的"气""气息"问题。开始，他们觉得很玄奥。我说，噢，从一个东方人的角度，可一点儿也不费解。这两个词甚至可谓是东方审美的支撑性概念。《孟子》中讲，"气者，体之充也"，又说"充实之谓美"。在一切物象、现象、语言符码的背后，有一个被视为根本力量的东西，我们把它称作"道"或"气"。生命不是身体一个个器官的简单拼接，而是令这些器官形成一致性运动、生长、衰老、死亡的根本力量，从诗歌写作上分析，是让字、词在排列与构造中得到——呼吸——的那种东西，叫"气"。这个东西透出的感受，叫作"气息"。这个词在中国审美领域，甚至生活生存中无处不在，比如，此刻是皖南的秋天，秋季独特的物象、气候和它们混成的一种美感，中国人有一个词，叫"秋气"。秋气上升，或下沉，呈现的是传神的一种动态。写作中，中国人往往追求"气韵生动"。气韵、气息，有时来自一种纯技术性的修辞创新，语言组合本身的陌生感、错愕感，读来让人有焕然一新之印象，这当然是一种气息。维特根斯坦晚年不也是很重视语言纯游戏行为的生成价值吗？解构、消解一个词的本有之义、惯性表达，就像一株终生只开白花的古树，忽然开出一树紫花来，是一种新生命降临的气息。诗之气息，当然也可以是一种情感再造、传递。这是一种相对古典的认知，当它作为一种情感时，要传递前所未有的强度，或者找到一个前所未有的切入的切口，否则，我们为什么要写这首诗呢？当你读一首诗时有所触动，它把你内心的某种东西唤醒了，这种唤醒，是一种气息。刚才念的我的短诗《前世》，是这个范畴之内。当然，气息也可以是一种观念更迭。总之，是让你感觉到一首诗是"活着"的，是与你在互动的，这种"活着"所赋予、附生、引发的一切心理反应或精神连接——这需要作者与读者有效的共同作用——就是气息。不是鼻子、眼睛、嘴巴的简单拼凑与叠加，而是它们之间的匀称、愉悦、协同。有些时候，这种气息甚至不在物象的背后，而是物象本身——视觉上的，声音上的，节奏上的——给人带来的纯粹形式的快慰，是一种气息。中国人讲究"器"与"用"的关系，不妨把"用"看成一种运动，一种活力，语言之器在"用"之中，衍生出轨迹和气息。语境（context）批评的倡导者穆瑞·克雷杰（Murray Krieger）曾有过一个观点：语境是诗歌的一个基本策略。在我看来，语境这个词完全可以被"气息"这个东方人更易于感受的词所覆盖。这是用相当浅白的方式涉及我所讲的本土文化基因问题。我们讲一种语言的当代性，事实上必须有一个前提，那就是我们真正懂得了它的本土性。它其实也是另一个问题"我为什么要这样写"的变种。

有人说，中国的古汉诗缺少某种现场性，看不到个体生命的"即时在场"。我说这真是一种片面和偏激的认识。且不说杜甫的石壕村的夜哭，至今听来仍是鲜活淋漓，摧人肝胆，即便是讨论王维、陶潜这一类看上去更具超越性、更为"形而上"的诗人，我们的判断也应当置入历史的维度。当陶渊明说"飞鸟相与还"时，这里面，有很深的个人寄托在内。中国封建时代的许多诗人，因为写作环境的多变，甚至还面临着"文字狱"一类的遭遇，比如苏轼在乌台诗案中，命差点就丢掉了，所以写诗往往体现出"借物在场"的特点。西方的读者看《诗经》或《离骚》，可能被一大堆理也理不清的植物、地名绕得头晕眼花，而失去继续追索的兴趣。我碰到不少西方的朋友，都有这方面的困惑。这种"隐性在场"的个人气息，是埋藏得很深的。物象对人心的传导性，在另一种形态下被发挥得淋漓尽致。当然，这个在场的概念，有它的复杂性。在他们的笔下，重生存状态而轻视生活的具体状态，是东方诗人的一贯选择，把握不好会给人造成对具体生活"失真"的阅读感受。这也是必须让当代诗歌写作者警醒的东西。我也写过一首短诗叫《丹青见》，从起句到尾句，都是物象的堆积。但这种堆积本身，是为了展现人的内心的秩序。而且这种秩序在行进过程中是加速的。撇开技艺上的尺度不谈，对本土文化基因的体验较深的诗人，都不偏爱过于显性、张扬的方式，他们更喜欢隐蔽、隐忍，甚至倾向晦涩的审美特性，他们的诗中永远有两个空间，在公共性空间之下，潜存着一个非常强烈的个人空间，而对这个私人空间的进入，又有着需要"解码"的阅读难度，但一旦你真正进入，它所带来的阅读收获，也往往是超出预期的。公共空间被他们用以教化、述史、抒怀，而个人空间才是真正的阅读焦点所在。作者的个人空间隐忍在公共空间之下。读许多东方诗人的作品，确实要费些思量，但也会获得更多的深层滋味，让阅读者得到更深一层的满足。照我看，罗伯特·勃莱（Robert Bly），正是受益于东方的"深度意象"手法而成功的西方诗人范例。奥迪亚·奥菲曼问我：这岂不是在苛求读者而缩小了读者的范围？我说，是。但，难道有一种方法可以把诗的阅读扩展到只要认识文字就能懂得的地步？我推测一些口语诗歌在做这方面的努力，通过生活的具状而不是通过意象，来揭示生存状态。这种方式，相对于中国自古的文人诗歌，它赢得了更多的理解。但也难免存在泥沙俱下的现象，那中间的多数作品因为——预设了明确的读者对象，事实上也是写作对阅读的屈服、让步——其写作，在艺术上往往是无效的。

从我个人的角度看，中国诗歌的本土特质中，确实有许多方面是需要废弃掉的。就整体特性而言，古汉诗是"重形体、音律；重隐喻、寓言；重生存状态而轻生活状态；重胸怀而轻反省；个体生命隐性在场；人生态度是退让、避让而非进击、改造的；对自然与人世持消极适应性立场的；重闲适性而轻批判性的；重修辞而轻神思的"。这个概括，当然只是我的一种阶段性认知，许多人也不一定接受。这些特性确有一部分已全然失去了继续生成文化价值的土壤了。回过头来读一些古诗，从他们笔下的诗性生活，应该回溯不出真实的生活原貌，还原不了某种生存的真相。许多诗人是天下皆醉我独醒的清醒者模样、出世者模样，他们拔剑高歌的样子，全然遮蔽了他们提个破菜篮子吃油条、面对困境和矛盾时苦闷不堪的样子。难道他们真的没有了具体处境中的困顿和茫然？没有市井间的焦灼、撕裂与变态？肯定是有的，而且这种冲突的剧烈性，甚至比我们的当代生活更甚，但是，追问与自省在哪里？如果逆推过去，从诗中回不到一种真实性，生活的真实性与内心拷问的真实性，只能回到一种想象、过度自我塑造和种种幻念之中。当然，这不是在否定价值，古汉诗作为世界文学史上高峰连岳的恢宏成就，是没有人不认同的。如前所述的深度意象，高度发达的形式感以及对自然价值的发掘，令人惊异的修辞学成果，节制和化繁为简的美学追求，等等，这些本土文化基因也应得到更进一步的体悟、传习、再生，又岂止是在当代汉语诗人的范围内？加里·斯奈德，甚至博尔赫斯，从这里得到的教诲还少吗？我今天说这些，只是想在本土文化基因这个话题前，保持一个理性批判的态度，理清来处，看看脚下，再思量我们的母语建设，不能将汉诗的当代性演绎成一个空洞和大而无当的话题。

在汉文化的本土基因里，还有一个很独特、值得一提的东西，就是它的时空概念。这不同于你们那边的埃舍尔、米罗、毕加索那种变异的时空感。东方诗歌、戏剧、绘画甚至古曲，在许多地方表现出一种强烈的共时性。在那里，"此刻"这个词，既是即时的，也是历史的。"这个人"既是现实的，也是前世的。以张若虚的《春江花月夜》为范本，昨天谈过了，不再展开讨论这个层面了。这样的天人呼应、时空交叉与感受力共振，展现了古汉诗特有的美质，这跟古希腊、古印度的诗歌完全不一样。受此启发，我也在写作上做过一些浅薄尝试。在《白头与过往》这首长诗中，我企图将多个维度的时间与空间凝聚于一体。用极为具体的细节陈述来加强时空的幻化，增强人在历史叙事中的代入感。在东方人美学实践中，个体之中永远坐落着一个集体：一个人身上的血缘、身世和与生俱来、循环不息的对生存的基本认知，审美认知的进化和诗学理念的更新中，经常保存着对某种"气息"的认定。我在《从达摩到慧能的逻辑学研究》一诗中写道："为了破壁他生得丑 / 为了破壁他种下了 / 两畦青菜"。一个人"破壁"，即完成一种思想的彻底新生，和他的长相，和他种菜，哪有什么逻辑上的关系？是的，诗正是在此处的反逻辑反理性，才迎来了异乎寻常的表达。这样的写法，得益于禅宗的一些思路。他会在另一个不相干的空间，用不相干的方式来完成他的目的，这就是东方式的曲折和美学。我不知道西方的读者，能不能在这里达成共鸣？在许多古汉语诗人那里，所有空间的安置、物象的选择，无一不是意味深长的。追逐的是一种言外之意、相外之形、声外之音。一根竹子，被画到纸上，被写到诗中，可能不再是一种物象，还包含着谤佛讥僧的许多想法。这种方法来自一种古老文化的思维框架，一个西方诗人应当不会如此苦心经营这样寻常的一个物象。通过特异的时间安排、物象构造，诗人的个人信息从中奔涌了出来，刘勰不是说屈原有"诡异之辞""谲怪之谈""狷狭之志""荒淫之意"吗？辞与谈，那是表层的构成，志和意，才是真正要体现的东西，也正是靠着它们才完全撑开了诗性的空间。屈原、王维、王翚、马远这些人，从技艺上都是空间安排的大师。这是否有助于破除当代汉诗写作中那种因尽力于生活的具状描述而导致的平面感、狭隘感呢？中国人在当代的宇宙观、人生观，作为写作的"气"与"道"，从遥远的一脉下来，需要与当代生存契合，需要形成创新的澎湃动力，当然也需要保存并放大它的最具个性的特质，这是理解自我与形成开放性之间的关系。

当下中国的诗人群体中，有语言自觉意识、在写作中有着严谨的自省态度的诗人，正在增多。但不同写作取向的诗歌群落之间，依然缺少有效的对话。有时甚至形成一种相互攻击的关系，在诗坛造成浮泛的热闹。有些诗人迷恋这种热闹。当然，从具体的写作角度，没有一个诗人需要承担起"非个人的使命"。但从文学史角度，从一个时代整体的精神面貌上，汉诗当代性的建设性，又实实在在是重要的。古汉语向现代汉语的过渡不足百年，又是一种缺陷性过渡，激烈的白话文变革是由少数几个大师主导着完成的，又很快被意识形态话语习惯所侵浸，使她在语言疆域上的可能性，呈现一种紧缩的状态，一种失却弹性的状态，一种与心灵互动的力量匮乏状态。以语言拓展为使命的诗歌写作，理所当然地就被赋予了一个重要使命。也有一些学者认为，当代汉语的范式受翻译体"语言变体"、和未经筛选的方言表达形式的侵袭比较厉害。恰恰在这时，曾被维特根斯坦否认的"私人语言"，确应受到更多的重视。洪堡（Wilhelm von Humboldt）的个体主观主义语言学有一个观点，认为"语言的基础，是个体的创造性言语行为。语言的根源是个体的心灵"，而"解释语言现象，也就是把语言现象当成有意义的个体创造行为来看待"。在我看来，这几乎可视作诗学的语言原理。当代汉语诗人，无疑要首当其冲地成为一种私人语言实践者。奥迪亚·奥菲曼告诉我，在他的国家里，同样存在这一问题。我在想，他们那边，可能是另一种类型，不同于现代汉语因为从原母体的蜕变时间太短，在这太短的时空之中，受集体话语权的操控又太长。他们那边，是受另一种外来语言的奴役问题。如果让我做一句话的发言小结，我要说，从本土基因的取舍上出发的，立足于私人语言经验之上的当代汉诗实践，对这个民族的语言发展，有不可替代的意义。相对其他文体的贡献，它的重要性无疑将更进一步地显示出来。

（注：本文根据 2007 年秋天中英诗歌节东西方诗人对话会的一次即兴谈话整理，刊发时有局部调整。）

谈话录：困境与特例

我愿意给出一个最直白的阐释：诗，本质上只是对"我在这里"这四个字的展开、追索而已。对于诗，没有任何准则是必须的。孔子说，诗可以兴、可以观、可以群、可以怨。这个排比句式，可以像风中的涟漪，无穷地铺展下去，诗所掘取的，也正是不竭的可能性本身——它永不会遭遇一个"不可以"。而就写作者个人，只需往"我在这里"四字之后，附注上不同符号：问号、破折号、省略号、感叹号、句号，大致就可传递不同写作阶段、各自境界的微妙之味了。诗，因为发乎性情，又无法定义而成为一种永恒的文体。这些年，我听到的最哗众取宠的说法，就是"诗歌死了"。只要我们的内心还在对外部世界的刺激做出反应，还有着表达自我的愿望，诗歌能死吗？

"我"和"这里"，不断往对方体内注入某种复杂性。一个伟大的诗人，天然地要求自己理解并在写作中抵达这两者之间的对立、抵制、和解。概括地讲，中国古典诗歌系统有个显见的缺憾，即对人本性中的光影交织、对个体心理困境、对欲望本身的纠缠等掘进较少、较浅。或者说，多数时候，仅仅将这种掘进，体现为了一种"哀音"。对"我"与"这里"两者的质疑、冲突，呈现得远远不够充分。哪个时代的人能逃脱掉这种质疑与冲突、矛盾与变形呢？我相信，在所有时代生性多敏的诗人身上，这种撕裂都会有，而且会有许多歇斯底里的时刻。只是古人所谓修身，讲求的是祛除这种质疑与对立，而非是去理解它、表现它、加深它。似乎山水真的能够缝合一切。我觉得这种状态下所获得的超越，其实只是一种名义上的、臆想中的超越。诗歌作为一种心理行动，本该拥有的混沌、复杂、不可控的内在酿变过程，在写作中被弃置了。

所以，当苏珊·桑塔格（Susan Sontag，1933—2004）说"旁观他人之痛"、世界每一角落中他人受刑的镜像会"像照片一样攻击我们"时，我在想，这正是"这里"对"我"发起的一种攻击。我们何以产生被攻击感？因为我们身上，储存着无比充沛的对普遍性正义法则、良知和美的感受力，对爱的感受力，这是诗歌之所以发生的基础。唯此感受力，才配称得上是艺术的源头。然而吊诡的是，真正的艺术，永不会诞生于这种攻击处在最大强度之时，诗也永不会站在情绪的峰值上——因为人在应急中，无法到达艺术创造所必须的高度专注、高度凝神状态。由此，我们不妨认为，诗，本质上是一种回声、反光、余响。或者说，是一种偿还。是"这里"之锤砸过"我"的磬体（或者正相反）后、因撤离而形成的空白，被低沉回声渐渐占据的状态。是疾风拂过湖面后，涟漪向远处无尽移动的状态。是影子向光源追溯，在我们心上构筑起的光交影叠的多空间状态。

其实，我们还可以从桑塔格再往下掘进一层：不仅"我"与"这里"可以互相发起攻击，"我"对"我"本身也会发起攻击——这才真正是困境的起源，也是艺术的根本。2009年8月7日下午，我父亲崩逝的临终一刻，我跪在他的轮椅前，紧攥着他干枯的手，在他瞳孔突然急剧放大、鲜血猛地从鼻中眼中涌出的最后一瞬，我的内心处在被攻击时的瓦解状态中，此刻是没有诗的。我纪念他的诗，全部产生于对这一刻的回忆。换个说法，我父亲要在我身上永远地活下去，就必须在我不断到来的回忆中一次次死去。而他每一次死亡的镜像，都并非简单的复制，因为对应了诗的创造，这镜像自身也成了一种创造。诗，在对遗忘的抵制与再造中到来，是对"现实存在物中不可救药的不完美"（普鲁斯特语）的一种语言学的补偿。

或者说，现实存在物中有着完美的不可救药。波兰诗人扎加耶夫斯基说："你必须尝试着赞美这残缺的世界。"他所讲的残缺，本质上不是世界本身的残缺，而是我们认知的残缺。在"我"与"这里"的关系上，显然，桑塔格的"攻击"一说，比我们耳熟能详的石涛"笔墨当随时代"，更为精辟、有力。一个"随"字，令"我"在"这里"前，显得过于被动与疲弱，也缺乏我上段所言"偿还"的意味。

不论是"我"，还是"这里"，它们都会不可避免地陷入各自困境中。对于"我"，一个伟大的缺憾始终伴随着一代又一代写作者，即他们竭尽全力地在阐释诗是什么。面对存在，再强力的诗人也会发现自身的弱者之境。无论怎样的阐释，听上去，都无异于一个弱者的自我辩护。事实上，阐释得越清晰，把诗的边界描述得越清晰，笔下的丧失也就越多、越深。哪里有什么界线？甚至在所谓"非诗"与"纯诗"这些概念间，画条白白的石灰线，都不过是自欺欺人的笑谈。最终，即便是诗人，也会带着对诗的茫然而死去。如果说写作的本质，正是企图以言说的方式突破言说的边界、抵达无碍而自在的寂默之境，那么这个过程的美妙，正在于它是矛盾和充满悖论的，也恰因它包含了抵达的无望、方法的两难、写作者强烈的情感灌注而显得更为动人。写作的有效性，正欲体味这一过程之美、对立之美，而非是仅仅把一个结论呈现出来。

正如量子世界和它的"测不准原理"一样——所有诗论，反映的其实是这么一种困境：重要的不是诗人阐释了什么，也不在于那些阐释中是否存在灵光四射的思之矿藏，而在于阐释的冲动生生不息。凡被阐释的法则本质上都是陈旧的，只有这阐释的冲动本身，因混合了生之盲目、词之盲动而永远新鲜动人。

似乎成熟的诗人更乐于承认：一切不凡的写作都与困境有关。这种困境，不是才思昏聩、笔下无以为继的烦恼。它跟枯竭无关。我在《菠菜帖》一诗中有句"我对匮乏的渴求甚于被填饱的渴求"。没有哪个时代，是什么最好的或最坏的时代，每个时代都有独一无二的困境，等着被揭破。一个平庸的时代，平庸就是它最大的资源。当平庸被捅破，它所蕴含的力道，甚至比另一些时代的饥馑、战乱、暴政所蕴含的更多。以诗之眼，看见并说出，让一代人深切地感受到其精神层面的饥饿感——正是一种伟大写作所应该承担的。当你看到的桦树，是体内存放着绞刑架的桦树，你看到的池塘，是鬼神和尺度俱在的池塘，一切都变了。新的饥渴就会爆发。诗是对"已知""已有"的消解和覆盖。诗将世上一切"已完成的"，在语言中变成"未完成的"，以腾出新空间建成诗人的容身之所，这才是真正的"在场"。我们这个时代，为诗人提供了一个幸运：当科学洞微烛暗，结束了世界原有的神秘性之后，又以在量子领域的新探索靠近了新的更强大的神秘源——世界的神秘性，成了唯一无法被语言解构的东西，也因之而永踞艺术不竭的源头。

当然，完全有必要将诗之思，与哲学之思切割开来。我们不能将一种揭示时代困境的诗歌，归结为思考的结果——或者说，诗之感受远胜于诗之思考。诗的肢体必须是热的，哪怕它沉睡在哲学冷漠、灰色的逻辑系统之下。诗的腔调，更接近于孔子将其从《诗经》中删掉的那些"怪力乱神"的腔调。它时而清晰，但它本质上不清晰，它保留着人之思在原始状态的恍兮惚兮。以此恍惚，而维持对纯粹哲思的超越。也以此恍惚，偶尔获得神启，向着我们这个时代因诸神缺席而造成的空白中弥漫过去。

"我在这里"有一层言下之意：一个永恒的生命体被困于此时、此地、此形。所以，"这里"，是一个时间、空间和历史的概念——一个大诗人最基础的一点是，他必须有能力匹配他所在时代的复杂性、丰富性与特异性——如果将语言世界喻为一块镜面，那么，镜子两侧所索求的，并非一种镜像的再现，而是虚与实两个世界"力的对应"。这是精神世界与现实世界的内在呼应。少有诗人在作品体系的精神格局上具有与时代之风云激荡所匹配的复杂性，不管其语言实验的表征多么缠绕、多么先锋，许多诗内在的孱弱依然一目了然。现实资源的丰沛，没有全然激起心灵世界在语言创造上的丰富回响。讲到这里，会不会有人起身来反驳我？写作者个体，是否不应受到时代境遇这种宏大枷锁的制约？确实，一个好的写作者最好的精神储备，是一种"个我困境"。

个我困境与时代困境之间，不一定有着因果关系。但那种认为只有宏大叙事，才能匹配时代这种庞然大物的想法，不过是审美力的一个短见。在伟大的写作者那里，一扇窗口、一片垃圾都会被后人认出是"某时代"的，而非"它时代"的。是的，诗歌可以从一片垃圾上发现它的时代。似乎到了二十世纪九十年代，才有一批生于六七十年代的诗人和小说家，初步形成与这个世界匹配的复杂性与语言实践的特异性。这种复杂性，可以达到这样一种境界：它并非一般意义地去揭示某种困境，而是他的写作甚至包容了时代的困境。开始形成这样的胃，它既在消化古典的兼葭，也在消化后工业时代的电子垃圾。从艺术的多维度视角去看，大作品都会呈现"我在这里时，也在那里""我在任何一处"

的超越式镜像，但只有"这里"，才永是最基础的，与最清晰的。

我的困境一说，当然不与"写作的最本质特征，是实现个体的心灵自由"这样的信条抵触。从一般意义来说，我觉得，困境，是所有伟大写作者统一的心灵底色。它只是展示了一个思考的维度。比如，其他的维度，韩愈说的"欢愉之辞难工"。所有对诗的谈论，事实上谈的都是维度，而不是任何面向操作性的写作指南。

"我"的现代性，唯有从"这里"获得，别无他途。"这里"二字，既意味着现实的、批判现实的，也意味着超越的。有两种途径：一是超越传统而获得现代性。我们这个时代在一个细节上很奇怪，传统既被颂扬者扭曲，也被否定者扭曲。以前，我写了文章专门谈过这话题，传统的敌人，不是反传统，而是伪传统。传统正是依靠从未间断的反传统之力，而得以生生不息地延续。传统几乎是一种与"我"共时性的东西。它仅是"我"的一种资源而已。我们的写作与思想，要打破的正是这三样东西：睁眼所见皆为"被命名过的世界"；触手所及的皆为某种惯性——首先体现为语言惯性；可以谈论的世界，是一张早已形成的"词汇表"。这三件东西，就是传统顺手递过来的。是一种必需的遗产。每一代写作者，都是靠着清算语言的遗产而活下去，并在死后，成为这扩展了的遗产的一部分。

另一种，是从对现实的处置中获得了现代性。对诗歌而言，我觉得，存在四个层面的现实：一是感觉层面的现象界，即人的所见、所闻、所嗅、所触等五官知觉的综合体。二是被批判、再选择的现实，被诗人之手拎着从世相中截取的现实层面，即"各眼见各花"的现实。三是现实之中的"超现实"。中国本土文化，其实是一种包含着浓重超现实体的文化，其意味并不比拉美地区淡薄，这一点被忽略了，或说被挖掘得不够深入。每个现存的物象中，都包含着魔幻的部分、"逝去的部分"。如梁祝活在我们捕捉的蝶翅上，诸神之迹及种种变异的特象符号，仍存留于我们当下的生活中。四是语言本身的现实。从古汉语向白话文的、由少数文化精英主导的缺陷性过渡，在百年内，又屡受意识形态话语范式的影响，迫使诗人必须面对如何恢复与拓展语言的表现力与形成不可复制的个体语言特性这个问题，这才是每个诗人面临的最大现实。这样切分，是为了强化认知。现实中的一个事件，时而就是这四层紧密抱成的一个整体。

而当"这里"向无数人敞开时，只有"我"成为语言学实践的一个特例，它在审美上才是有效的。我想引用王尔德（Oscar Wilde，1854—1900，英国作家）的一句话——"语言，它是思想的母亲，而不是思想的孩子"。我上面讲的困境的现实也好、现实的困境也好，事实上只是在语言所覆盖的范畴内讨论而已。在这里，我们得甄别一下词语与语言的二者之别。一个人在夜间独自聆听的沉默，是一种语言。无端端在心中回旋又难以言喻的旋律，也是一种语言。《毛诗序》云"在心为志，发言为诗"，此处的"志"，类似于当代的语言概念。而写作，形成的是对词语的驾驭力。词语是派生的、短促有声的，而语言是母性的、漫长的、充满静穆的。我一直主张在词语的组合上，保持充分的弹性，以便在一首诗内部形成尽量多的空白，为那些不能显形为词汇的语言留置更多的呼吸空间。这几乎是在说：空白，其实是一种最重要的语言。语言于诗歌的意义，其吊诡之处在于：它貌似为写作者、阅读者双方所用，其实它首先取悦的是自身，服从于自身运动的规律。换个形象点的说法吧，蝴蝶首先是个斑斓的自足体，其次，在我们这些观者眼中，蝴蝶才是同时服务于梦境和现实的双面间谍。谈论语言问题的切口取之不尽，无法在这里深入下去。但有一点，在当前的时代尤其需要警惕，即写作的个人语言范式，必须尽量排除公共语言气味的沾染。公共语言的传播效率高，个人写作不能因此诱惑而屈膝于它。诸如上述有关困境、传统等话题的讨论，我只是想，应有更多的"力"渗透到我们的个人语言系统中，令其更加充沛、充满。正如孟子所说"充实之谓美"。

（注：本文根据 2016 年 5 月在合肥郊区崔岗村的一次发言整理，刊发时有少量词语上的调整。）

在面壁与破壁之间

——答陈巨飞八问

陈巨飞： 在你的诗歌、随笔和文论中多见两个地名：孔城和黑池坝。它们对你的写作，意味着什么？

陈先发： 安徽桐城的孔城镇，是我的家乡和长成之地。小镇史很有意思，始于兵气，它的形成，可以上溯到三国时期吴将吕蒙的屯兵拓荒，后来的传奇逸事，还包括了民国时期在天津居士林孤身刺杀军阀孙传芳的女侠施剑翘；成于文气，明末清初的哲人方以智、因著《南山集》而陷入"文字狱"的戴名世，一直到当代的朱光潜，滋育着小镇周边的绵长文脉。清代散文家刘开的故居，和我家的老宅子，隔河相望，不过几十米远。我严格意义上的诗歌处女作，是十九岁时写的短诗《与清风书》，劈头就是"我想活在一个儒侠并举的中国"，"儒侠并举"这个词是我生造的，回头想想，冥冥之中它正好呼应了小镇史的两种气息。黑池坝，是我在合肥蜗居其侧十六年的一座小湖，我的随笔总集以此为名。二十世纪九十年代初，我养成了一个习惯，每晚在湖边散步时，将所遇所触所思的碎片记下来，辑成《黑池坝笔记》系列。这是一本百无顾忌之书，没有文体的焦虑，也没有必须达成的目标，目击之处，耳闻之声，心动之时，皆成文字，也不费雕琢，是一本"游思录"。这个系列一直持续了下来，至今蓄积的容量已有五百多万字了。

对我的写作而言，孔城和黑池坝这两个"点"，要唤醒的，当然是精神结构中诸多的"面"。简单地拆解一下，这两个点，首先是地理意义上的。自然世界和地理构造对一个诗人的种种启示、生发、教诲，终生不会断绝。抬眼即见虬松古寺，与久居在垂柳下长堤边心灵所受的哺育自会不同。这一层似乎于我尤为要紧，没有孔城河上翻涌的泡沫，就没有长诗《写碑之心》；没有黑池坝边的丛林层叠，就没有短诗《丹青见》。其次是生理、物理意义上的。人，其实只是自身的一个瞬间，短暂肉身的寄生时段。个人史中所遭遇的一切，必然要化作语言资源。在我诗中，成长所遇见的诸多面孔，比如乡村教师、小镇屠户、裁缝渔夫、篾匠僧侣，等等，都曾反复登场。再次，是心理，甚至是病理意义上的。现实事件的种种投射，日常生计的各类悲喜剧，各眼见各花的人性片断，在心理这座熔炉中都会被熔铸、淬火、再造。这个过程藏有多少神秘与隐喻呢？诗歌，有时恰是一个人自我救治失败的产物。最后一层，是语言创造力和精神呈现这个意义上的。一个好的写作者，一定会形成一具独特、清晰、难以被复制的"精神面相"。这个面相的相框，往往要依赖一个个既具体又扎得深的钉眼才能挂得牢。正像奈保尔的米格尔大街、马尔克斯的马孔多小镇、莫言的高密东北乡一样，对写作者而言，这个

"点"，既是竹林也是监狱，是精神与人格力量的再生之地。这个"点"在现实中的清晰度，也提示了个人化写作的合法性。当然，我讲的这几种意义的层面，不是一个桌面上各自滚动的几粒豆子，而往往是一种混生合成的气氛，是一种同气共生的活体。"点"和"面"，也并非分离和割裂的。对我来说，艰深幽玄的十方世界，如果不建立在这些最基础、最简白的原点上，它一定是不可信的。

陈巨飞：从第一部诗集《春天的死亡之书》（1994）到《前世》（2005），再到《写碑之心》（2011）和《九章》（2017），你好像经历了多次跃变。你在这种持续中遇到了哪些困境？又是如何突围的？

陈先发：单就我的感受，写作中确切的困境，往往是具体和微小的，但你别忘了，此"小"之中，别有洞天。困境可以发生在一句诗、几处断行甚至只是几个词的排列组合中。这要看彼时彼地的情况，要看困难之症状——我写过一首短诗，题目就叫《以病为师》。有清醒的困境意识，有某种枯竭感，对写作者来说，是一件好事。在这里，先撇开文学的价值观不谈——我见过的最糟糕的文学论战，大多集中在这块领域。《易经》上说"形而上者谓之道，形而下者谓之器"，在实践层面，我们更该讲求的，是"道器不二"。困于道的，要么是大师巨哲，要么就是神棍和骗子；困于器的，多是些诚实的写作匠人。有时，技艺层面的进境，哪怕是小的变革与转化，也会令写作的局面焕然一新。每当面对困局，我觉得自己最擅长的，也就是这两个字：等待！在日日不辍的书写之中，等待变机。在面壁与破壁之间，达摩尚需漫长的十年，我们这些凡胎，没有一种不可磨灭的耐心怎么行？

我想了一下你讲到的"突围"，它确实不曾发生在我的身上。我甚至觉得这个词只能用于渲染某种氛围，事实上，它包含了一种对写作的误会，是一味致幻剂。我大概也产生过此类的幻觉并为之欣喜过，但如今我确信它是有害的。在写作进程中，一切自我怜悯、自我沉溺，都应当被剔除。成熟的写作者，大致都保持着足够的警惕吧。你刚提到的几本诗集，每一本中，都有败笔，都有欲删之而后快的下乘之作，但每一本中也都有我挣扎过、自觉值得铭记的一些痕迹。在这几本书的时间轴上，我走过的路，没有一步是可以省略的。我感受到渐变的力量而从不迷信顿悟，所以，在我身上不存在一步可以跨越一大截路的所谓"跃变"。

陈巨飞： 在很多评论家看来，你的诗句所裹挟的穿透力，以及风格的超强辨识度，都与你对语言的孜孜求索息息相关。你的长诗和短诗各具特色。和朋友交流时，有人谈及青年读者更喜欢你的短诗作品，特别是《养鹤问题》（2012），甚至可以说这首诗蕴含着当代诗歌的某种尺度，你在什么状态下写出这首诗的？

陈先发： 讨论"一首诗何以发生"，远比讨论"诗何以发生"要困难得多。写一首诗，需要形成某种内在的凝视，需要凝成与这首诗中语调相匹配的氛围。是什么,在那一刻的内心剧烈地发生过?这往往难以回溯。譬如,气球在爆炸多年之后,再去追究刺破它的那根针尖及其来路,是个显见的难题。当然,我们也可以靠想象力来填补某类空白,虚构出某种合理性的情境来阐释诗的形成,来说服自己,但这显然又是不忠实的。我记得这首《养鹤问题》,是在短短十几分钟内完成的,之后多年,再没改动过一个字。是什么力量在最初阶段触动了我,有过什么样的隐蔽而激烈的写作念头?还是全然不曾有过,我不记得了。我接触过不少高校课堂、学术刊物对这首诗的探讨,众声喧哗,此起彼伏,这其中当然有许多别开生面的阅读维度,我听了也相当受益。这首诗企图将众人与自我、个人与时代的关系,借鹤的形象予以演进,它内在的空间较大、冲突性较强,阅读者的情绪比较容易受到牵引。它像一座空房子有很多的入口和出口,读者在它的内部能找到自己的位置,估计这是它被较广泛解读的一个原因。但我本人的这些阐释,并不重要。作品一旦完成,作者的解析就退位为千千万万读者意见中的一种,不必过于强调作者身份的特异性。《春秋繁露》中说"《诗》无达诂"。正是这句话,让我觉得诗的意义中有很大一部分,衍生于诗的开放性。不过,倘若让我自选较为风格化的、更多体现个性语言特质的二十首短诗,我未必会选这首,我大约更偏爱二十年前的《从达摩到慧能的逻辑学研究》《丹青见》《青蝙蝠》和十年前的《渺茫的本体》《泡沫简史》等,以及近年的《枯》七首,等等。这就是你提到的某种尺度的差异，它体现的是人自身的演变。诗的写与读，这两种力量一直在纠缠，在对峙，在撕裂，这也是写作的推动力之一。诗人企图回避对诗的阐释，而评者和读者却在等待来自作者本人的回应，这种矛盾推进了诗学自身的丰富性。

陈巨飞：和很多成熟诗人交流时，他们大多表达了对你十几年前创作的《口腔医院》《白头与过往》《姚鼐》《写碑之心》这几部长诗的喜爱。遗憾的是，之后你好像更专注组诗创作，没有在长诗上继续发力。今后你有创作长诗的打算吗？

陈先发：在 2009 年前后，我写了五首长诗，除了你刚才讲到的四个，还有《你们，街道》。如果说我对短诗的要求，至少包括语言风格上的高度节制、有一种内在的凝神状态这两条的话，那么对这几首长诗，需要弥足的诗学愿望就很多了：某种史学气质、泥沙俱下的浑厚感、混响杂糅的多声部特性、对诗性正义的彰显、开阔多维的内在视野，如此等等吧。短诗理当明澈，长诗不妨呈现某种程度的浑浊。短诗可以在一个平面上铺展，长诗体内必须有层层递进、交叠回环的复合空间。这几首长诗在事件性和叙述性的基调之上，主题性也相对突出一些，除了《写碑之心》的追悼亡父、《姚鼐》的致敬乡贤这类显性线索，它们所触及的潜在话题其实很多，比如文化传统中的破与立、中国社会快速城市化后的检视与反省、汶川地震等重大灾害后的心理重建、物质世界的虚与实、诗的共时性问题……在这几首长诗中，上述内容应该不难被发现。我力图在它们体内构建出多层面的对话空间，与社会、自我的对话，可以借由诗中的线索得以展开。应该说，诗中迂回的空间感较强，虽然语言上许多部位显得粗糙，但在这几部长诗中，语言的粗粝感与颗粒感，恰恰是一种主动的设置。我要摆脱的正是短诗写作中的如切如磋和匠气味儿，以及短诗的急促感，力求获得一种长堤信步、可行可止的从容。也可以说，在这些长诗中，我要注入更多的"未完成性"，以期待读者的介入和延伸——"时代"作为主要对象，它的丰富性和多元特征，在长诗中才有可能被真正激活——上述维度的思虑，在那些年我的内心积蓄了长时间发酵的能量，我也确信它们在心理机制上与更多人能够形成某种情感的共振，虽然这不应被设置为长诗的写作目的。我其实看重长诗写作，也喜欢唯有在长诗中才可出现的完全浸入状态。近年我肯定要集中力量完成一批长诗，在一些重要话题上的思考，只有存放于长诗的大体量容器之内，才算是一种好的归宿吧。

陈巨飞：《黑池坝笔记》是公认的当代诗学重要著作。在其第二辑中，第 476 章说"诗先于它的词而觉醒"，第 512 章中说"诗应免于对语言的过度消费"，那么我们究竟该如何处理诗中的"词"和"语言"？诗歌到底还要不要抒情？

陈先发：需要一种理论支撑才能讲明白的诗，都不算是好诗，不管它多么具有蛊惑力或具有多么繁复形式的理论。我经常读到这些佶屈聱牙的东西。诗所追求的，首先就是对理论、规制、方式、概念的超越，诗的生命力必然要包含神性的一面，即它天然具有不可被解构的一面。《黑池坝笔记》虽然谈诗，但它不是理论著作，它只是一个生命体漫无边界的游思录，是雪爪鸿泥，是萤火明灭。中国人讲道和气，禅宗六祖慧能说诸法美妙非关文字，《黍离》中写"知我者谓我心忧"，道和气、诸法、心忧，这些即是根本的诗性、诗之原力。胡塞尔讲现象学，现象是处在第二位置上的，一种原力要呈现自身，才催生出"花"与"五色"这些相。诗要现身只能从语言的通道中来。诗，本质上是一种觉醒，但它要经由语言的肢体让自身呈现出来、舒展开来。这么说吧，更便于理解：诗是原初的、浑然的生命力，语言是具象的生命体，而词是这个生命体上的器官、肢体、动作。特朗斯特罗姆在一首诗中说，语言是一片漠然无痕的雪野，而词是印其上的蹄迹。这个说法也挺好的。

多年前我有句诗——"我对匮乏的渴求甚于被填饱的渴求"，这句可引申出"诗应免于对语言的过度消费"这句话的未尽之意。现在许多诗被喂得太饱了，对诗的生命力构成一种负担。万物美妙在于其拥有的尺度尽得某种均衡之妙，过度即失准，即偏移，当然不能强行让诗去追求科学意义的精准度，但诗的写作确应具备某种"知止"的能力。你问诗要不要抒情，我的想法是，诗不应面对诸如"要不要""可不可"的这类问题——禅宗四祖道信向三祖僧璨问法时，曾向师言："请解缚！"僧璨反问道："谁缚汝？"诗的身体上从无绳索，许多时刻，不过是写作者自缚而形成困局。生命情感本就是诗的原力之一，生命情感的发现、掘进、抒发、趋于圆满是诗最核心的内容，需要的只是如何找到个人化的通道问题。

陈巨飞：在《困境和特例》一文中，你写道："我"对"我"本身也会发起攻击——这才真正是困境的起源，也是艺术的根本。可能每个写作者，尤其是青年诗人都会遇到这种困境，比如对于写作的自我否定，包括里尔克在成名后也"甚悔前作"，你如何看待这个问题？

陈先发：休谟有个观点，"自我"只是一群感觉的聚合，像一捆稻草一样，当你把它拆开，发现并无"同一的、单纯的自我"作为一捆稻草的基础。这段话听上去有点冷酷，但我们明白这就是内心生活的真相。自我怀疑、自我否定是每个人的心理常态，关键是一个诗人是否拥有良性的自我批判、自我修正能力，是否有运用语言的能力，用诗的方式呈现这一过程。这方面最经典的案例莫过于佩索阿了，他一生曾用数十个化名、异名，在报刊上彼此攻讦、相互批驳、竞相"拆台"，无限生动地"将一个人裂变成一个群体"，一个"我"分裂成许多个"我"，让一己生命的无穷丰富和矛盾彷徨毕露无遗。对一个诗人来说，对自身发起攻击，将被遮蔽的裸露出来、让在惯性中昏昏欲睡的重现生机、剔除自身那些表演性的和虚饰的成分，撕扯自我的面具——鲁迅说面具戴久了，会和皮肉长在一起，撕掉它是很痛苦的，但诗对个体生命的诉求中最重要的，就是这些内容，就是寻找真我。所以，一个诗人最深的困境，依然是他作为一个人的困境，而非语言本身所造就的困顿。人在日常生活的惯性中，其实是很容易昏睡过去的。睁着眼睛，吃着饭，走着路，但本质的状态是睡着的。对一个诗人而言，对世界不再产生新的感受力了，不再分泌出新的语言表现力了，那就是一种昏睡状态。所以维持自己"写的状态不间断"，维持"一颗心和一支笔始终醒着的状态"是非常重要的。关于里尔克"甚悔前作"的事，我想大概是古今中外，此心攸同。宋代李石有诗云"斯文悔少作，自谓老更工"。老来是不是更工？这也很难说，但起码算是"旧我"对"新我"的一种渴念吧。

陈巨飞：很多读者认为，通过对古典的凝视、对语言的自觉革新，你在创造一种新诗传统。那么，你支持"基于古典的现代性表达"还是"基于现代的古典性表达"？如何在汉语的本土性之上建设汉诗的现代性？

陈先发：我一直纳闷，何以我接触到的诗人和评论家有如此之深的现代性或说当代性迷思。我们都曾想剥开来谈谈当代性的构成，多数时刻又语焉不详，或者说，多是在概念之中迷失。说某人的诗缺少当代性，那是在打板子呀，仿佛当代性是一套诗人需要背负的指标考核体系。试想一个人坐在淄博街头吃烧烤，如果他关心的不是手中羊肉串的滋味，而是在纠结自己的舌头是否符合当代的味觉认知系统，这未免有些荒谬。没有一个写作者，需要对任何一个他者的认知体系更新负什么责任，也没有一套通行的审美规则可以统驭众人。我也确曾撰文想去厘清古典性和当代性这些概念的边界，但细想一下，并没有什么实质性的收获。古典性从未终结，它在我们的现实生存中仍有生机勃勃的一面，而我们所看重的当代性，也有从韩愈、李义山那里一脉相承的东西。我看到一些学者以我的诗歌为个案，去讨论这方面的话题。譬如，在我 2005 年的短诗《前世》中，确有"明月低于屋檐，碧溪潮生两岸"这样典型东方场景的设置，也使用了着意去强化戏剧性效果的传统手法，你可以把这些归类为古典性，但在这首诗中，它依然不是主要的力量，从语言的节奏、组织方式、实际效用和语义的新空间等角度，它显然是一首当代诗歌。如果不能在当代人心灵中动一锹土，那么任何对古典的凝视，都是失效的。从本质上看，一首诗的成立，正在于它的语言给阅读者创造了可从不同维度进入、可供多次解析的弹性空间。一首诗遭遇什么样的阅读，决定了它将滋生什么样的语意回响。我有时觉得，当代汉诗的读者，多数人自识字始，就在古典中浸润太深，反而形成了某种阻碍。我本人期待在汉语的古典性与当代性间，能够建立一种诡异的互信，这将是汉诗之幸。

如果有必要讨论一下汉诗当代性的构成，我想我也曾做过一些尝试。在《黑池坝笔记》（辑一）中我着重现象层面的解剖，仅对"鱼跃出水"这个瞬间物象就有多达近百条的解读；在《黑池坝笔记》(辑二)中则专门对诗的空白、诗的干预、诗性正义的建设等主题展开谈论。在诗歌创作中，我用七首同题诗(《枯》七首)对"枯"这一东方美学景象进行了掏空、清洗、再造。这些是我在个人语言实践层面的当代性建设。具体到某一首诗中，我忽然想起慧能的一句话，"人虽有南北，佛性本无南北"，诗性当然也必超越古今，我关心的是词语这条鱼，游动起来，是一首诗；若它不能游动，它就是死的，就必须从我们笔下清除。

陈巨飞：你曾发起过对"量子时代诗歌表达"的研讨，而如今，科技特别是人工智能对文学的介入和挑战进一步加强。ChatGPT 到底是诗歌的灾难还是福音？会不会有一天，人类的创作都变成了"非遗"？

陈先发：ChatGPT 如果在两个方面获得突破，对人类而言，将是一场彻头彻尾的灾难：一是它形成了自我意识，二是它开始产生类似于人的个体尊严感——那么，它将以它的意志力奴役人类，或者消灭在它们那个维度上看已属低端物种、却惊人消耗着星球资源的人类。这种挑战，不再是从鹅毛笔到电脑的工具性变革带来的挑战，也不是从结绳记事到量子纠缠的、单纯发生在人类自体之内的"认知刻度"突进带来的挑战，而是自人类诞生以来，"第二种至少与人类智慧并行，极大可能是超人智慧的系统"，正在快速地繁育、成熟。我没有这方面的专业知识，不清楚这一过程是否可以被阻断。如果那一天真的到来，岂有"非遗"这么幸运？人类与 ChatGPT 将再也分不清，谁是站在岸边的实体，谁是水中的倒影。当超人智慧产生了，我不清楚它们是否仍需要进行艺术创作。也许我们今日之所创，在它们眼中，就是我们的远祖于茹毛饮血时代在山洞中创作的原始、笨拙的岩画。

抛开 ChatGPT 这个巨大的阴影不谈，诗歌创作在本时代的困窘，其实早见端倪。2020 年 10 月，我在合肥倡导了一场以"科创之光"为名的天鹅湖诗会，大家兴趣盎然地探寻"量子时代的诗性表达"。当诗人们聚拢在一亿度高温下运行的巨型核聚变装置前，或是与前沿科学家讨论黑洞、暗物质这些新概念时，我们知道，既有的写作经验面临着断崖。科学的突入，成为人类以一双新眼重新打量世界的主体性力量，而它在诗歌中又几乎是缺席的。这个时代还有更多"新孵的蛋"，磁悬浮、云计算、人工智能、媒介融合、数字经济……人作为一个弱势位置上的渺小生物体，如何以新的总体性视角与这一枚枚新蛋进行对话？如果文学仍将存在，我有个直觉，最具有生命力的新生长点必在其中。作为个体意义上的诗人，虽然我一直算是个悲观者，但也确实期待诗的生命力，在危机之中能绵绵不绝地延续下去并获得某种程度的新生。

（注：本文根据 2023 年 5 月应浙江《江南》杂志之约在合肥的访谈现场录音整理。）

让诗歌在汉语传统与时代生活的复杂共生中成长
——答《中国艺术报》八问

记者： 从 1994 年出版的诗集《春天的死亡之书》，到后来的《前世》《写碑之心》，到获得鲁迅文学奖的诗集《九章》，再到近些年的《巨石为冠》《陈先发诗选》，等等，您出版了各种语种的多部诗集，我们也觉察到了显著的阶段性语言风格变化。这其中，您觉得最重要的变化是什么？

陈先发： 确实，一个持续写作的人，语言风格会呈现某些阶段性特征。艾略特在他那篇著名的《传统与个人才能》一文中，曾将二十五岁设置成文学的历史意识初步形成、写作经验酝酿某种变化的年龄分界。当然，写作者禀赋千差万别，这个划分只能算个大致的判断。也巧了，我的首部诗集出版是在二十七岁时，也临近这条界线。此前，记得是 1989 年 12 月，早期较具典型性的组诗《树枝不会折断》，在当时颇有影响力的《诗歌报》上刊出。还有《与清风书》等少数几首我后来习惯性要收归入集的单篇作品，也是二十岁前后写的。那个时期的写作，是在受古典文学和西方现代派文学影响的焦虑中左冲右突、难以摆脱他人痕迹、苦寻个人出口而不得的写作；是力图形成个体丰富性、事实上又处在单向维度上的写作；也是想打造个人秩序却总觉得腕中无力的写作。连"树枝不会折断"这个诗题，也来自美国诗人詹姆斯·赖特的同名诗集。在语言风格上，受到当时的强力诗人海子和骆一禾等人影响，这类写作本质上是"无我"的。诚如艾略特所讲，青年诗人这个称谓，是个意味深长的矛盾体。对我来说，文学自觉的清晰形成，是在2004年前后，即诗集《前世》出版前，《丹青见》《鱼篓令》《前世》《从达摩到慧能的逻辑学研究》等短诗写出，一直延伸到2008年前后《白头与过往》《口腔医院》等单篇四五百行的几部长诗出炉，有个人烙印的"林中小路"总算踩出了一个雏形。这中间重要的变化，其实并非语言风格之变，我觉得是写作中"觉他意识"的登场。这个"觉他"，是对一己之外的东西，对时代生活、对历史的认知在深化，也包含了语言本体意识的觉醒。一己而多维，让作品较之往日有了某种程度的丰厚。在个人写作目的上，体察到汉语传统与时代生活、当下经验的复杂共生，想要写出深陷个人生命体验中某些超越性的愿望，也可以说，是个人性的语言生活开始形成。

记者：诗的阅读是有难度的，尤其当代诗歌的解读之难是个普遍性议题，您觉得对一个诗歌阅读经验不多的普通读者来说，进入的途径是什么？如何回应有关"读不懂"的困惑？

陈先发：诗所呈现的是一个语言的世界，一个精神的场域。比如你读杜甫、苏轼、博尔赫斯这三个诗人，譬如他们写一条河流、一朵花，会有迥然不同的方式，有远强于一般人的感受力，他们的审美经验和言说方式差异很大。读三个诗人，意味着你可以用这三双全然不同的眼睛来观察世界，这无疑会大大提升读者本人的丰富性，让你的内心更为充盈。诗最可贵的是它有一种揭示能力，让你看到一个更为内在的世界，最后令读者成就一个更为深邃内在的自我。我建议大家多读点诗。

同时你也会发现，博尔赫斯比杜甫、苏轼难懂得多。因为现代和当代诗歌，相比古典汉诗，其意义是多解的，要透彻地理解，有一个阅读经验累积的过程。要用一颗参与体验的方式，而非一种寻找固定答案的心态去读当代诗歌。每首好诗是一个生命体，你得进入它的语言氛围，去随它一起呼吸，感受它长在具体事物细部上的血和肉，触碰它的体温，明确感知"我进入了"但并不能归类的一种语境，艾略特说："真正的诗歌，未待你理解，就已经在传达真义。"它是复杂的，当你试图得到一个精确的定义时，你得到的可能只有一样：诗的丧失。也正因其复杂多义，当代诗更能增进一个读者的思考空间。

当一个作者的丰富性与一个读者的丰富性大致等量时，诗是一读就懂，你可会心一笑。当这两个量差距过大时，要么你觉得读不懂，要么你觉得这诗过于浅陋，这非常正常。有的诗，你站在第一级台阶时能读懂，有的诗，则要登至第三级台阶才会有深刻的体味。好诗会推动你上台阶去进入它，这对读者审美能力提升是件好事。古典诗歌，可能大家觉得好懂，便用于比照甚至苛责、回避当代诗。其实，有的古诗，比如李商隐和韩愈后期的诗，也需要你登到第三级以上的台阶，才能真正读个明白。

记者：您创作了多部优秀的长诗作品，但在您的诗歌创作谱系中，短诗亦占据着重要一席。实际上，短诗要想写得出彩并不容易，就像高手必须在一两招之内击中要害。您是怎样看待短诗在诗歌创作中的特殊性的？

陈先发：短诗的写作难度，对每个诗人来说，是个必须逾越的坎儿。这就像一枚果子，要浓缩它的成长过程，在小幅时间内令它透出成熟的香气。这对诗的结构、语速、语义的快速传递、精神力量的凝成，都提出了相对苛刻的要求。快而有力地形成一种语言氛围，这其实取决于诗人感受力的强弱、对写作对象的萃取能力等技术层面的训练。短诗从第一个字到最后一个字，要有种榫卯般精准的勾连、贯通关系，要形成一种流动感。你讲的击中要害，除了技艺外，事实上也要特别注意到，写与读之间的某种微妙互动。所谓完成度，是指你想传递的语言力量，在阅读中损耗少，能够最大幅度地传送到读者心中。不同类型的短诗，自有不同的语言方法，我早期的《最后一课》这类叙事短诗，写作和解读都要相对简单一些。

记者：您在《黑池坝笔记》中曾写道："诗的意志力无法确立在炫技的冲动之上。炫技及其五彩斑斓的心理效应不能充足补偿它在诗歌内部意志力形成上的缺口"，在这里，您似乎否定了"炫技"及其所产生的"冲动的效果"在"诗的意志力"当中的作用。那么在您看来，"诗的意志力"该如何确立？

陈先发：诗的力量来源，最本质的东西是诗所蕴含的生命意志，而不是修辞本身。在许多时候，诗让位于修辞的创新，这成了一种写作的通病。对人的命运予以最深沉的凝视，完成一种让人怦然心动的洞见，而且这种洞察能够超越时间局限，这才是最为动人的诗。所以许多千百年前的诗，依然可以打动我们，依然有着新鲜的内在活力，它越过了所有具体的时代生活，在当代的我们身上，达成"心有灵犀一点通"的效果。语言方式，都有各自时代的特性，炫技，炫的都是一时之技。诗要求诗人更加关注人自身的根本冲动、本质愿望，那些时空变易所不能更改的东西。当然，技艺能激活语言的活力，是一个诗人的重要才能，但如果过度拘泥于炫技的愿望，会损害诗本身。

记者：您写于 2004 年的《前世》精彩非凡。这首诗当然是梁祝故事的重写，您呈现的则是在"化蝶"瞬间，语言所爆发出来的能量。我观察到，包括《丹青见》等诗歌在内，您的不少诗都有种"朝向最高虚构"的雄心，以语言施展的动能性力量来改变世俗的秩序。您如何看待语言在诗歌创作中的分量和作用？

陈先发：《易经》中有句话为大家熟知：形而下者谓之器，形而上者谓之道。器以载道，是中国的文学传统之一。但事实上我们对语言不能单纯以器视之，它也是"道器不二"的。语言自身的创新也是诗的道。诗要造就语言的快乐，这与刚讲的减少炫技冲动，互为印证。语言不是工具化的，它自身的流动，也是诗的动力。在写作中我们常能体会到，一个词会意外地催生另一个词。词不仅要服从于诗中统一的力量，也要服务于自身之美的建设。诗的写作，孕育出许多关于语言的新理念，这也是诗的基本功能之一。

《前世》也好，《丹青见》也罢，它们本质上都是在写生命力之美，前者借用的是大家耳熟能详的梁祝化蝶的传说，后者借用的是以大自然的一种描绘，这两首诗都在赞颂人的情感与生命意志，并力图传达出一些启示。靠什么来完成这些写作愿望呢？靠的是语言自身的活力。诗在展开过程中，会触碰词与词之间的神秘关联，对固有思维方式和习惯性表达形成一种刺穿，也即是在进行一种语言探索。没有了诗在语言上的探索，我们的时代语言就会因僵化而失去对心灵的启示性。我们每个人都能数出一堆来自历代诗歌的语言创造。我自己就创出一些在语言词典中从未有过的新词，比如写碑之心、儒侠并举、渐老如匕，等等，我也看到一些朋友在使用它们。

记者：在阅读诗集《写碑之心》的过程中，我也曾记录下我的感受：您是"真正在对语言本身作调兵遣将而筑起围城之力"。对语言的力量之美发挥到极致，是您诗歌的一大特色。您也曾说"语言向写作者发出的呼救，伟大的诗人正受益于他牢牢地抓住了这神秘的呼救声"，在我的感受中，一个诗人因为语言而确立其诗歌身份，那么诗人该如何找到并确立自己的语言，又如何处理语言？

陈先发： 您刚提到了一个关键词——"力"，这其实是我来阐释诗学观点的一个核心概念。在我看来，诗，正是力的各种关系之和。在一首诗的内在氛围中，一个词可以迸发出在任何其他别处都没有的活力；一个词，与别的词一起形成凝聚力，像一块砖在一座建筑中承担的受力一样；所有的词，呈现出一种向心力。而你读了这首诗，可能瞬间被击中，是一股力在你心中冲撞。各种力达成一种和谐，让你体味到技艺之美、语言自体之美。这种力要恰到好处，词与词的衔接、碰撞、咬合，语言的流动感，是一种力；在某处的戛然而止，在某处必须分段以形成一种断裂，也无处不在显示力的关系。字和词的切入，让你感觉到它们不可被替代，换别的任何词都不行，这就是此词的力的精准度很高。词与词、词与物、物与物的各种关联的力，力的关系。写一首诗，就是诗人在分配、调节各种力的关系。

我之所以讲语言向诗人发出呼救，指的也是需要一个诗人的个性创造，让语言爆发出异于他处的力量。这是诗人与语言互相成就的关系，也是语言创新的根本。好的诗人，是发掘、组成、解放语言之力的大师。诗人的尊严，都需要通过这个途径去实现。语言与诗人的相互发现，确实带有些神秘的成分，与诗人的人生际遇、个人禀赋、瞬间灵感都有关。好的诗人、杰出的诗歌，从某种程度上讲，都是不可复制的。钱穆先生说的"必得有此人，乃能有此诗"，讲的就是这层意思。

记者：一种观点认为，诗和散文（随笔）的语言有质的差别，诗人会为散文（随笔）注入特别的质地。您在诗歌之余也写了诸如《黑池坝笔记》等诗学随笔，展现了您对诗学的深刻思考和见解，您是如何看待诗人写作散文（随笔）这一现象的？

陈先发：《黑池坝笔记》是百无禁忌的游思录，行之所至，思之所涉，兴之所触，都以碎片式形态记录下来。它呈现的是片段之思的本来面目，在它忽地涌出的那个瞬间，是什么样就什么样子，基本上没有后续的加工和整葺，所以我说"本来面目"。这部书是连续性作品，明年初会出版第三卷。其实《黑池坝笔记》所触及的话题，远不止是诗学的，语言的，历史的，人性的，社会的，几乎无所不及。它并非"诗之余"，虽然有少量片段，直接从诗中移植过来，但那一刻我从诗的肌体上截下这些切片，一定是有什么触动了我。随笔写作的自由度和可以展开的空间，比诗要大得多，比如我围绕诗之正义、结构中的空白、诗的音乐性等话题，都进行了许多条目、层层剥开式分析，单就解构"枯"这个词，就用了五十多条。这样的连贯性，话题的交互性，在诗中难以尽兴而为。诗人和随笔这种体例，似乎有天然的亲近，现在诗人写随笔多，或许是受诗之篇幅和形体限定不得不压抑、节制的力量，在随笔中能得到更充分的释放吧。

记者： 艾略特曾把"传统"形容为一个开放的共时系统，这给焦虑于新旧之分的诗人松了绑，但也将他们投放至一个更辽阔的竞技场，不得不面对那些"伟大的传统"。您也是一位有着"传统意识"的诗人，您是如何定位新诗的"传统性"的？诗歌传统中的哪些部分在您的诗歌中被有意识地体现出来，可否谈谈您的思考？

陈先发： 年轻时写诗，古典汉诗的传统确实给我带来过焦虑，如今，我更多视它为一种开放性资源。对任何作家而言，传统是个敞开的、未完成的容器，传统所以能生生不息地延续，是因为反传统的力量时时刻刻与它共生。事实上，文学传统的最大活性，正来自对它的质疑、否定和刺穿，这些恰恰又被所谓的传统吸纳了进去，成为它的一部分新肌体。即便对仅有百年历史的新诗，它的体内也包含了种种对立的、互相解构的力量，它是一个变化中的、演进中的奇特躯体，也是一个包容性很强的生态系统。正如有些时刻，我们是另一个时空刻度上的李义山、寒山；或者说，我们是体内融入了时代复杂性和语言新活力的李义山、寒山。当然，文学传统的延续，会在一些历史时期形成困境，新诗刚开始的阶段，陈独秀、胡适、鲁迅他们倡导新文化运动和文学革命时，就是这样的处境，而这些困境，同样可以成为写作的珍贵资源，成为文学新生的澎湃动力。

（注：本次访谈刊载于 2023 年 11 月 27 日的《中国艺术报》。）

答崖丽娟八问

崖丽娟：陈老师您好，感谢您接受我的访谈。您最近完成的长诗《了忽焉》，一时间成为激发许多诗人热烈讨论的一个话题。这首诗有个副题：题曹操宗族墓的八块砖。首先引发我思考的一个问题是，您是如何看待历史这一主题的？或者说，诗的历史意识在您那儿又意味着什么？

陈先发：谢谢丽娟。去年秋末我去安徽亳州，第一次在博物馆目睹曹操宗族墓的这批文字砖时，先是被惊到了，继之有喜悦、意外、惶惑，等等，种种情绪一齐袭来。回来后，又找了些相关的拓片、字帖来看。这些文字砖对我的吸附力太强了。这首长诗的主标题及分节标题："了忽焉""作苦心丸""涧蝗所中不得自废也""欲得""亟持枝""沐疾""顷不相见""勉力讽诵"，就取自其中八块砖上的文字。我完全想不到两千多年前的那些无名窑工，面对熊熊炉火，也可能是满脸炉灰之时，手持细枝，在砖坯未干之前，把"墓砖"这般可说是庄重、凝滞，或者说有点呆板之物，变成了一个自我抒发、感时伤逝、纵议时弊、吞吐块垒的平台。两千多年过去，砖上文字的活力、活性仍扑面而来。墓砖，当时他们想着是会永埋地下、不见天日的东西，一下子有了绵绵不息的生机。从资料上知道，自二十世纪七十年代开始，亳州市文物管理机构就对十余座东汉墓葬进行了发掘清理，发现了曹操祖父曹腾墓、父亲曹嵩墓等宗族墓群，墓群占地十多万平方米，累计清理的文字墓砖有六百多块。我见到的砖块，字体大多写得随心、洒脱，内容更是百无禁忌、大见性情。这就是一己之身面对自我时的诚实书写，不求沟通，漫无目的，像某些特殊时刻"写后即焚"的诗稿一样。这些困顿、苦闷的窑工，也超越了他们的身份、阶层、处境，触碰到了人自身：这个过程本质上是诗性的。初看墓砖时，我脑中跃出日本明治维新时期诗人大沼枕山的两句话："一种风流吾最爱，魏晋人物晚唐诗。"这些窑工，算是最底层的魏晋人物了吧，这些断砖残瓦上，也确有一口真气充沛激荡、凝而不散。宗白华先生曾说："魏晋人向外发现了自然，向内发现了自己的深情。"大致如此吧。那天，我俯身在展览大厅的玻璃橱窗上看了很久，其实我真想在这些砖前，静坐冥想一日，最好是展览大厅内空空荡荡。这些文字砖，我见到的不足百块，最近还在寻些资料看，这个系列的诗，我或许还会再写一些。

　　写历史主题的诗，最忌讳的是，顺着史实的脉络去描摹，那一定很糟糕。我们要写出的，不是"历史的面相"，而是"历史的心象"。应该一巴掌拍碎了，成粉末了，再去塑形，再去重构，最好能呈现出一种与现实有着"共时性"的历史。在我心里，历史不过是现实的加长版，历史只是比现实多了一层时序结构而已。《了忽焉》中的窑工，可以是，或者说正是此刻的我。语言有着这样的神奇能力。我们每时每刻都在使用着的日常语言，也首先是历史的，哪个汉字没有数千年了？这个不难理解——历史通过语言作用于现实中的每个人，我写诗的语言，不仅反映了思想的现实、心灵的现实，事实上也要呈现历史的"现实态"。换句话讲，历史其实是现实的一个特殊部位。雷蒙·阿隆有句话讲得非常精彩，"历史是生者为了活着，不断去重建死者的生活"。当曹操宗族墓的砖块躺在博物馆的聚光灯下，我们以即时的眼光、当下的身份、现代的理念在注视着它们，它们就是现实的，是我们这个时代"混成现实"的一部分。它们不是"扮演现实"，它们就像古琴瑟声、洞箫声与当下的电子音乐合成的一个曲子，古琴声是它们自身的一个崭新的创造。我们在内心默然阐释着这些文字砖，我们与它们的对话在展开，我们无疑就是它们在"活着时"的旁观者，正如克罗齐所言"一切历史都是当代史"一样，这些文字砖所携带的生命信息是没有终结的，再过数千年，它依然能打动观者的心，或者说，它的生命力是突破了时间和空间之有限性的。司马迁在《报任安书》中说通古今之变，语言和诗就是"通"的渠道、"变"的载体。从写作的角度，从历史的废墟上来展开"物我关系"，又似乎更利于建构出诗中开阔的空间感。我觉得有必要同时强调的是，诗的力量，足以在任何事物上留下深深凿痕，我对写什么题材从来没有很强的分别心。换个说法，我对历史题材、历史元素在诗中的存在，也从来没有任何执着。我写历史，但绝不是从中确立自己的文化立场，所以也不会因此而给自己硬扣上什么文化保守主义的纸帽子。诗歌中的历史、文学创作状态中的历史，不等同于史学意义上的历史——它和我们常讲的"传统"二字，都是一种敞开的容器，它里面所容留的一切，对我们来说，只是一种写作的资源。举个最通俗的例子，筷子，它无疑是种族的和地域的，我们以使用筷子而有别于其他族群；它也无疑是历史的，我们的繁衍史有它独到的贡献；但它更是现实的，日用而不觉。对写作而言，许多东西拿起来就用，只是一种资源、工具，就像筷子。历史这个词，既含奥义，其实也非常简单而直观：昨日之我即是今日之我的历史，手再往前伸一伸，指尖就碰到魏晋的心跳了。历史是个活体。阿莱桑德雷说传统与反传统是同义词。我更愿意听到的评价是：《了忽焉》是个新东西，它有了历史的体温，又洞穿了历史。

崖丽娟：正如你诗中所说，是砖上的文字给了这些没有生命的黏土砖"以汗腺和喘息"。那么，您觉得文字足以揭示历史的本相吗？又该如何看待语言在一首诗中的使命？

陈先发：说来挺有意思，我们的先贤大哲们，对语言是否具备呈现真理性内容的能力，其实是不信任的。不信任的痕迹处处可见。老子讲"道可道，非常道；名可名，非常名"，庄子讲"不言之教""无方之传"，禅宗六祖慧能讲"不立文字，直指本心"和"诸法妙理，非关文字"等，充满了对语言的疑惑。在先哲们那里，老子的"道"、慧能的"本心"、王阳明的"良知"等，都是一种对语言的超越性存在，这跟维特根斯坦所谓的"不可言说之物"是大致类同的。

这似乎是我们在语言中的两难之境：一方面向往不立文字的心心相印，另一方面又不得不以文字来作永无止尽的阐释。当然，禅宗讲不立文字，也不是绝对地不写些什么，更多的是在隐喻"指月时，眼睛不要只盯着手指"。我一度在这个问题上是悲观的，觉得文字不足以揭橥历史的本相，它所展开的，只是对历史的想象而已。不光是历史的本来面目，在呈现所有的真理性内容上，文字乃至语言之力都是孱弱的。如果此处要为写作二字新下一种定义，也许只能是这样的：写作即是一个人对上述能力孱弱的"自知"与"不甘"。

从这个维度，写作的无力感，或者说写作本身具有的消极意味，来源于我们总是企图述说那不可言说之物。我们通常讲一首诗好，是感受到了"在诗之内、言之外"，有那个不可言说之物的在场，甚至是你感觉到了冰山不出海面的那个庞巨的基座部分，感受到它的压力、气场、逼迫感。这种感受的传递，对一首诗的阅读功效是关键的，但也没有办法说得过于清晰。此不可言说之物，是喧哗之所以被听见的、让喧哗现身的巨大沉默部分。我们写诗，也因为深信诗有以言知默、以言知止、以言而勘探不言之境的能力。

你提到"使命"二字，我觉得大有意味。我举个例吧。我曾被一张照片深深打动，很想为这一刹那写首诗。1977 年发射的旅行者 1 号太空探测器，于 1990 年 2 月 14 日在距地球六十七亿公里处，接收到人类最后一条指令，"回望"了地球一眼并拍下了如沧海一粟般、地球在深空的照片。据说在此一瞬后，旅行者 1 号便一去不返地没入了茫茫星际。这个场景当然是人类实践的壮歌，本质上它同时是一曲悲歌：是人以一己之渺茫之薄弱，面向宇宙之无垠时的向往、对峙和最终无望的和解。这次"回望"太动人了。因为它饱含了人之寄托，所以才谈得上使命，负得起回望，但它的命运又终是杳不可测的。这就是一个诗人在无限的语言空间中，一首诗在无尽的时间旅行中的样子吧。

崔丽娟：为了做好访谈，近期我集中将您 2009 年前后创作的五部长诗《白头与过往》《你们，街道》《姚鼐》《口腔医院》《写碑之心》重读了一遍。虽十余年过去，仍为它们的精神气象与心灵容量所震动。有诗歌写作经验的人深知，写短诗可能更多凭灵感，而这种四五百行的长诗写作，非常消耗心力和时间，更考验耐力。我想了解的是，是什么触发您写一首长诗的决心？您觉得在长诗写作进程中，哪些东西是非常重要又难以把握的？

陈先发：写长诗往往是迫不得已。当一团面粉在你手中剧烈地发酵了，你不得不找个大点的袋子装下它。长诗正是这种"大袋子"。你很难想象一种巨物要硬塞在一个微小躯壳中，聂鲁达

《马丘比丘之巅》、艾略特《荒原》中的纵横激荡之思，岂能在一首短诗中得到舒展和尽兴的表达？但我也总听到有智者在说"长诗是可疑的"。

确实，长诗写作是个巨大挑战。语言推进中的考验当然很多，我觉得最难的是两样：个人语调的形成，以及，一口气如何在巨大结构中自由呼吸。语言的基调和语气的运行，是一首诗中根本的东西。这两者也算是互为表里的，语调关乎语言的呼吸、色彩、活力，等等，诗之沉、之思、之宏观建构，都需在这种语调中去层层呈现，走向纵深。语调与诗之所思不匹配，就会有不伦不类的感觉。有些诗，读两行，就读不下去了，为啥？语调不对——你这盘菜烧得味道不对，即便烧的是山珍海味，也没用。语言的味道是第一驱动力。只有语言的快乐，可以破除长诗中容易形成的语言的疲倦。我在动笔之前，反复琢磨的东西和最费脑力的就是这个：语调。定了语调之后，就要考虑"一口气"如何在各个部位穿行，如何在相对庞大的格局与建构整体中保持细节的生命力和柔韧性，如何让这口气在数百行诗句间自如贯通。难就难在，这口气的自由接续。没有了这口气，长诗很容易沦入字词的泥潭，必须有这口气催动语言的灵性引导着你，往结构的深处走。没有这口气，数百行长诗焉能不让人生出累赘、堆砌之感？有些长诗，思不可谓不深，力不可谓不沉，但看得出作者太想往诗中塞东西了，结果弄得面目可憎。诗的丰富性，不是靠充塞来完成的。

有两点体会：第一，"营造空白"很要紧，甚至可说是让长诗活命的一招。在结构中设置大片的空白、空地，以容留阅读的自如转身，来促成写与读之间美妙的互动，是至关重要的。结构中的空白，往往是思想的充盈之处。在叙事、情感、语义演进的过程中，突然形成断裂，带来空白，这空白并不是"什么都没有"，而是让空白说话。空白，在恰当位置上的表现力会出人意料地强大。第二，让长诗内部出现各类声音的交响。长诗是个复杂的空间，也是个自足的生命体。它的内部，必须充满生生不息的生命的声音。佩索阿说："我没有哲学，我有感官。"大家都明白，长诗重思。越是重思，越是要让感官的体验系统得到充足的释放。从诗中"听出什么"，是种微妙的阅读体验。最美妙的感受是：从同一首诗中每次都能听见不同的声音，这并非你的耳朵特异，当代诗释放的本即是一种变化、变量、变体。与其说你听见了诗中的一种声音，不如说你听见了一种可能性。甚至是你听见了什么，来源于你想听见什么。写作与阅读间，横亘着动荡不息的戏剧性连接。好诗所创造的另一种奇迹是，它让你听见的声音，根本不来源于耳膜。你的每一个毛孔、每一组细胞、每一根脑神经都有倾听的能力。你能目睹自身的"听见"。在好诗中，词之间的碰撞也仿佛是有声音的。词与词之间有一种奇妙的相互唤醒，有时与作者的写作意志并无关联。写作中所谓的神授，其实是一个词以其不为人知的方式和气息唤来了另一个词。它让你觉得你所听见的声音，出自你的生命而非眼前这首诗。

我过去的几首长诗，累积了一些想法，但其实也攒存了许多力不从心的遗憾。《白头与过往》意在从一对魔术师生平叙事中打通现实与幻相的关系；《你们，街道》展开的是对后城市化的反省以及对"破与立"的辩思；《姚鼐》是对我家乡桐城先贤致敬并进而打开一种命运图轴的诗；《口腔医院》其实是一首企图精研语言与人关系的诗；《写碑之心》是祭父之作，在我父亲逝世两年后才爆发而出。从语言能力而言，这些诗中精神的、情绪的、情感的、语言层面的能量，都不可能浓缩于一首短诗中。也可能一场大风雨，必须要在旷野上行进。当然，不是讲短诗中不能有宏大的内在空间，说到底是能力的局限问题。

曾有诗人跟我讨论过，长诗中如何处理繁与简的关系。这确实是个微妙处。我的想法是，细节宜繁，针尖上的舞蹈要足够；大处宜简，否则容易沦为空响。要看具体情况，繁简并无高下之分。在《黑池坝笔记》中，我曾写过一段话来讨论这个问题："范宽之繁、八大之简，只有区别的完成，并无思想的递进。二者因为将各自的方式推入审美的危险境地，而迸发异彩。化繁为简，并非进化。对诗与艺术而言，世界是赤裸裸的，除了观看的区分、表相的深度之外，再无别的内在。遮蔽从未发生。"

崔丽娟：我一直关注您在创建新的诗歌形式上的探索，比如读到组诗《枯七首》，每一首都以"枯"为题，仿佛一部奇异的生命合唱，令人耳目一新。您是如何想到切入这个主题或者说因何耗费大量笔墨在这个意象之上？

陈先发：枯这种镜像，似乎只有中国人深得其中三昧。枯，既不是无，也不是死，以枯而生发的艺术创造力在各个领域澎湃不绝，从庾信的《枯树赋》，到王维画大片的枯树寒林，再到李义山的枯荷听雨，宋画中诸家画枯树是各尽其妙，元代倪瓒更是画枯成癖了。诗中的表达更是丰富，不全是物之枯，"千山鸟飞绝，万径人踪灭"也是一种枯境。我写《枯七首》，不过是我个人对枯之美学的当代演绎。

写完组诗《枯七首》后，我在《黑池坝笔记第二卷》中对"枯"有着数十条解读，这里我就偷个懒了，顺手摘录几条，作为对你这个问题的回答吧：（1）作为一种起源，也作为一种目标：枯，对那些有着东方审美经验的人似乎更有诱导力。与其说多年来我尝试着触碰一种"枯的诗学"的可能性，不如说，作为一个诗人，我命令自己在"枯"这种状态中的踱步，要更持久一些——倘若它算得上一个入口，由此将展开对"无"这种伟大精神结构的回溯。枯，作为生命形式，不是与"无"的结构耦合，而是在"无"中一次漫长的、恍然若失的觉醒。对我而言，这也足以称之为诗自身的一次觉醒。（2）枯，赋予人的"尽头感"中蕴藏着情绪变化与想象力来临的巨大爆发力。此时此地，比任何一种彼时彼地，都包含着更充沛的破障、跨界、刺穿的愿望。达摩在破壁之前的面壁，即是把自己置于某种尽头感之中：长达十年，日日临枯。枯所累积的压制有多强劲，它在穿透了旧约束之后的自由就有多强劲。（3）枯是诗之肉体性的最后一种屏障。它的外面，比它的生长所曾经历的，储存着更澎湃的可能性。对枯之美学的向往，本质上是求得再解放的无尽渴望。（4）我们对同一源泉存在着无数次的丧失——对枯的理解与解构，也不会是一次性的。（5）审美趋向的过度一致和精神构造的高度同构，是一种枯。消除了个体隐私的大数据时代之过度透明，是一种枯。到达顶点状态的繁茂与紧致，是一种枯。作伪，是一种枯。沉湎于回忆而不见"眼前物"，是一种枯。对生活中一切令人绝望的、让人觉得难以为继的事件、情感、现象或写作这种语言行动，都可以归类到"枯"的名下进行思考。但对枯的思考，并不负责厘清表象：枯是这所有事物共有的、不可分割的核心部，也是从不迷失于表相的或者说是根本就没有面孔的"蒙面人"。（6）汉乐府和李白均有"枯鱼过河泣"诗。八大山人画脱水之枯鱼。鱼在枯去，河在虚化。撇开本义，离根而活，枯干即是自由的达成。（7）所有必枯之物，仿佛生着同一种疾病，但它带来的治愈却千变万化。面对某种枯象，我们在内心很自然地唤起对原有思之维度、原有的方法、原本的情绪的一种抵抗，我们告诉自己：这条路走到头了，看看这死胡同、这尽头的风景吧，然后我需要一个新的起点。所有面貌已经焕然一新的人，都曾"在枯中比别人多坐了会儿"。（8）当你笔墨酣畅地恣意而写时，笔管中的墨水忽然干涸了。你重蘸新墨再写时，接下来的流淌已全然不同。枯是截断众流，是断与续之间，一种蓦然的唤醒。（9）人类的知识、信条、制度或感性经验，都须经受"枯之拷问"。有多少废墟在这大地上？多少典籍在我书架上沉睡？托克维尔的脸上蒙尘多深？陀思妥耶夫斯基在我案头又荒弃多久了？在某个时刻，某种特定机缘下，我将在他们的枯中有新的惊奇与发现：仿佛不是我生出新眼，而是他们的枯中长出了新芽……

《枯七首》不是长诗，因为在这七首中，不存在内在的递进结构。从表象上看，枯，是一种生命的困境，对枯的书写是向此困境索取资源——它如此深沉、神秘而布满内在冲突。人对困境的追索与自觉，毫无疑问，带来了某种新生。

崔丽娟：我和您一样都曾经长期在媒体工作，我的体会是，做媒体能接触相对宽泛的人和事，对所见所闻所触的增益和开阔眼界确实有很大的帮助，这也引出一个可能是老生常谈的话题，您觉得现实与诗的写作之间有一种正向推动关系吗？一个人作品的丰富性跟哪些因素有关？

陈先发：见得多，也未必就是增益。千个人、百座城，也可能重复的只是一种现实。我的想法是，诗与大家平常所讲的现实没有直接关系，它只跟一个人承担的"内在现实"有关。这是两个不同质也不等量的概念。眼观八方、内心却一无所见的人，少吗？记得博纳富瓦在谈论策兰时，有句话说得好："不蒙上双眼，就看不清楚。"确实，真相与真正的纤毫之末，是心灵视域内的东西。诗源于闭上眼依然历历可览的东西。当然，现实世界可以刺激与激活人的内在空间，但真正诗性往往归集在斗室之中的万水千山，芥粒之内的千峰万壑。

一个诗人的丰富性与他所感受世界的维度和方式相关。引用一下我多年前写的一段话："在一颗敏锐的心灵之中，世界的丰富性在于，它既是我的世界，也是猫眼中的世界。既是柳枝能以其拂动而触摸的世界，也是鱼儿在永不为我们所知之处以游动而洞穿的世界。既是一个词能独立感知的世界，也是我们以挖掘这个词来试图阐释的世界。既是一座在镜中反光的世界，也是一个回声中恍惚的世界。既是一个作为破洞的世界，也是一个作为补丁的世界。这些种类的世界，既不能相互沟通，也不能彼此等量，所以，它才是源泉"。

除了认知维度，诗人之丰厚，也获益于他对语言的觉悟力。语言会慷慨馈赠他一些意外之物。诗歌语言的动力机制有神秘的一面，时而不全为作者所控。总有一些词、一些段落仿佛是墨水中自动涌出的，是超越性的力量在浑然不觉中到来。仿似我们勤苦的、意志明确的写作只是等待、预备，只是伏地埋首的迎接。而它的到来，依然是一种意外。没有了这危险的意外，写作又将寡味几许。

许多好诗是令人费解的。作品的丰富性，有时也出自读与写之间的复杂交织。好诗往往有迷人的多义性，它部分来于作者的匠心独运，部分来于读者的枉自多解。好的诗人是建构的匠师，当你踏入他的屋子，你在那些寻常砖瓦间，会发现无数折叠起来的新空间。当你第二次进入同一首诗，这空间仍是崭新的，仿佛从未有别的阅读打扰过它。

崔丽娟：您在写作中有没有出现过难以为继的阶段？怎么渡过这种个人危机的？

陈先发：难以为继、犹似身陷语言的泥泞之感，不仅在许多时刻有，甚至算是我的写作常态之一。一些作品，往下写不动了，就歇一歇，甚至直接撕掉，也并不觉得有什么可惜。那种一气呵成的、灵光一闪便挥笔而就的作品当然也有，更多作品是在疙疙瘩瘩、渐行渐悟中写成的，前者只有感谢老天，再愚钝者也有暴雨直击天灵盖、灵魂出窍的那一刻，但我觉得后者才是正道、大道。难以为继，甚至忧心如焚的时刻，恰恰是珍贵的，它构成了写作中困境与超拔的原力，是锤炼人的好道场。慧能讲得好呀："烦恼即菩提"。

艺术说到底，是个体生命力的激发，是一个易朽与短暂的生命体，在孤独时告诉自己如何去追逐那不朽的愿望。我们对抗虚无的武器只有两样：我们的卑微与我们的滚烫。一己直如蝼蚁，人面对无垠时之弱小，人面对速朽时有真情，是这两样，令我们拿起笔来。这杆笔，也唯有经过千锤百炼甚至是艰苦卓绝的一个过程，才能真正形成价值。

崔丽娟：目前正在进行的作品有些什么特点？您的自我期

许，是在哪些地方获得突破？

陈先发：手头最重要的活儿，是系列随笔集《黑池坝笔记》的第三卷，争取明年初出版。前两卷是2014年和2021年出的，这中间的间隔拉得太长，我期待以后这个系列完成和出版的密度加大些，节奏加快点，一年出一新卷最好。这是一套百无禁忌的游思录，写作的主体内容其实早已完成，现在整理至第三本。整理，我并不视作是简单地归纳，而是再造，重新为这些言说的碎片集确立一种内在的秩序。更重要的是，第三本如何突破前两卷已经形成的某种惯性，是我正埋头处理的一个要害问题。

另有些列入写作计划的大体量作品，比如，一部有关量子纠缠的长诗，是一个新的维度交织着新的难度，能不能最终写成，还很难说。还想着手写一本长篇小说，我在小说上的经验积累较少，二十年前尝试着写过一部长篇小说《拉魂腔》，从淮河灾难史中去写宗法制度在中国底层的解构，东方式乡村图景的崩塌，我对这个向度的思考一直有兴趣，也攒了些想法，有冲动再去触碰一下。写作是个人意志力的左冲右突，什么结果，难以预知。加上工作强度大，对个人时间和精力占用多，不敢说期待什么突破，做做再说吧。

崔丽娟：我注意到，今年8月份，清华、北大、人大、中国社科院等几所知名高校和研究机构的学者在广州主持召开"词的重力场——陈先发赵野作品研讨会"，能否谈谈现场有关情况？

研讨会主题很有意思，"词的重力场"，该如何理解？

陈先发： 在这里，再一次对诗人陈陟云表达谢意，他费了很大心力汇聚多方资源，为诗人们召开专题研讨，这个系列若持续下去，当是诗史上出彩一笔。本次研讨，国内诗学理论界最活跃的一批名家都到场了，我自觉得理论根基薄弱，听下来自觉得获益良多。这个研讨，我是空着双手去的，原想做个彻底的倾听者，因为要互动，所以也谈了点想法。

研讨会主题的确有意思："词的重力场"。从文学角度观察，信息时代呈现的是"重力场"不断消解的失重状态。过去心怀壮阔的远行，现在高铁瞬间就抵达了；过去充满意味的登临，辛苦而得的一览众山小，如今缆车顷刻就瓦解了它。碎片式、即兴式、戏谑式文化景象，让"重"无所寄托，精神创造领域因之产生了巨变。恰是这种失重，令这个研讨有了远超出两个研讨对象本身的意义。

我想写作者的一个基本愿望，是唤醒一个更为内在的自我。这里的唤醒，是指发现，是抵达一种语言的"场"，或说是"态"。它大致的特点有三：一是，更为凝神、凝视、专注的自我。可能再难找到比写作更能将一个人全部身心凝聚于一点的劳作了，我们在日常生活中经受各种困扰、质疑、失败，常常处在生命力的涣散之中，目光难以凝于一物而到达生命意志的深处。而写作，逆转了这种状态，我们因凝神而捕获了力量感，因专注而趋于某种超越。这个过程也是开放的，没有尽头的。谚语说罗马不是一天建成的，从诗歌的维度看，它又是"罗马是永不可能建成的"和"罗马正是一瞬建成的"叠加状态。这个朝向单一、纯粹的途径是快乐的，所以对写作者充满了强大的引力。我的体会是，成诗的愉悦，再无一字可动的愉悦，胜过任何其他方式的愉悦。这是自我完善的道路。二是，如果写作是有效的，它一定处身于一种多维的对话关系中。与时代的对话：这个不可避免，只能层层卷入，每个人都是具体时空中的生命体，经历着时代赋予的、鸡毛蒜皮般具体问题的种种拷问。不管你写下什么，只要你对自身是忠诚的，那么你写下的每一句，都是对话的继续、答案的呈现。与自我的对话：人自身的缺陷带来了内心生活的分裂、裂变，自诘同样不可避免，写作可以视作自诘的种种变体。人被自身的目的所蛊惑，也同样对这种蛊惑抱有敌意，哪一个我，不是矛盾着的"众我"的集合体呢？与语言的对话：写作是语言的运动，对过往语言经验积累的摹写、审视、审判，对个体语言风格的向往，是写作的原始冲动之一，要时时将语言实践导向深入，那种一眼即辨的个体语言形象是如何建立的？个体生命体验的复杂性是如何传导至语言当中的？这都仰赖于写作者与语言互信、互搏的对话关系趋于深化。当然还有与自然的对话关系，在我们的文学脉络中，自然一度立身于神位之上，今天这个位置的空无，又能予今日之写作什么样的启示？总之，一旦动笔，我们就被迫在这多重的对话关系中，时而紧张、时而舒缓地进行各种再构与重建，语言的智慧与文学的进程也借此展开。三是，我们的诗歌仍需从对历史的"吮吸"中审看自身。"来处"本是一个可疑的对象物，文学史自体的变幻中也留有我们对"去路"的建构。"重力场"三个字，它当然不是指赵野和我已经完成的某种诗学特质。诗趋向精神领域的重力，早已构成汉诗的传统，从这个指向上去阐释杜甫，我们已谈论得够多了，这个重力不是指某种分量重量，"轻"的风格，也可以达到审美效应上的重力，我倒是倾向于认为，人对内在自我的发现永不止步，才真正匹配得上这"重力"二字。时空的位移，不断造就更新的、更深存在的自我，我们面对它永远存在着新的"匮乏"，这个敞开的精神容器永不可被填满，我们对此种"匮乏"的渴求甚于被喂饱的渴求，这是"词的重力场"的真正要义。今日之现实，不再是历史的某种线性延续，科学的突进让人的视域由原子、夸克、量子的递入而趋向令人窒息的精微，生活的现实已陷于虚拟空间强行插入的"混合现实""超现实"的多重围困，我们一度弃置的文化态度中，我们对文化态度选取的两难之境中，是否真的埋伏着可能新生的命题呢？这些是研讨会上即席随兴的想法，肯定不够严谨，留待以后的写作实践去延续吧。

（注：本次访谈应上海学者崔丽娟之约，于 2023 年 10 月 12 日完成。）

附录：陈先发文学简表

1967 年

十月初二（农历）生于安徽省桐城县孔城镇。

1985 年至 1989 年

在复旦大学读书。习诗。

1989 年底至 1993 年

早期代表作组诗《树枝不会折断》《与清风书》，长诗《狂飙》等
相继被《诗歌报》及其改刊的《诗歌报月刊》和《花城》等推出。

1994 年

诗集《春天的死亡之书》由安徽文艺出版社出版。

2004 年

创作《丹青见》《前世》《鱼篓令》等短诗代表作。

2005 年

诗集《前世》由复旦大学出版社出版。

在北京获"十月诗歌奖"。

2006 年

长篇小说《拉魂腔》由花城出版社出版。

在黄山黟县参加"东西方诗人对话会"和中英诗歌节首站活动。

2007 年

获得"1986—2006 年中国十大新锐诗人"奖。

2008 年

创作四首长诗:《白头与过往》《你们，街道》《姚鼐》《口腔医院》。

在西安获"中国年度诗人"奖。

在广东顺德获"十月文学奖"。

被多家文学机构和刊物联合评选为"1998 年至 2008 年中国十大影响力诗人"。

何冰凌《作为日常生活的乌托邦——诗人陈先发评传》在《星星》诗刊发表。

2009 年

陈仲义教授在南京师大学报发表文章《论陈先发诗歌的"汉化"》。

许道军教授在《名作欣赏》杂志发表文章《梨花是我的假想敌》讨论黑池坝笔记相关内容。

陈仲义教授长达五十万字诗学专著《中国前沿诗歌聚焦》由中国社会科学出版社出版，其中第五章"标记性诗人聚焦"中，第五节为"一颗心的磨损处，绽出那霞青云淡——陈先发专论"。

2011 年

诗集《写碑之心》由长江文艺出版社出版。

在海口市获首届中国海南诗歌双年奖，参加"李少君、陈先发、雷平阳诗歌海南朗诵会"。

2012 年

合肥马克西姆餐厅举行"春日里——陈先发诗酒会"。

欧洲老牌文学刊物 Europe 介绍其诗歌。

2013 年

在宁波获首届袁可嘉诗歌奖。

诗歌三十余首选入《中国新诗百年大典》。

2014 年

随笔集《黑池坝笔记》(第一集)由安徽教育出版社出版。

《名作欣赏》等刊物组织何言宏教授等理论界人士专门研讨陈先

发诗歌并刊发专辑。

《人民文学》英文版推出陈先发专辑。

在合肥领衔主办"紫蓬雅歌——中秋国际诗会"。

获"归园雅集诗歌奖""三月三诗歌奖"等。

2015 年

诗集《养鹤问题》在台湾出版繁体字版。

在云南大理获"天问诗歌奖"。

在上海获得同济大学中国新诗研究所等机构颁发的"中国桂冠诗

歌奖"。

在北京获得中华书局"诗词中国"组委会"新诗贡献奖"。该奖由中华书局主办，叶嘉莹、贺敬之获"终身成就奖"，北岛、西川、陈先发等十名诗人获"新诗贡献奖"。

《新时期文学十五年——陈先发卷》及《创作谈》发表于《名作欣赏》2015年第2期。

获得中国作协诗刊社和鲁迅文学院等单位联合评选的桃花潭国际诗歌节"中国杰出诗人奖"。

在《诗刊》等多家文学杂志陆续刊发"九章"系列诗歌作品。

2016 年

获《诗刊》年度奖暨陈子昂诗歌奖。

诗集《裂隙与巨眼》由作家出版社出版。

《人民文学》德文版、意大利文版推出陈先发诗歌专辑。

欧洲文学杂志 *Europe* 发表英文版陈先发诗选，法国网站推出陈先发诗选法语版。

当代中国诗歌论坛召开"江南七子：中国新诗的最新转型及可译性问题"研讨会（"江南七子"，即陈先发、杨键、胡弦、潘维、叶辉、庞培、张维）。

在江苏获"扬子江诗学奖"。

在蚌埠获"安徽文学奖"。

破壁与神游

2017 年

获"华语文学传媒大奖"。

应邀出席香港国际诗歌节。

诗集《养鹤问题》英文版由香港中文大学出版社出版。

诗合集《五人诗选》(陈先发、雷平阳、李少君、古马、潘维)由华东师范大学出版社出版;《新五人诗选》(臧棣、张执浩、雷平阳、余怒、陈先发)由花城出版社出版;《江南七子诗选》(陈先发、杨键等七人合集)由北岳文艺出版社出版。

美国爱荷华大学文学交流杂志推出陈先发诗歌专辑。

诗集《九章》《写碑之心》由安徽教育出版社再版。

安徽省文联、安徽省作协联合在合肥举办陈先发诗歌研讨会,李少君、霍俊明、何言宏、钱文亮、胡亮、许道军等评论家参与专题研讨。

2018 年

被湖北宜昌市政府授予"诗歌大使"称号。

获第七届鲁迅文学奖。

在复旦大学新生开学典礼作题为"不做空心人"主题演讲。

应邀参加上海国际诗歌节并发表主题演讲。

作为主题诗人参加深圳第一朗读者活动,与日本诗人水田宗子一起获得"最佳诗歌成就奖"。

2019 年

梁枫译《九章》中英文双语版出版。

谢炯译《中国十三人诗选》英文版在纽约出版。

为法国当代诗人杜耀德、勒梅尔、鲍秀里耶的诗集《白日的颤栗》中文版作序:《显在的,与潜在的》。

《陈先发诗选》由太白文艺出版社出版。

获安徽省社会科学奖(2013—2016 年度)一等奖。

获聘安徽大学兼职教授。

获"名人堂"奖。

五十余首诗被译成英、法、西里尔等文字。

2020 年

当选安徽省文联主席。

主持"科创之光·首届中国合肥天鹅湖诗会"和量子时代的诗性表达学术讨论会。

2021 年

当选中国文联全国委员会委员、中国作家协会全国委员会委员。

应邀参加剑桥诗歌节。

获得英国剑桥大学"银柳叶"奖。

诗合集《琥珀中的光》波兰语版在北京波兰驻华使馆首发。

《白头知匮集》由北岳文艺出版社出版。

《黑池坝笔记》（第二集）、《黑池坝笔记》（第一、二集合装本）由安徽教育出版社出版。

诗集《巨石为冠》由太白文艺出版社出版。

叶橹先生写作长篇评论文章《陈先发论》在《扬子江诗刊》等刊物摘发。

2022 年

当选中国作家协会诗歌委员会副主任。

获得"屈原诗歌奖"。

获得美国哥伦比亚大学 2022 年度"春季翻译大赛诗歌奖"。《陈先发诗七首》在哥伦比亚大学《哥伦比亚》杂志及网站刊发。

霍俊明长文《陈先发：谁见过能装下它的任何一种容器》及陈先发诗十首发表在《收获》杂志 2022 年第 3 期"明亮的星"。

评论家草树专著《文明守夜人》论述当代十位代表性诗人，包含论陈先发专章《在冲淡与嶙峋之间》。

意大利文学杂志 *Menabo* 刊发研究文章《蝶与鹤：陈先发诗歌的古典意蕴探询》。

《若缺诗章》（《中国作家》2022 年第 1 期）入选《扬子江文学评论》2022 年度中国文学排行榜。

在《花城》《中国作家》《北京文学》《西部》等杂志分别刊发以
"若缺诗章"为总题的诗歌。

2023 年

英国文学杂志 *Acumen* 1 月号刊登李海博士译的陈先发诗歌《孤
峰》等。

由中国人民大学文艺思潮研究所和《作家》杂志社联合主办的
"词的重力场：陈先发、赵野诗歌创作"研讨会 8 月 8 日在广州
举行。来自清华大学、北京大学、中国社会科学院等处的二十余
位评论家、教授参加。

获"建安文学双年奖"。

长诗《了忽焉》完成。

获得"草堂诗歌奖年度诗人大奖"。

12 月参加上海国际诗歌节，并受邀主持"诗歌创作与人工智能"
国际诗人研讨会，诺贝尔文学奖得主索因卡、墨西哥诗人奎亚尔
等十余国诗人参加。

日本老牌诗刊《诗与思想》发表陈先发诗选。

2024 年

长诗《了忽焉》刊发于《十月》杂志 2024 年第 1 期。

入选"2023 名人堂年度人文榜十大作家"。

入选《扬子江文学评论》2023 年度中国文学排行榜。

"历史的耳语：陈先发长诗《了忽焉》研讨会"在北京举行，李敬泽、欧阳江河、敬文东、李舫、杨庆祥等参加。

法国伽利玛出版社（Gallimard）出版自诗经以来的汉语诗歌法中双语版诗集《穿越诗歌的星空：60 位中法诗人诗选》出版。法国诗人克劳德·图杜里（Claude Tuduri）翻译的陈先发诗歌《两种谬误》被选入。

受邀赴浙江黄岩，据即兴演讲发表文稿《黄岩说诗》。

应诗人北岛邀请参加香港国际诗歌节活动。由北岛主编的包括阿多尼斯、艾略特·温伯格、陈先发在内的中外十六人诗选《母语的边界》以中英两种文字由江苏凤凰文艺出版社出版。

当选安徽省作家协会第七届主席团主席。